山下昇 著

ハイブリッド・フィクション

——人種と性のアメリカ文学

開文社出版

目次＊『ハイブリッド・フィクション——人種と性のアメリカ文学』

序章

ハイブリディティ・人種・性（セクシュアリティ／ジェンダー）

ハイブリディティ

アメリカが多民族・多文化社会の典型であることは広く人口に膾炙していることである。『エスニック・アメリカ（第三版）』（二〇一一年）によればアメリカには九五のエスニック（民族）があるという。この多くの民族が一方で独自性を保とうとしながら同時に混じり合うことによって「メルティング・ポット」あるいは「サラダボウル」という混成社会を形成している。その結果として多文化・多民族の混淆を一身に体現したプロゴルファーのタイガー・ウッズのような多元的なアイデンティティを持った混成主体が近年において急増している。また人種の面においても、人種差別撤廃と公民権運動の成果により、「黒人」と「白人」の結婚・融合が進んでいる。また女性差別の撤廃、同性愛者への差別撤廃の戦いの進展により、ジェンダーとセクシュアリティの領域においても解放と融合が進展している。

しかし歴史を振り返ってみれば、奴隷制や魔女狩りの例を引くまでもなく、アメリカの歴史は人種差別と性差別の歴史であったと言っても言い過ぎではないだろう。法律や慣行により、表面上では「白人」と「黒人」、「男性」と「女性」は別な生き方をし、対等な立場で混じり合うことが禁じられていた。しかしその実、水面下においては人種においても性においても混淆が行われ、ハイブリッド・アメリカとも呼ぶべき社会を作り出していた。そのようなアメリカの歴史のなかの人々を描いたアメリカ文学に、当然ながら「人種」と「性」は色濃く影を落としている。その時代時代における制約と制限の下にあって、時代と社会に翻弄される人物や抗う人物たちがアメリカ文学に描かれている。本書は特に人種と性（ジェンダー／セクシュアリティ）に焦点を合わせて、「白人」「黒人」「男性」「女性」の作家たちが、アメリカ国家の本質としてのハイブリディティを、ハイブリッドな手法によって抉り出していることを論証することを目指している。

大串久代は著書『ハイブリッド・ロマンス』(二〇〇二年)において、アメリカ文学においては人種、ジェンダー、階級、セクシュアリティなどの問題が解きほぐしがたいほど交錯していると指摘し、アメリカン・ロマンスこそがそれらの異種混淆性(ハイブリディティ)を本質とするジャンルであると主張している。大串の論は説得力に富む独創的なものだが、「リアリズムを標榜する『小説』」という一言で遠ざけられている「小説」をも含みこんで、アメリカ文学そのものの本質が「ハイブリッド」であるというのが本書の主張である。多かれ少なかれあらゆる文化は雑種であるが、とりわけアメリカの歴史と文化には雑種性が際立っている。「アメリカ的な自己形成はつねに、他者を内包することで――成立するものではなかったか」(一八)と大串が正確に指摘しているように、アメリカは大いなる異種混淆の連続により混成主体を作り上げ、「発展」を遂げてきた。つまり表象化の対象となるアメリカそのものがハイブリッド・アメリカと呼ぶべきものである。

本書を『ハイブリッド・フィクション』と命名する上でもう一つのヒントとなったのは、ダニエル・グラッシアンの『ハイブリッド・フィクション――アメリカ文学とジェネレーションX』(二〇〇三年)である。副題から分かるように、この本はシャーマン・アレクシー、ダグラス・クープランド、リチャード・パワーズ、ニール・スティーヴンソン、ウィリアム・ヴォルマン、ディヴィッド・ウォレス・フォスターなどに関する現代作家論であり、力点が作品の視点や技法の混淆性にあるものだが、序論における視点は私のアメリカ文学に対する視点と共通のものである。すなわちホミ・バーバの民族的・文化的混淆性と、ミハイル・バフチンの言語的混淆性である。バーバの基本視点はエスニックな混淆性にあり、バフチンの場合は対立物を混成させることを可能とする言語のハイブリディティにある。これは具体的にはマーク・トウェインやウィリアム・フォークナーの作品に登場する混血人物を取り巻く人種や性（ジェンダー）の問題であったり、これらの小説家たちの作品に用いられている複数の物語や語り手という小説技法として具現化されている。このように描き出される主題がハイブリディティであることに加えて、その表現に用いられている手法がハイブリッドであるということからも、アメリカ文学の本質的性向がハイブリディティにあるというのが本書の主張である。

人種

鈴木透は『性と暴力のアメリカ』（二〇〇六年）においてアメリカを「国家も国民も未完

成な状態から出発した、いわば人為的な集団統合を宿命づけられた実験国家」であり、「理念先行の国家」(ⅱ)と規定している。鈴木はそのようなアメリカの性と暴力に着目し、アメリカを「性と暴力の特異国」と呼んでいる。そしてその性と近接しているものが人種であることを指摘している。(四〇)鈴木は主に暴力と性について論じているために人種との近接性の例として人種混淆(ミセジェネーション)とリンチを取り上げているが、本書は暴力や性とともに人種こそがアメリカを「特異国」足らしめているという立場に立つものである。とりわけ人種と性が近接性を有するのみならず、人種混淆に象徴されるように、「混淆」し、ハイブリッドになっているのがアメリカの歴史と文化の特徴である。このような視点からアメリカ文学における多様な作品を読み解くのが本書の試みである。ただし、残念ながら筆者の守備範囲の問題から、本来取り上げるべきアメリカ先住民(インディアン)、ユダヤ系やアジア系などのエスニックの文学、白人女性の文学に言及できていない点は今後の研究を俟つこととして御海容を願いたい。なおフォークナーに関しては拙著『一九三〇年代のフォークナー』(一九九七年)において『八月の光』、『アブサロム、アブサロム!』など主要作品における人種と性(ジェンダー)の問題およびハイブリッドな語りの技法についてまとめて論じているので、本書の姉妹編として参照いただきたい。

ところで人種をめぐる問題は、性とりわけジェンダーをめぐる問題と同様に、近年議論を深めている。人種をめぐる議論の現況は概略次の通りである。一九四〇年代に「生物学的実体としての人種について、最初の疑いの声をあげたのは人類学であった。」(スメドリー一五九)また一九六七年ユネスコによる「人種および人種偏見についての声明」がヒトを人種に分けることへの強い疑念を示したことを受けて、「二〇世紀末には、大多数の学問分野で、人種は人間の差異自体ではなく、差異について文化的に構築されたイデオロギーであるというコンセンサスが広がっていった。」(同 一五九)その結果、現代では「『人種』は生物学的に有効な概念ではない」(ブレイス 四三七)と断言する者もあり、「生物学や人類学といった近代科学の世界だけに限って言えば、人種というコンセプト自体が消失していったと言ってもよいだろう」(松田 三九〇)という状況である。すなわち「人種」は文化構築主義あるいは社会構築主義の産物であるというのが現在の「人種」理解の到達点である。

このように「『人種学』もしくは『人種』という用語は消えつつあるが、しかしそれと同時に、それらで表そうとしてきた概念のようなものは、いまだ健在」であり、「人間という動物を類型的に細分化しようとするレッテル貼りの思惑なり、そうした概念を利用して、ことさらに人間の多様性を単純化していこうとする方法論は、いまなお衰えを知らない」(片

山 四八九)。別な言い方をすれば「人種差別の存在そのものが人種を実体化する方向に働いている」(多賀谷 五一〇) のである。

ところでこの「人種」という言葉と概念はいつどのように発生し、「発展」を遂げてきたのだろうか。少し歴史を紐解いてみたい。そもそも人種 (race) という言葉が使用されるようになったのは一五、六世紀頃、「ヨーロッパの世界的膨張の過程で、人間全体を分類し、序列化する認識の枠組みとして、支配する側が創り出した」(中條 一五) もので、英語の race について言えば、「一七世紀頃には、これが人間の集団をも意味するようになり、nation や people といった言葉と同義になる」。そして「一八世紀に入ると、race は徐々に身体的特徴によって分類された人間のグループを記述するときに使われるようになったのである。」(同 五一)

最初に範疇的な「人種 (race)」という言葉を使用したのは、フランスの旅行家・作家のフランソワ・ベルニエ (一六二〇―一六八八) (ブレイス 四六〇) であり、彼が一六八四年に発表した匿名の論文において人種分類のパターンとして最初に使用したと言われている。(中條 五四) そして今日広く認識されている意味合いを持つ「人種 (race)」という言葉の使用により、「多様なヒト集団は異なった『種』に属するという可能性が示唆された」のは一九世紀前半、アメリカの解剖学者サミュエル・ジョージ・モートンによってである。（ブレイス 四三八）このように、「一九世紀の初めまでには、人種概念は一つの社会的イデオロギーとして成熟しており、アメリカの文化と社会のなかでしっかり制度化されていた。」（スメドリー 一六九）

ここで「人種」と「人種差別」ないしは「人種偏見」の関係について考えてみたい。先ほど来、何度か参照している中條献の『歴史のなかの人種』に卓見が示されているので引用する。中條は次のように述べている。

> われわれが現代でいう「人種偏見」や「人種差別」といった現象は、人種概念の出発点にはすでに存在した。いや、むしろ事の順序を変えて、「人種」以前に存在した社会集団間の階層差や支配と抑圧の関係を背景にして、その関係性のなかで互いを見つめる視線が、「人種」という言葉と概念を紡ぎあげていった、という表現の方が適切かもしれない。（二〇―二一）

そしてアメリカ合衆国の歴史は、その出発点から支配、差別、抑圧の構造を内包していた。その社会構造を合理的に理解し説明してくれるのが、「人種」という人間を分節化するカテゴリーだっ

たのだ。(四七)

このようなネガティブな動機から作り出され使用されたのが「人種」という言葉や概念であり、その意味では「私たちは、人種というレンズを通して物事を語ることから解放されなければならない。それは、セム(アラブ、アムハラ)、ハム、あるいは黒人=ニグロといった旧来の価値が染みついたカテゴリーを脱構築することでもある」という栗本(三八四)の主張は首肯できる。

だが、もう一方でそれは対抗的な概念として黒人たちの社会的抵抗にとって必要なものともなっている。「アメリカ合衆国では、この性や人種などの属性にもとづいて抑圧的で不平等な社会関係が作られてきた歴史と現実がある」という中條(六八)の指摘や、「『人種』はアメリカの歴史と社会において、一貫して或る種の不平等正当化論として機能し続け、また、社会的・政治的・経済的な制度化圧力をもった構築物として力を発揮し続けているが、他方で確かに被差別者には抵抗のための政治的結集軸を用意してきた」という川島(iii)の指摘のように、人種のカテゴリーを脱構築するのみならず、人種に基づく共同性を構築することが必要であるというのも重要な一面である。松田素二は「人種的共同性の構築のために」という論文において、そのようなものの発現としてアメリカ合州国には三つの黒人自己規定運動があると述べている。それは二〇世紀初頭のアレン・ロックが提唱したニューニグロ運動とデュボイスの黒人民俗運動、二〇年代から三〇年代にかけて勃興したネグリチュード運動、六〇年代のアフロセントリズム運動である。(四〇三―〇五) これらはいずれも黒人共同体の運動として厚みを増幅し、一定の成果を挙げていった。本田創造の『アメリカ黒人の歴史』やポーラ・ギディングズの『アメリカ黒人女性解放史』などはこのような視点からアメリカ革命、奴隷制、南北戦争、人種分離、公民権運動などを通してアメリカの歴史を再考するものとなっている。(「アメリカ・インディアン」についても同様のことが行なわれている。) 本書においてはこのような流れを背景として意識しながらアメリカ文学において「人種」がどのように描出されているかを究明していく。

性(セクシュアリティ/ジェンダー)

前の「人種」の項において参照した鈴木透は、アメリカを「性の特異国」と呼び、それは

「人為的な統合や理念先行の国家というアメリカが背負った宿命と深く関係している」(iii)と指摘している。そして「エネルギーと未熟さを合わせ持つ実験国家」(九)であるアメリカの「エネルギーの源が『完全なるもの』への希求や、性に対する恐怖と深く関係していた」(八)と述べている。実際、アメリカの性をめぐる歴史的過程は矛盾に満ちているように思われる。「ピューリタン的な性道徳によって性を抑圧しようとしてきた社会が、同時に性革命の先進国としての顔を持つという事実」(一四)に見られるように、性の抑圧と解放がアメリカにおいては拮抗してきた。この性の抑圧と解放は「一見正反対の思想のようでいて、実は根底には共通の精神」があり、「性を直視しようとする精神が一貫して流れている」(一四)、それは「ともに完全なる社会をつくり上げるうえでの実験」(二一)であると鈴木は主張する。それらは、性のユートピアを目指すオナイダ・コミュニティの実験や、同性愛を禁止する法律・ソドミー法の制定、妊娠中絶の禁止、産児制限(コムストック法の制定)、異人種間結婚の禁止、公民権運動と並行する形での「性革命」、同性愛者たちの権利を求める運動、妊娠中絶をめぐる激しい対立など、性をめぐる極端な事象としてアメリカの歴史を彩っている。それ故これらがアメリカ文学の主要なテーマとして登場するのは不可避のことである。

ところで、それほどまでにアメリカ人が拘泥する性（セクシュアリティ）とは如何なるものなのだろうか。加藤秀一は、セクシュアリティとは「他者との身体接触にかかわる快楽や欲望を軸として、社会的に編成された一群の観念や行動様式」（三五）であると定義している。このようにセクシュアリティを「根源的に『自然な』現象としてでなく社会的・歴史的諸力の産物」（ウィークス　一七）、「構築物」と捉える考え方が今日では一般的であり、こういう考え方は、「セクソロジーや性心理学を本質主義と呼ぶのに対して、社会構築主義とか構成主義と呼ばれている。（村上隆則　一八八）

スティーヴン・ヒースによれば、そもそも「セクシュアリティ」という言葉は、一九世紀の語であり、「OEDは一八〇〇年の例文を挙げている。けれどもこの場合、その語は植物、昆虫、動物の生態における有性生殖という性の事実に関して（生物学的、動物学的に）述べるというだけの狭義に使われて」（一一）おり、「われわれのいう『セクシュアリティ』という語がはじめて現れたのは、一八八九年の『女性の病気に関する臨床講義』の中」（一七）であり、「一九一〇年頃から認識的・派性的な『性（セックス）』の用語が急速に紹介され広まっていった」（一四）とのことである。この流れのなかでフロイトは性を「歴史化」してとらえるとともに特権化したのだが、それを脱構築してみせたのが、フーコーであった。

フーコーは『性の歴史Ⅰ　知への意志』（一九七六年）において、「抑圧の仮説」に対する三つの重要な疑いを検討することを通して、性の言説化と権力の問題を明らかにする。すなわち「性が抑圧されてきた」という一般的な思い込みは真実ではなく、「十六世紀以来、性の『言説化』は、制約を蒙るどころか、反対に、いよいよ増大する扇動のメカニズムに従属」（二二）し、「増殖することを止めなかった。十八世紀以来、このような言説の発酵はその速度を増した」（二六）、「性についての言説は、三世紀この方、減少させられるよりは増大させられてきた。（中略）それはより根本的な形で、散乱する性的異形性をことごとく確実なものとして、定着させたのだ。」（六九）

この扇動のメカニズムに関係しているのが「権力」であり、「十八世紀における権力の技術にとって大きな新しい様相の一つは、経済的・政治的問題としての『人口』の問題であった。このような人口をめぐる経済的・政治的問題の核心に、性があった。」（三五）フーコーのこれらの記述について桜井哲夫は次のように解説している。

人口を増加させるためには、出生率を上げなければなりません。それはとりもなおさず、生殖行為（セックス）の問題でもあるのです。したがって、人口増加という政策をおこなうためには、国家は生殖行為について情報を確保し、統御する必要があったのです。

さらに、一八世紀から一九世紀にかけて、正規の婚姻による夫婦関係（一夫一婦制）が社会規範とされると、（中略）逸脱的行動が問題とされるようになったのです。（一六五）

このように問題視され、排除・弾圧の対象とされた逸脱的行動のひとつが同性愛である。例えば「中世後期のイタリアや一七世紀後半以降のイングランドにおいては、同性愛は実に盛んだった」（ウィークス 四七）と言われるように、一八世紀以前には、「同性愛は確実に存在したが、『同性愛者』は存在しなかった。」（同 五一）実際、「同性愛」ということばが発明されたのは一八六〇年代である。（同 五一）つまり一九世紀になると「ホモセクシュアリティ」という新たな呼称が作られ、同性愛を禁止する法律、ソドミー法が制定され、アメリカにおいては一九六一年まですべての州に存在し続けるのである。（鈴木 三二）あるいは英国においては一八六一年までは男色（ソドミー）に対する罰則に死刑が含まれることが明記されていた。（ウィークス　五六）また米国においては性と人種の複合した問題として、性に対する恐怖の感覚から、異人種間の結婚を禁止する法律が次々と制定され、これも廃止されるのは公民権運動後のことである。同性愛者が自らを表現する言葉として「ゲイ」という言葉を使うようになり、「クローゼットを出て」、権利獲得のための運動を開始したのは、この時期（一九五〇年代から六〇年代）のことである。

桜井はさらに性の国家による管理について次のように述べている。

近代国家は、かくて国民の身体をソフトに管理する国家なのです。手厚く健康を心配し、性行動が逸脱しないように配慮し、問題が起こったときにカウンセリングをおこなって、正常化するべく配慮する、「生命を管理する政治学（ビオ・ポリティック）」が機能する社会となったのです。（一六六）

このビオ・ポリティックについて中山元は「人種」との関係において更に考察を進めている。（もっともこの場合はアーリア人対ユダヤ人の対比においてであるが。）

それではこの性—権力は、どのようにして死の権力に変貌するのだろうか。（中略）フーコーは、それを可能にするのが〈人種〉という原理だと考える。（中略）これは人間の種に、「よい種」と「悪い種」という区別を導入することによって、人間という種全体を、死ぬべく定められた人間と、生きるべく定められた人間に分割することである。（中略）人種差別によって、他者に死をもたらし、「悪しき種」を滅ぼし、「劣った種」や「異常な種」を絶滅すれば、われわれの生そのものがさらに健全で、正常で、〈純粋〉になると考えるのである。（一七八—七九）

このように性は人種差別とつながることによって死の権力にさえ変貌するのだが、この点に関してウィークスは、「セクシュアリティの世界には多くの支配—従属構造があるのであるが、今日では三つの主要な軸がとりわけ重要と思われる。階級、ジェンダー、人種である」（五七）と述べている。

とりわけウィークスはジェンダーとの関係に言及し、「社会的条件を意味するジェンダー」と「文化的様式を意味するセクシュアリティの両者は複雑に結び合わされており、（中略）私たちはいまだに、ジェンダーを考慮に入れずにセクシュアリティを考えることはできない」（同 七二—七三）と述べ、ジェンダーとセクシュアリティの近接性を強調している。その「ジェンダー」が「セクシュアリティ」同様に「構築物」であり、「社会的に編成された知識や規範としての性別」（加藤　二六）であることは今日においては常識となっている。ジェンダーの問題はとりわけアメリカを語る際に重要である。アメリカという国は、先の鈴木の著書に言及されている、「男性の性的欲望がアメリカの歩みに投影されている」（五）、「アメリカという大地そのものが、実は女性化された存在であり、男性による処女の支配という発想」（六）、というアネット・コロドニーの刺激的な解釈を取り上げるまでもなく、銃や軍事力や力の行使による支配、男性支配を当然とする「マッチョ」の国であり、それゆえアメリカ女性の権利獲得のための闘争が熾烈を極めたことは周知の事実である。「女らしさ」「男らしさ」というジェンダー規範の強固さとの戦いのためには、アメリカにおいて戦闘的なフェミニズムやゲイの運動が築かれなければならなかった所以である。

以上見てきたように、フーコーの登場以来「性の歴史」は脱構築され、大いに深化を遂げたのだが、今日では「ポスト・フーコー」として新たな局面を迎えている。ポスト・フーコー時代においては、「学術的レベルでは社会構築主義を認めつつ、レズビアン／ゲイというアイデンティティを放棄しない、という二重性を帯びたスタンス」（村上　一八九）を取り、「抵抗の主体」としてヘテロセクシズム（異性愛主義）、ホモフォビア（同性愛嫌悪）、エイズ表象の構造などを解き明かしていくことに取り組んでいる、セジウィック、バトラー、ハルプリン、ベルサーニなどが代表的な人々である。また彼／彼女らの立場は、九〇年代以降、あらゆる性的マイノリティを総称するのみならず、「ヘテロセクシャル」との対立図式自体を崩壊させてしまおうとする「クィア」の立場に通底するものである。

このように整理される「人種」と「性（ジェンダー／セクシュアリティ）」がアメリカ文学の諸作品のなかにどのように投影されているのか、それらを描き出すハイブリッドな手法がいかにハイブリッドな主題と有機的に関連しているのかを、ホーソーンからモリスンまでの一世紀半ほどのスパンのなかで、女性・男性・黒人・白人さまざまな書き手の作品を取り上げて以下に分析してみたが、そこに新たなアメリカ像が立ち現われてくれれば著者の試みは成果を挙げたと言えるだろう。

＊「アメリカ黒人」については本来は政治的に正しい「アフリカ系アメリカ人」を用いるべきであるが、時代背景、人種差別における「白人」との対照、文脈上などから本書においては主に「黒人」の名称を使

用している。またいくつかの作品においては「黒んぼ」「ニグロ」という差別的な表現が用いられているが、作品の舞台となる時代と社会を描くためには当時の表現を用いる必要があり、原著の表現をそのまま用いたことをお断りしておく。

引証資料

明石紀雄・飯野正子『エスニック・アメリカ［第三版］――多文化社会における共生の模索』有斐閣、二〇一一年。

ウィークス、ジェフリー著、上野千鶴子監訳『セクシュアリティ』河出書房新社、一九九六年。

大串久代『ハイブリッド・ロマンス――アメリカ文学にみる捕囚と混淆の伝統』松柏社、二〇〇二年。

片山一道「日本人の生物人類学者にとって、『人種』とは何なのか?」『人種概念の普遍性を問う』四八七―九八頁。

加藤秀一『性現象論――差異とセクシュアリティの社会学』勁草書房、一九九六年。

川島正樹編『アメリカニズムと「人種」』名古屋大学出版会、二〇〇五年。

ギディングズ、ポーラ著、河地和子訳『アメリカ黒人女性解放史』時事通信社、一九八九年。

Grassian, Daniel. *Hybrid Fictions: American Literature and Generation X*, McFarland, 2003.

栗本英世「人種主義的アフリカ観の残影」『人種概念の普遍性を問う』三五六―八九頁。

桜井哲夫『知の教科書　フーコー』講談社、二〇〇一年。

鈴木透『性と暴力のアメリカ――理念先行国家の矛盾と苦悶』中央公論新社、二〇〇六年。

スメドリー、オードリー「北米における人種イデオロギー」『人種概念の普遍性を問う』一五一―八一頁。

関修・木谷麦子編『知った気でいるあなたのためのセクシュアリティ入門』夏目書房、一九九九年。

多賀谷昭「生物学概念としての人種」『人種概念の普遍性を問う』四九九―五一四頁。

竹沢泰子編『人種概念の普遍性を問う――西洋的パラダイムを超えて』人文書院、二〇〇五年。

中條献『歴史のなかの人種――アメリカが創り出す差異と多様性』北樹出版、二〇〇四年。

中山元『フーコー入門』筑摩書房、一九九六年。

ヒース、スティーヴン著、川口喬一監訳『セクシュアリティ――性のテロリズム』勁草書房、一九八八年。

フーコー、ミシェル著、渡辺守章訳『性の歴史I　知への意志』新潮社、一九八六年。

ブレイス、C. ローリング「『人種』は生物学的に有効な概念ではない」『人種概念の普遍性を問う』四三七―六七頁。

本田創造『アメリカ黒人の歴史（新版）』岩波書店、一九九一年。

松田素二「人種的共同性の再構築のために」『人種概念の普遍性を問う』三九〇―四一四頁。

村上隆則「セクシュアリティ研究の系譜」『知った気でいるあなたのためのセクシュアリティ入門』一八二―九二頁。

山下昇『一九三〇年代のフォークナー――時代の認識と小説の構造』大阪教育図書、一九九七年。

第一部　男性作家

第1章

ナサニエル・ホーソーン

『緋文字』とホモソーシャルな欲望

はじめに

ナサニエル・ホーソーン（一八〇四―六四）の『緋文字』（一八五〇）をイヴ・K・セジウィックのジェンダー理論で読み解くのが本章の目的である。セジウィックの著作は、一九八五年の『男同士の絆』を皮切りに、『クローゼットの認識論』（一九九〇）、『傾向論』（一九九三）があり、ジュディス・バトラーの『問題なのは肉体だ』（一九九三）と並んで現代アメリカのジェンダー文学批評における必読書となっている。セジウィックの主たる研究対象は、二、三の作品・作家を除いて、ほとんどイギリスやヨーロッパの作家・作品であり、アメリカの作品・作家はまだ多くが論じられていない。そこで本論では、セジウィックの方法がどのようにアメリカ文学の分析に適用可能であり、どの程度有効なのかを、『緋文字』を例にして考えてみる。

ホモソーシャルとホモセクシュアル

セジウィックのジェンダー批評の基本的立場を表明したものが『男同士の絆』である。同書はルネ・ジラールの『欲望の現象学』における性愛の三角形の図式という切り口からヨーロッパ文学のキャノンを読み解いたものである。セジウィックによれば、ジラールの基本的構図において重要なのは、以下のように展開される性愛の三角形を構成するライヴァル関係である。

すなわち、性愛上の対立がいかなるものであれ、ライヴァルふたりの絆は、愛の対象とふたりをそれぞれ結びつける絆と同程度に激しく強い――つまり、彼によると「ライヴァル意識」と「愛」は異なる経験であっても、同程度に強く多くの点で等価というのである。（中略）要するに、性愛の三角形では、愛の主体と対象を結びつける絆よりも、ライヴァル同士の絆のほうがずっと強固であり行為と選択を決定する、というのが彼の見解のようだ。しかも、ジラールが言及する――ヨーロッパのハイ・カルチャーともいうべき男性中心の――小説伝統において、三角形を構成するのはほぼ例外なく、ひとりの女性をめぐるふたりの男性の競争である。とすると、彼が最も精力的に暴き出したのは男同士の絆、と言えるだろう。（Sedgwick 21）

これは言葉を替えて言えば、「［家父長制とは］物質的基盤をもつ男同士の関係であり、階層的に組織されてはいても、男性による女性支配を可能にする相互依存および連帯を樹立、もしくは生み出す」ものであるというハイジ・ハートマンの家父長制の定義でもあるとセジウィックは解説する。（Sedgwick 3）

ところでそのような性格のものであると指摘されるライヴァル関係について、さらに重要な視点をセジウィックは提供している。それはホモソーシャルという用語が「同性間の社会的絆」を表すとともに「強烈なホモフォビア、つまり同性愛に対する恐怖と嫌悪」を含み込んでいるものの、欲望という視点から見れば実は「ホモソーシャルとホモセクシュアルとが潜在的に切れ目のない連続体を形成している」(Sedgwick 1) ということである。

「ホモセクシュアル・パニック」という言葉で表現されるように、男同士の関係がホモセクシュアルでないと断言できるものは誰もいない。男性は常に男同士の絆がホモセクシュアルかも知れないという不安を払拭できないと著者は指摘する。極言すれば、男性の異性愛は自己の同性愛に向き合わないための口実のひとつでさえありうる。

フーコーの『性の歴史』(一九七六) やブレイの『同性愛の社会史』(一九八二) が明らかにするように、ホモセクシュアリティをめぐる西洋の言説が大きく転換したのが一八世紀であり、それに連動して同性愛嫌悪 (ホモフォビア) が顕在化したのが一八世紀末であるという。(村山 三〇九) だとすれば今から取り上げる『緋文字』という作品は時代との微妙な関係にある。

『緋文字』が書かれて出版されたのは一九世紀の一八四〇—五〇年代であり、ホモセクシュアリティが道徳の問題として人々に喧伝されていた時代であった。しかし作品の時代設定は一七世紀の一六四二—四九年のことである。当時ホモセクシュアリティは社会的無意識の状態に置かれていたと言える。作品の時代設定と出版された時代との間のホモセクシュアリティをめぐる社会意識の変化あるいは落差が作品にどのような意味を与えているのかを考慮に入れながら小説を検討してみよう。

愛とセクシュアリティ

『緋文字』が姦通という罪とそれに対する罰をめぐる物語であるというのは自明のことである。一七世紀当時法律によって禁止されていた姦通を犯したヒロイン、ヘスター・プリンが罰せられ、犯した罪を告白できない牧師アーサー・ディムズデールは苦しみ、妻を寝取られた医師ロジャー・チリングワースは復讐の虜となるさまが作品に描き出される。このように姦通という罪をめぐる三者三様の対応が、最後は牧師の告白と死、医師の死と遺産寄贈、ヒロインの運命受容と死として結末を迎える。最も苦しんだのは誰か、誰が一番罪深いのか、ヘスターは新しい女性なのか、様々な疑問がこの小説をめぐって湧き起こり、活発な議論はつきることがない。

ここではそうした議論とはやや異なった側面からこの作品を考えてみたい。それは、セクシュアリティの問題である。(1) 先述したように、この作品の時代には姦通は社会に明示された事件であり、刑罰の対象とされていた。いっぽう、同じ性的な事件でありながら、同性愛は、いわば口に出せない話題であった。もちろん、人間男女による正常な性関係以外のものは「ソドミー」という言葉で呼ばれ、一律禁止されるべきものであった。同性愛のみが名指しで非難されるものでもなく、ひたすら禁忌として潜行していたと思われる。しかしこの小説が書かれた時代になるとホモセクシュアリティをめぐる言説は明示的になり、(奴隷制をめぐるのと同様に、隠すにしろ表わすにしろ) 人々はホモセクシュアリティに対する自らの態度を自問せざるを得なくなってくる。小説においてホーソーンが見事に奴隷制の問題に口を閉ざしているように、この問題に関しても作者はもちろん巧妙に態度表明を留保しているように見える。(2) そこで筆者はセジウィックの理論を援用して、セクシュアリティの観点から深読みをすることによって、この作品の表面には表れていない意図を読みとることとしたい。

俗耳にも「愛と憎悪は紙一重」、「愛しているからこそ憎みもする」と語られるが、『緋文字』の語り手も最終章「結び」において愛と憎悪について次のように述べている。

愛と憎しみは根底において同じではないかという主題は、観察と考察に値する。愛にせよ憎しみにせよ、その究極の発展段階では、高度の親密さと心の通じ合いが予想され、いずれもが相互にその情念と精神生活の食物を相手に求めることになる。情熱的に愛している者も、情熱的に憎んでいる者も、ともに、その対象が消滅すると寂寞とした孤独感にとらわれるものである。それゆえ、哲学的に考えるなら、ふたつの情熱は本質的に同じであって、たまたま一方が天国の光のもとで眺められ、他方が暗く不気味な微光のもとで眺められているだけのことである。精神界においては、老医師も牧師も——ともに犠牲者であったのだが——無意識のうちに、彼らの地上における憎しみと反感のたくわえが黄金の愛に変質していくのに気づいていたかもしれないのである。(3)（175-76）

もちろんこれは語り手の解釈であるという限定つきながら、この引用が言わんとするところは、アーサーとロジャーの間には限りなく愛に近いものがあったということである。

ロジャーはアーサーが姦通の相手であったということが分かって以来、もちろん彼を憎んでいた。しかしその憎しみは右に指摘されるようにいつしか愛に変わっていった。いや、以下に述べるような理由からそもそもロジャーはアーサーを愛さざるを得なかったのだ。

男同士の絆

そもそもこの復讐劇の始まりから男は女を問題にしていない。姦通を犯した罪で収監されている妻へスタを訪ねて互いの非を認めた後、ロジャーは次のように宣言する。

「……わたしはおまえに復讐したり、悪だくみをしたりしようとは思わない。……わたしは……その男を見つけてみせる。その男を感じさせるような、共鳴力といったようなものがわたしにはある。……遅かれ早かれ、そいつはわたしのものだ！」

（中略）

「……おまえと、おまえの大切なものは、ヘスター・プリンよ、みなわたしのものだ。おまえがいるところがわが家で、男のいるところもわが家だ！……」

（中略）

「おまえの魂ではない」また薄笑いを浮かべて、彼は答えた。「いや、おまえのではない！」（53-54）

医師の憎しみの相手は妻であるヘスターではなくて、彼の所有権を侵害した男である。彼にとって妻は所有物であり、彼の復讐の道具にすぎない。そのため彼は自分の正体を世間に口外しないことをヘスターに約束させる。

このようにヘスターを黙らせるのは医師だけではない。彼女の姦通相手である牧師も同様に彼女を黙らせる。「自分たちのしたことにはそれなりに神聖なところがあったのだ」と言うヘスターを、アーサーは「お黙りなさい」（133）と制止するのみならず、「わたしたちはもう会うことはないのでしょうか？」と問うヘスターを「黙るのだ」（173）と、死を迎えるまぎわにおいてさえ叱責する。(4)

このようにヘスターを媒介とする二人の男たちは、ヘスターに対して同様の行動を要求する。当初互いが姦通された男と姦通した男であるということを知らずに、医師と患者という関係でスタートした二人の男たちの仲は、時間の経過とともに親密さを増し、「一種の親密さが、このふたりの教養ある人物のあいだに育っていった」（86）と語られるほどになる。その後二人は同じ家で暮らすことになる。

二人の関係は外見的には医師と患者のそれであり、友人同士のようである。しかし牧師は結婚するつもりもないようで、「独身を保つことが彼の教会の戒律のひとつでもあるかのように、牧師はこの種の「結婚」話をいっさい拒否した。」（87）アーサーが結婚話を拒否するのは、ひとつにはヘスターに対する愛または責任からであることは明らかである。しかしこの小説全体から見えてくるものからすれば、牧師が最も愛していたのは明らかに神であり、彼は宗教に殉じたと言ってもいいだろう。だが別な角度からアーサーの独身主義を検討してみると、そこにロジャーとのホモソーシャルでホモセクシュアル的な関係が垣間見える。アーサーとロジャーとのホモソーシャルな関係について語り手は次のように描写している。

……若い牧師に対する父性愛と敬愛の念をかねそなえた、この聡明で、経験にとみ、慈愛あふれる老医師こそ、全人類のなかで、つねに牧師の声が聞こえる範囲内にはべる最適の人物であるように思われた。(87)

神と牧師の関係が父と子のそれであるように、ここでほのめかされているのも、医師と牧師の関係はあたかも父と子のようであるということである。じっさい、ヘスターの本当の夫であるロジャーは、夫としては老齢であり、ヘスターとの間に親子ほどの年齢のひらきがあることが述べられている。(53) 性関係もなかった可能性がある。とすれば、法律上は妻の姦通であるヘスターとアーサーの恋愛も、見方を変えれば娘または息子の結婚のようなものである。年齢的な差や、ヘスターがロジャーを愛していなかったと言明していることから考えても、彼らの間にプリン家の財産を継ぐ子どもが生まれる可能性は極めて少なかったと思われる。しかし、ヘスターの姦通のおかげで、彼の実子ではないと言うものの、結果的にはロジャーは財産を子ども（パール）に残すことができたのである。

この結果をしてロジャーに苦悩がなかったとか、ロジャーの勝利だとは言わないけれど、はからずも結果としてはロジャーの抱負の一部は達成されたと見なすことができる。この作品はそこに行き着くまでのライヴァル同士の関係を執拗に描いている。

二人の関係の決定的な転換点となるのが、昼寝をしている牧師の胸を医師がはだけて見る場面である。(95) 牧師の胸に何があったのかは明らかにされていないが、おそらくAの痣であろう。これが、牧師の胸に姦通の罪のしるしを発見して、医師は妻の姦通の相手が牧師であることに確信をいだく決定的な場面であるが、この場面を次のように読むことはできないだろうか。この場面は文字通りには医師が牧師の胸をはだけて罪のしるしを発見する場面だが、この場面をロジャーのアーサーに対するレイプと読むことは誤読の謗りを免れないだろうか？もちろんこれが性器接触をともなう本当のレイプであると強弁するつもりはない。

しかし一七世紀当時のピューリタン社会におけるこのような場面の表現は、口に出して語ることのできないできごとの婉曲表現、あるいは禁忌の表象であると考えることも不可能ではない。この事件に対する医師の反応は「恍惚」（96）と表現されている。

この転換点以降のロジャーの感情は憎しみと愛の入り交じったものであっただろうことは想像に難くない。むしろ自身が自覚しないうちに、憎しみが愛に変質していく過程と見るのが妥当と思われる。物語のクライマックスである「緋文字の露呈」の場面で、自ら群衆の前で罪を告白しようとするアーサーを制止するロジャーの発言と行動は、まるで息子をかばう父親のようである。

「待て、気でも狂ったのか」彼は小声で言った。その女をどけるのだ！　子供をはなせ！　そうすりゃ、万事うまくいくのだ！　名声をけがし、不名誉のうちに死ぬことはない！　わたしにはまだあなたを救えるのだ！……」（170）

いっぽう、息途絶えようとする牧師は「あの陰険でおそろしい老人をつかわしたもうことによって」（173）自分が永劫の地獄に呻吟するのを免れた、として神の采配に感謝している。

このように作品を仔細に検討してみると、『緋文字』はヒロインのヘスターをめぐる物語というよりは、ヘスターは脇役に追いやられていて、あくまでもライヴァルの男同士の絆についての物語、まさに家父長制の物語として読者の前に立ち表れてくる。

ヘスターの造形

それではヒロインのヘスターは男たちによって交換されるための単なる道具に過ぎないのだろうか？　それとも一人の生きた人物として、存在感のある女性として造形されているのだろうか？この点について少し詳しく検討してみたい。

ヘスター像の解釈を巡っては意見が大きく分かれている。例えば「アメリカ小説における最初の真のヒロイン」（Baym 62）と肯定的に高く評価する者もおれば、「ホーソーンはヘスターに同情しているかもしれないが、価値観を共有してはいない」（Bell 89）と否定的なむきもある。いずれの解釈の妥当性が強いかを次にテクストで見てみよう。

あくまでも語り手によってであるが、ヘスターは次のように三つの性格を有する者として描写されている。まず第一に彼女は「強い」（110, 111）女性として提示される。別な言葉では、「反抗的態度」（50）、「勝ち気な性格」（55）、「反抗的な気分」（63）と表現されている。生来の性格がそうであると述べられているが、衆人環視のなか、孤立無援で生きていかなくてはならない彼女の立場を斟酌すれば、外部からは当然そのように見えるのであろう。次に彼女は「情熱的で衝動的」（42）、「奔放な」（56, 63）、「官能的な」（59）女性として提示される。姦通の罪を犯すような女性だから当然そうであろうということが前提とされている形容である。しかしじっさいは彼女はほとんどの場合、地味な服装をして、大理石のように無表情である。そしてもうひとつの形容が「有能」（59, 110）である。このように多面的に描かれていることからも分かるように、ヘスターはたんに道具としての役割を果たすだけの存在ではない。

だが彼女の女性的側面は、森の中で緋文字を外した時に顕現するほんのひとときを除いて、小説の中では終始抑圧されている。また、彼女は一貫して母の役割を果たしており、母としてのみ存在が許されている。なお、物語冒頭でパールを胸に抱いて登場するヘスターを聖母マリアに模している場面があるが、これにはアンビヴァレントな風刺的意味あいがある。(5)

更にもうひとつの面は彼女が予言者として描かれている点である。彼女の予言者的側面は二人の人物に関係している。いずれもが宗教的異端と関連しており、ひとりは魔女と噂されるヒビンズ夫人、もうひとりは異端審問の果てに追放されたアン・ハッチンソンである。両者との関係において、ヘスターはそのいずれかになる可能性を有していた。ヘスターが魔女となるのを救ったのは子どもパールの存在であり、ヘスターがアン・ハッチンソンにならなかったのはヘスターをして次のように言わしめた思想であった。

女性の前途に立ちはだかっているのは、絶望的に困難な仕事である。まず第一歩として、社会の全組織を解体し、あらたに再建しなければならない。それから、男性の本性そのものを、あるいは本性そのもののようになってしまった、男性が長いあいだにつちかった習慣を変えねばならず、そうしてはじめて女性は正当で妥当と思われる地位を獲得することができるのである。そして最後に、他のすべての困難が排除されても、女性がこういう手始めの改革から恩恵を受けることができるようになるためには、女性自身がより大きな変化をとげなければならないのである。そしておそらく、そういう変化の過程で、そこにこそ女性の生命の真価があるところの天上的な資質は、消えてなくなってしまうことであろう。（113）

この考えの前半にはいわゆる女性解放思想の基本が述べられているが、そのテーゼを打ち消すように、最後の部分においては、そうすると女性は女性的美質を無くしてしまうと結論づけている。これは実質的に女性解放思想への懐疑である。そしてこの考えはさらに小説最後の「結び」において決定的なものとして吐露される。

年若いころ、ヘスターは自分のことを予言者として宿命づけられた女ではないかとむなしく想像したこともあったが、しかし、もうずっと以前から、神聖で神秘的な真理を伝える使命が罪によごれ、恥にうなだれ、一生の悲しみを背負った女に託されるはずがないことを知っていた。なるほど、来るべき啓示をもたらす天使や使徒は女性であるにちがいない。しかし、そういう女性は気高く、清く、美しく、しかもそのうえ、暗い悲しみによってではなく、天上的な喜びを媒介として賢明になり、かつ神聖な愛がわれわれをどんなに幸福にするかを、そのような目的にかなった人生の真の試練をへて示すことができる女性でなければならない！（177-78）

ここに明示されているのは、女性解放は必至であるがそれは将来のことであるという、漸次改良主義の立場であり、ヘスター自身はその担い手としては意識的に排除されている。

ヘスターが一連の事件と彼女自身の経験を通して、とりわけディムズデールの生と死の教訓を通して、到達したのがこの立場であるように小説は書かれている。強制されたわけではないのにふたたびニュー・イングランドの地に戻り、いったん逃避行の船に乗ったら海中に投じてしまうと二度にわたって言明している緋文字を再度みずからの意志で胸につけて生きるヘスターの姿は、アーサーの遺言を実行しているとしか解釈できないものである。いまわのきわにアーサーが残した言葉「お黙り、ヘスター、黙るのだ」「わたしたちの破った掟――いまこうして恐ろしくもあらわになった罪！――それだけを考えておくれ！　わたしは恐れるのだ！　危惧するのだ！　わたしたちが神を忘れたとき――わたしたちがおたがいの魂に対する尊敬をうしなったとき――そのときから、来世であいまみえ、きよらかに永遠にむすばれる希望はかなえられなくなったのではないかと（後略）」（173）は、このように彼の死後も彼女を縛ったのだ。

このように見てくると、語り手はヘスターを多面性を有した女性として描き出してはいるものの、その思想と行動面においては、母であり保守的な女性に制限していると言わざるを得ないであろう。この点に関してレイノルズは、ホーソーンが当時の大衆小説の女性像や女性解放運動家たちへの反感を持っていたことを跡づけながら、「ホーソーンは当時の流行の女性のステレオタイプを変更しようとし、その手段としてピューリタニズムを使用したのだ」（Reynolds 184）と主張しているが、まさに正鵠を得た指摘である。

まとめ

以上検討してきたように、ヒロインのヘスターはそれなりに多面的な性格を付与されているものの、時代の制約と作者の意図に制限されて、この物語において彼女の豊かな人間性を全面的に開花させることはできていない。むしろこの小論の前半で見てきたように、男同士の絆の強さに翻弄されていると言えるであろう。この作品において、作者ホーソーンは、かなり率直に自己の意見を披瀝し、当時勢いを得ていた女性解放運動を横目に見ながら、家父長制支配の厳しい現実を活写したと言ってよいだろう。

註

（1）人種の問題をこの作品に絡めて論じることも可能である。実際「ヘスター・プリンは黒人だった」という主旨の論文が書かれたり、発表がなされていて、議論を巻き起こしている。斉藤忠利「ナサニエル・ホーソーンにおける黒人問題」『帝京国際文化』一四号（帝京大学　二〇〇一年）一―二〇頁、参照。

（2）ただし筑波大学の竹谷悦子によれば、『アフリカ巡航記』（一八四五）や『フランクリン・ピアス伝』（一八五二）などのノン・フィクションにおいては奴隷制に対する彼の考えが表明されているとのことである。ホーソーンはアフリカ植民協会の方針に賛同している。竹谷悦子「アフリカ巡航記」「アフリカとアメリカン・ルネッサンスの時代の帝国幻想――ナサニエル・ホーソーン編『アフリカ巡航記』」松本昇他編『記憶のポリティックス――アメリカ文学における忘却と想起』南雲堂フェニックス、二〇〇一年、三八―五七頁。

（3）Hawthorne, Nathaniel. *The Scarlet Letter*. W. W. Norton & Company, 1988. をテキストとして用いた。本文中の引用は同書からとし、かっこ内にページ数を記した。なお邦訳は八木敏雄訳『完訳　緋文字』岩波書店、一九九二年、を参照した。

（4）男たちがヘスターを黙らせる点に関しては、照沼かほる「語る男 vs. 行動する女――『緋文字』における女性を黙らせる構図」『NEW PERSPECTIVE』第一七三号、新英米文学会、二〇〇一年、二三―三七頁に詳しく分析されている。

また、興味深いことにヘスターもしばしばパールを黙らせる。とりわけパールが牧師のことを口にする時はきびしい調子で制止する。

（5）この小説に見え隠れするカトリシズムの要素について塩田勉は、「『緋文字』とカトリシズム――ヘスターは隠れカトリックだったか——」『NEW PERSPECTIVE』第一七三号、三一—一四頁において、「ホーソーンは、ピューリタンのカトリック差別に対する批判を込めてヘスターを造形した」と主張している。

引証資料

Baym, Nina. *The Scarlet Letter: A Reading*. Twayne Publishers, 1986.
Bell, Michael Davitt. "Another View of Hester" *Hester Prynne*. Chelsea House Publishers, 1990. ed. by Harold Bloom
Reynolds, David S. "Toward Hester Prynne" *Hester Prynne* ed. by Harold Bloom
Sedgwick, Eve Kosofsky. *Between Men: English Literature and Male Homosocial Desire*. Columbia UP, 1985. 上原早苗、亀澤美由紀訳『男同士の絆——イギリス文学とホモソーシャルな欲望』名古屋大学出版会、二〇〇一年。
村山敏勝「クローゼットの密林——セジウィックとクイアー批評」川口喬一編『文学の文化研究』研究社、一九九五年。

第2章

マーク・トウェイン

第1節　『ハックルベリー・フィンの冒険』における人種、ジェンダー、階級

はじめに

『ハックルベリー・フィンの冒険』（一八八四）は一〇〇年以上に渡って読み継がれ論じられていながらも毀誉褒貶の度合いがはなはだしい小説である。黒人像や結末部分に対する評価も肯定と否定が激しく対立している論争的な作品である。[1] この小説がそのように一筋縄ではいかないものとなっている原因は、作品にこめられた作者の戦略にある。

黒人像にしろ結末部分にしろ、肯定と否定が入り混じった矛盾した描写となっていること

は確かである。それは、マーク・トウェイン（一八三五―一九一〇）の現実認識とそれを表現するために彼がとった戦略の反映である。自分の意見を単純に表明するだけで小説が成立するものでもないことを作者は熟知していた。それゆえ、一見したところステレオタイプの黒人像を提示しているに過ぎないように思える場合には、なぜそのような現象がもたらされるのかを考えるヒントとなるような齟齬をきたす場面を併置している。フェルプス農場のエピソードも同様な設定となっている。その結果、社会や制度がいかに人間を抑圧し人間性を隠蔽するのかということを、その矛盾を手がかりとして考える必要に読者は迫られる。また、その抑圧と隠蔽が取り除かれればどのような人間性が提示されるかを、注意深い読者は行間に見いだすことが可能である。奴隷制、人種差別、商業主義のイデオロギーが跋扈する複雑な社会状況のもとで、売れっ子職業作家としての地位を保ちながらそのような状況を批判し、「人間」を描出するには、人並みならぬ能力と巧妙な戦略が必要とされる。『ハックルベリー・フィンの冒険』はそのような作者の意図と決意のもとに書かれた小説であることを念頭において、主に人種、ジェンダー、階級の三つの面に焦点をあわせて、この複雑な作品の被いを取り払ってみよう。

人種

『トム・ソーヤーの冒険』（一八七六）が主に白人共同体における白人少年たちの物語であったのに対して、『ハックルベリー・フィンの冒険』においては数人の黒人が登場し、しかもそのうちのひとりは物語のなかで中心的な役割を果たしている。言葉を変えれば、この作品においては人種の問題が避けて通れないということである。この小説のなかでも圧倒的多数を占めるのは白人であり、白人であることが自然であるとされている。白人が社会を支配し、白人に都合の良い制度を作りあげている。そのような社会のなかで少数者である者たちに対しては有形無形の抑圧が加えられ、自由な自己の形成や表明が制限されるのはいうまでもない。しかも人種をひとつのコードとするこの差別の体系は、法的社会的に認知されているのである。

白人といってもそもそも人間ひとりひとりが個性をもっているのだから、一律に白人がどうだと言えるものではない。だが語り手ハックの認識との絡みで見過ごすことができないのは、パップの白さである。それはつぎのように表現されている。

顔の見えている部分には血の気がなくて真っ白だった。他の人の白さと違って、気分が悪くなるような背筋がぞくぞくするような、つまり雨蛙か魚の腹みてえな白さだった[2]（23）

ハックがこのように感じるのは、実際に父が病的に白いということや父に対する恐れが心理的に影響していることが考えられる。だがこの描写はたんにそれに留まらないものを示唆している。つまりパップの白さのなかに、白人の不健全さ無慈悲な残虐性をハックは感じとっているのである。このように同じ白人でありながら少年ハックが、父に象徴される白人社会に対して自分とは異質な感じをいだいていることは注目に値する。

この小説には数人の黒人が登場するが、名前が示されるのはジムとナットとジャックの三人である。この三人だけが名前を持っているのは偶然ではない。まずジムとナットについて考えてみよう[3]。

物語を読み進む読者が知るように、ジムは、セント・ピーターズバーグでミス・ワトソンの奴隷であった時と、逃亡奴隷となって筏の生活をとおしてハックに見えてくる時とで、まったく違っている。しかし物語後半フェルプス農場では、ほとんど元の奴隷時代のジムに戻ってしまうように見える。フェルプス農場で小屋に閉じ込められたジムと、使用人として働くナットは同一人物のようにさえ見える。トムとハックに「魔女」のことでからかわれるナットの姿は、セント・ピーターズバーグでのジムの姿と重なってくる。まずこの二人に関する描写を比べてみよう。

A.後になってからジムは、魔女が彼に魔法をかけて乗りうつって州全体を飛び回りふたたび彼を木の下におろして、魔女のしわざだというしるしに帽子を木の枝に掛けておいたのだと言いふらした。(中略)ジムは例の五セント玉をひもに吊していつも首にぶらさげていて、これは悪魔が手渡してくれたものだからどんな病気でも治せるし、いつでも魔女を呼び出せると言った。(中略)悪魔の姿を見たり魔女を乗せて飛んだりしたというのですっかり生意気になって、召し使いとしてはジムはほとんど使いものにならなくなってしまった。(7-8)

B.この黒んぼは人のよさそうなまぬけな顔をしていて、ちぢれた髪の毛をぜんぶ糸で小さい束に結っていた。これは魔除けのまじないだった。このところ毎晩のように魔女がとりついてあらゆる奇妙な物を見せたり奇妙な言葉や音を聞かせるのだが、こんなに長いあいだ魔女にとりつかれたのは生まれて初めてだと言っていた。（中略）「こりゃ魔女のやつらのしわざでさ。いっそ死んじまいてえ。やつらしょっちゅうこんなことをしてわしを死ぬほどびっくりさせるんだ。（後略）」（295-96）

Aはジムに、Bはナットに関する描写であるが、魔女に対する迷信深さ、魔女除けのお守りなどは、ほとんど類似の表現である。Bは名前が示されていないので、ジムの描写だと言っても通用しそうである。さらに注目すべきは、両方の場面において、トムがいたずらの代償としてお金を支払っていることまでそっくりである。これはもちろん偶然ではない。作者は意図的にこのような類似の場面を提示することによって、ふたつの場面を対比させ、そこにある違いを感じさせようとするのである。それはいかなるものか次に詳しく検討してみよう。

この小説の結末をめぐっては種々の議論があるが、筆者にはフェルプス・エピソードは小説の戦略上不可欠の要素であると思われる。セント・ピーターズバーグにおけるジムと、筏の上のジム、そしてフェルプス農場でのジムを比べてみると、隠蔽されるものと提示されるものがあることが分かる。奴隷制度下におけるジムはAの描写のようにステレオ・タイプの「お人好しの黒んぼ」であるが、いったん逃亡奴隷となったジムは次第に別の側面を明らかにする。自由州に着いたらお金を貯めて妻子を買い取る、それがだめなら「アボリショニスト」に頼んで盗み出してもらうという彼の計画を聞いてハックはぞっとし、「今までジムはこんな話はしたことがなかった。もうすぐ自由になると思ったとたんにこんなに人間が変わってしまうものだろうか」(124)と感じて、白人としての「良心」の呵責に悩む。だが、これこそが、白人社会では隠蔽されているものの、すべての奴隷の偽らざる本音なのである。ジャクソン島でハックにうちあけるように、せっかくの一四ドルを無駄にしてしまう(55-57)ような思慮のない金銭感覚の持ち主が、妻子を買い戻すために計画的に貯金をする決意であることも、この場面で知らされる。

ジムの人間性が現れる場面はハックによってつぎのように受け止められる。

> ジムは女房と子どものことを考えていたんだ。(中略)ジムが家族を思う気持ちは白人が家族を思う気持ちと変わらねえと思う。**そんなことは筋が通らねえと思われるかもしれねえが、おらは本当にそう思う。**(201)(強調筆者)

この部分に引き続いて、病気で耳が聞こえなくなった娘に対する自分の非情な仕打ちを後悔するジムの姿が語られるのだが、直接ジムの語りを再現するという手法を用いることによって、読者に与えるインパクトは強烈である。強調部分に示されるように、黒人が人間的な感情を持っているということは、白人の常識では考えられないことである。それほど奴隷制社会における白人の黒人観は型にはまった無理解で差別的なものであり、またそのような社会においては、黒人の人間性の表出がきわめて厳しく制限されるのである。そのような常識を突き崩すような強さでもって、ジムの人間性はこの場面で現れたのである。

しかしこの人間性は、対白人との関係ではつねに抑圧または隠蔽されてしまう。奴隷制下において隠蔽されているジムの人間性がこのようにいったんは発現するものの、白人との関係では自然にまたは巧妙に隠蔽されてしまう例としては、自由の場であるはずの筏の上であっても、キングとデュークがいる場合がそうである。またフェルプス農場はもうひとつのセント・ピーターズバーグであり、ここでのジムがふたたび「役割としての」黒人に戻ってしまうのは当然である。しかしいったん自由になった場面において彼の人間性に触れた読者は、ここでのジムをまったくナットと同じ黒人であると見なすことに違和感を感じてしまう。まったく抑圧状態にある奴隷の典型で逃亡前のジムを彷彿させるナットに名前を与えてこの場面でジムと対比させるのは、ジムにおいてさえ制度がいかに奴隷としての役割を強制するのかという例を示すと同時に、ナットの場合もジムのように条件が与えられれば、本来の（あるいは新たな）人間性が発現する可能性があることを示唆するためである。

ジムはフェルプス農場においては愚鈍な奴隷にすっかり戻っているように見えるが、必ずしもそうではない。実際彼は『わしゃそんな名誉なんて欲しくねえです』（325）とトムの計画に異議を唱えて変更を迫るし、撃たれてけがをしたトムの看護のために自らの自由を放棄することによって人間性を発揮する。この逸話は矛盾する側面を含んでいるので、この面だけを強調することはできないが、それでもジムのこの行為が、トムの浅薄な「冒険」とは天と地ほどのひらきのある崇高なものであることは明白であり、相変わらずお金を与えることによって労に報いたつもりでいる、拝金主義的なトムの低劣な品性に対する厳しい批判となっている。しかし同時にこの場面で、ジムが四〇ドルもらって喜ぶ「お人好しの黒んぼ」の役割を自然に演じているように見えるように、奴隷制という制度が奴隷に要求する役割への強制力の強さをまざまざと見せつけられるところである。

ところでもうひとり名前を持っている黒人ジャックのことについて考えよう。蒸気船に筏を転覆させられジムと離れ離れになったハックは、一七―一八章においてグレンジャーフォードとシェパードソンの争いに巻き込まれるのだが、この家で彼自身も奴隷をあてがわれる。この奴隷がある日彼を川辺へ案内し、ジムと再会させるのである。ジムによれば、奴隷たちは彼を犬から安全なところにかくまい、筏も見つけてくれたということである。ハックにとっては「おらの黒んぼ」(149) という無名の奴隷だが、ジムにとっては『あのジャックはいい黒んぼだし頭もいい』(151) というような仲間で、人格を持った個人なのである。

この例で明らかなように、逃亡奴隷が地下鉄道を利用して北部やカナダへ逃亡することに成功する陰には、このような黒人の連帯と助け合いのネットワークがつねに存在したのである。作品のこの部分は白人にそのような隠された黒人の世界を垣間見させている点で注目すべきである。ただしハックはジムとの再会が果たせた嬉しさに夢中になっていて、その重要性を認識していない。このような黒人たちの助け合いの物語が、人格高潔な白人貴族たちが無益な殺し合いをしているエピソードの裏で平行して対照的に語られることには皮肉な意図が込められていると言ってよい。

以上見てきたように、奴隷制という制度の下で黒人たちは奴隷としての役割を果たすことを強いられ、人格面においても「お人好しの黒んぼ」というステレオタイプな性格を持つこと演じることを強制される。その結果、人間として当然の意志や感情を表出することが妨げられたり隠匿することをやむなくされるのである。あるいはそのような役割にすっかりはまり込んでしまい、芯から「お人好しの黒んぼ」になってしまう者もある。しかし奴隷であってもジムのように制度から解放されれば、本来的な人間性を発揮したり新たな人間性を獲得したりするものなのである。また底流においてこの可能性を支えているのは、ジャックたちの行動に垣間みられるように、白人社会から隠されている黒人共同体における連帯や生活様式である。このように、名前を持つ三人の奴隷を登場させることによって、作者は制度との絡みで人種が多様に機能するさまを巧妙に描き出している。

ジェンダー

この小説では男性が主要な場面を占め、女性は後方へ追いやられているように見える。男性の登場人物は数十人に及び、名前のある主要な人物だけでも一〇人を超えている。ハックが遭遇するこれらの男たちと無名の多くの男たちの引き起こす事件の連続が、この小説の主たるプロットとなっているのだが、それらの諸事件のほとんどがハックを「胸が悪くなる」

とか「いや気がする」と感じさせたり、「人間であることが恥ずかしい」と思わせるものである。それらは賭博をめぐるいさかいと殺人、筏乗りの大騒ぎとほら話、起源の分からない抗争、無益な殺人、遺産乗っ取りのたくらみ、詐欺、リンチ、逃亡奴隷狩り等で、男たちが集団で、あるいは共同体がこぞって参加している。そしてこうした野蛮で不道徳な行為を行うことが男性性の発露であるかのようにだれも異議を唱えない。名前のある男性のうちで、ジムを除いて、ハックのモデルとなるような人間性を発揮する人物はひとりとしていない。このような種類の男性性という概念が当時にあっては当然なものとして社会に存在し人びとを強く支配していたのである。

この作品には女性が十数人登場するのだが、その多くは主要な役割を与えられていない。マイラ・イェーレンは「女性への揶揄こそこの小説のなかでトウェインがくりかえし行っていることである」と批判し、つぎのように述べている。

語り手［ハック］が女性たちを直接描くとき、女性は女性らしさを演じている者というより、女性らしく生まれついている者のようにみえ、生まれながらにして（中略）感傷に溺れるしかない愚か者か、（中略）信心深い偽善者となって現れるだけである。総じて、この物語においては、女性であることは誇るべきことではない。（Jehlen 267, 272）

この指摘は基本的に正しいが厳密さに欠ける。作品中の女性たちのなかには女性らしさを演じる者もいる。そのような人物としてウィドウ・ダグラス、メアリ・ジェーン・ウィルクス、ジュディス・ロフタスの三人をあげることができる。彼女たちはステレオタイプを脱していて、男たちが持っていない優しさと知性と勇気を示している。ジムを除いて、男たちはだれもモデルに成り得ないのだから、これらの女性たちがハックに教示するものは大である。またこの三人に関しては比較的豊かに人物像が書き込まれている。

ウィドウ・ダグラスは、彼女の優しさがハックの気持ちを解きほぐす点で重要である。ハックが四章において「後家さんのやりかたにも慣れてきた」「昔のやりかたが一番だけど新しい暮らしも少しは気に入ってきた」（18）と述べている部分は、彼が必ずしも「シヴィライズ」されることを毛嫌いしているばかりではないことを示している。一歩踏み込んで言えば、ハックはウィドウに母性的なものを感じているのである。（ハックの母はすでに亡くなっている。)

メアリ・ジェーンはいくつかの面を持った人物として描かれている。キングが扮したアンクル・ハーヴェイに六〇〇〇ドルを潔く渡す時は「楚々としており」(219)、妹のスーザンがハックを窮地に追い込んでいる時には妹をたしなめ、客人には優しくしなければならないと諭す。奴隷たちが売られていくのを見て、自分たちがイギリスへ行けるからといってどうして嬉しいだろうかと嘆く。キングとデュークの正体を知った時には怒りにかられるが、ハックの指示に冷静に従う。このように豊かな人間性を持った人物である。作家の女性観も影響しているが、彼女がそのように人間味あふれる女性として描かれているのは、主にハックの彼女に対する憧れと理想化が働いているせいである。

ジュディス・ロフタスも同様に優しさと冷静な観察力、沈着な行動力を持つ人物として登場する。正体がばれたハックに、困ったことがあればいつでも相談しなさいと言う時の彼女は「母親」の役割を演じている。ジュディス・ロフタスに関しては、ハックの女装の意味を見事に説き明かしたイェーレンの著名な分析がある。(Jehlen 263-73) そのなかでイェーレンは、ジェンダー(女性性)が文化的、社会的、イデオロギー的なものであり演技であることを指摘している。ジュディス・ロフタスは「それが普通の女のやりかたなのよ」(74) と言って彼の女装がどこで失敗したかを教える。女には女のやりかたがあり、糸を通すのでも物を投げるのも受け取るのも女のやりかたをしなければならない、と社会的文化的慣習を教授する。そのことによって「因襲的な女性性は……社会的な構築物として暴露される」とイェーレンは主張する（Jehlen 268）。ハックの女装は、一時的に彼が女性性を獲得し女性の世界を垣間見たことによって女性性が社会的構築物であることを暴露し、それと裏返しに男性性も社会的構築物であることを示唆するという点で教訓的である。

ハックの女装は拙劣ですぐ見破られてしまい、彼の男性性を根本から揺るがすほどの影響を与えてはいないが、後のウィルクス三姉妹へのハックの共感の底にはこの経験が影響している。またジュディス・ロフタスは、ジェンダーがイデオロギーであると指摘するだけの知恵を有しながら、あえて社会的役割を超えて振る舞おうとはしないで女の領域に留まり自足し、人種的偏見に何の疑いもいだかずに逃亡奴隷狩りに参加しようとするが、それは社会的イデオロギーの拘束力の強さの表れである。人種の場合と同様に、ジェンダーに関しても、男性の支配という制度のなかで、それが社会的な構築物であることに気づく場面に出くわしたりすでに気づいている女性もいるのだが、多くの場合堅固な制度の力が彼女たちを女らしさの枠のなかに閉じ込めるのである。

その結果多くの女性は、若干の例外を除いて、当時のヴィクトリア朝的女性観を反映して、おおむね平板で型にはめられている。たとえばシャーロットやソフィア・グレンジャーフォード、スーザンとジョアナ・ウィルクスらは「上品でしとやかな」女性のステレオタイプだとナンシー・ウォーカーは主張する。（Walker 143）その指摘は当を得ているが、彼女たちが作品中ではたす役割の意義に関してウォーカーは性急に過ぎ、ジェンダーをめぐる複雑な事情を軽視している。

たとえばソフィア・グレンジャーフォードは、ウォーカーが指摘するように、「その者たちの駆け落ちが両家の抗争を再燃させるきっかけとなるロミオとジュリエットの片割れ」（Walker 143）である。だが彼女の役割はそれ以上である。シェイクスピアの『ロミオとジュリエット』（一五九四）ではジュリエットはロミオとともに死に、対立していた両家は和解にいたるのだが、このジュリエット（ソフィア）は死なないで、たんに抗争を再燃させるのみならず、カーネルと息子二人、バックといとこのジョーを含めて、グレンジャフォード家の男たちが皆殺しとなる悲劇をもたらすのである。それはハックをして「おらは気分が悪くて木から落ちそうになった。その日の出来事を全部話すなんてとてもできねえ――そんなことをしたらまた気分が悪くなる。こんなことなら、あの晩、岸にあがるんじゃなかった。このことは一生忘れられねえだろう――何度も夢に見るんだ」（153）と言わしめるほど凄惨な出来事である。この出来事がなくても男たちの殺し合いはなされただろうが、一方が滅びるほどの破局をもたらしたのは、ソフィアの駆け落ちがきっかけである。彼女の行為は、殺し合いの触媒としてプロット上きわめて重要な役割を果たしたのである。

そのソフィアは「鳩のように上品でしとやか」（143）だとハックは述べている。自分の目にはただ優しくおとなしいとしか映らなかった女性の行為が、あのような悲惨な結果をもたらしたこととと、それを見抜けなかった自分の無力さをしきりと後悔する彼の姿を目にする時、この作品におけるジェンダーをめぐる抑圧を論じる際には、彼女の存在意義の大きさは無視できない。「上品でしとやか」として表れたものは、じつはそう表すしかない制度による要求である。その背後に別な側面を彼女は有しているのだが、それは容易に表明を許されないし、表現されたとしてもその面は男にはなかなか認知されない。ハックが「騒ぎの責任は自分にあると思った」（153）と自分を責めるのは、この事実に気づいたからでもある。

別の例がミス・ワトソンである。彼女は多くの場合に好ましい人物として描かれていない。ひとつには彼女が独身女であることに対する社会的偏見からくるものがあるし、もうひとつは彼女の偏狭なピューリタニズムのせいである。少なくともハックの語りのなかでは一方的にそのように描かれている。その彼女が遺言によって奴隷のジムを解放していたという事実が明らかにされる。物語進行の上では唐突で説得力に欠け、作者がこれをデウス・エクス・マキナとして用いているという批判があるが、この行為はそれらの批判以上に重要な意義を有している。それはトムのジム救出劇が茶番でありきわめて非人道的なものであることを際立たせるものである。また、奴隷制社会のなかで男のしないこと、奴隷を解放したことは画期的なことである。そのような重要な役割を負わせた人物にしては、読者が十分に納得できるほど入念に彼女の人物像や彼女に関するストーリーが書き込まれていないということは確かだが、これにはハックの彼女に対する偏見が働いている。それゆえに彼女は一面的にしか自己表明の機会を与えられていないのである。だがこのエピソードには、彼女の隠蔽されている人間性はもっと豊かなものである可能性が示唆されている。このことに関して、この小説における女性像に積極面を見い出しているウォーカーが「彼の属する社会が押しつける女性に関する限られた役割を受け入れることによってトウェインはハック・フィンが社会のなかで果たすことのできる道徳的な力の範囲を効果的に制限している」（Walker153）と指摘しているのは、ハックとトウェインを同一視するところからくる誤解である。

この作品における女性像には、イェーレンやウォーカーの指摘するような欠点や限界があることは確かである。しかしトウェインとハックとの間にある距離を計算に入れれば事情は若干異なってくる。作者は、語り手ハックと彼をとりまく社会のジェンダーに対する抑圧を描くとともに、それを超えて表出される女の力を巧みに提示している。

階級

この小説のなかで富裕な階級に属すると言えばグレンジャーフォード、シェパードソン両家の人びとである。グレンジャーフォード家には一〇〇人以上の奴隷がいて、カーネル・グレンジャーフォードがいかに紳士であるかは、ハックによって詳しく描写されている。しかしこの紳士たちが無益な殺し合いをして最後には滅亡するという筋書きは、すでに見たとおりである。この南部貴族一家の場合を除いてほとんどの登場人物は、中産階級か貧乏白人である。

トム・ソーヤーに関して特徴的なことは、ほとんど何事に関してもステレオタイプな観念を持っていることである。そのことが顕著に現れるのがフェルプス・エピソードである。たとえば彼の女性観は、蛇に驚くサリーおばさんを評して「女は皆こうで、どういうわけだか知らないがそんなふうにできているんだ」（330）と言ってハックを驚かせる。（ハックはこれとは対照的に「こんな女は見たことがない」と述べている。）また黒人観は差別的で「ジムは黒んぼだからわけなど分からないだろうし、ヨーロッパではそれが習慣だということも分からないだろう」（300）と断言し、ヨーロッパ崇拝の植民地根性を見せる。彼の権威の根本はヨーロッパの冒険物語であり、彼はその権威を絶対視している。たとえば囚われの身となったジムにペットを飼うことを強制し、「鼠を飼ってない囚人なんていたためしがない」（326）と主張し、頑固に自分のステレオタイプな囚人像を実現させる。ハックが言うように「トムはいつもこういうことにこだわり、なんでも筋が通ってなきゃいけない」（307）のだが、その原則はステレオタイプにこだわり権威を疑わないということである。とりわけ「本に書いてある」（11）とか「指示されたとおりにする」とか「規則のとおりに」（11）とかにこだわり、現実から大きく遊離している。

彼の思考様式の最たるものは「冒険」観であり、彼にとってはすべてがお遊びなのである。小さくはギャング団を結成してピクニックの一行を襲うエピソードに見られるように、彼の「冒険」は茶番であり、その本質が暴露されるのはフェルプス・エピソードにおいてである。彼は銃で撃たれて危うく生命をなくす危険に巻き込まれ、ジムに長期間に渡って無用の苦痛を強いたにもかかわらず、「『冒険』がしたかったんだ」（357）と平然と言ってのける。この現実無視の態度は、穴ほりの際のさや入りナイフの例に見られるように、現実が都合の悪いときは「したつもり」にすることによって乗り切るというご都合主義によって支えられている。

他方ハックは現実家であり、「死んだ人なんかに興味はない」(2)と、『聖書』の人物を含めて現存しない人間には関心を示さないし、現実に役立たなければ祈りさえ「得にもならない」(13)、「役にたたない」(14)と言ってのける。またこれは父親ゆずりの生活態度であるが、生きるためには盗むことも一時的な拝借であるといって正当化する。彼にとっては生存すること自体が「冒険」であり、この点でトムのそれと大きくかけ離れている。それに魔法のランプの話のように本当かどうか分からないことは確かめるために実際に実験するという実証主義者である。また彼はトムとは対照的に本は読まないし、「権威のある連中がどう考えようとかまわない」(307)と権威など気にしない。黒人や女性に対しての自然な偏見はあるものの、パップやトムあるいはこの物語のほとんどの人物がもっている固定的な偏見にくらべればきわめて柔軟である。この柔軟性がジムの人間性を素直に受け止めることを可能にしていることは言うまでもない。

ハックの出自は典型的な貧乏白人であり、その社会は無知と無法と偏見が支配している。パップによれば「生きている間に読み書きができた者など家族のなかにだれもいない」(24)という状態で、子どもが親より偉くなるなどとんでもないことであるといって叱責される世界である。その日暮らしの生活で、お金があれば賭博と飲酒にあけくれ、生活のためには窃盗もする。中産階級に対する劣等感は裏返しとなり、つぎのパップの主張に表明されるような猛烈な権力不信と黒人に対する極端な差別観として現れる。

『これが政府だと！(中略)じつの息子を親からとりあげようとする法律があるんだからな。(中略)黒人に投票させる州があると聞いて俺は投票するのをやめた。(中略)州に来て六か月たたねえと自由な黒んぼを売れねえというのが政府なんだからな。』(33-34)

この権力不信は、かなり緩和され変形されてハックに受け継がれている。ハックがトムのような権威主義に陥らないのはひとつにはそのせいである。(彼が「シヴィライズ」されることを嫌うのはその象徴である。)ハックはまだ子どもであることからパップの人種主義には深刻に汚染されていない。

その彼は子どもであることによって大人の世界から疎外されている。最も典型的なものはパップとの親子関係である。彼にとってパップは恐怖の対象であり、彼が自由を求めて逃げ出すのは一義的にこの父親からである。大人の世界からの疎外を示す別のエピソードは一六章「筏乗りの男たち」の物語である。これは嬰児殺しの話であり、それを聞いていたハックが荒くれ男たちに発見され笑われるのは象徴的な出来事である。またグレンジャーフォードとシェパードソンの争い、ウィルクス家の遺産乗っ取り事件、あるいはフェルプス・エピソードにおいては、彼は事件の中心から外れた役割を演じさせられている。またキングとデュークの一連の詐欺行為のなかでも彼は従者、小間使いの立場に置かれ、彼の個人としての感情や意見はすべからく抑圧されてしまうのである。

子どもであるハックが人間性を発現しうる唯一の大人の相手はジムである。この場合、当時にあっては、黒人は子ども同様に社会の底辺に置かれたという事情も関係する。あるいはハックが階級的に白人のなかでは最も低位に置かれた貧乏白人の子どもだということも重要な要素である。また彼がアダムのように無垢な人物として設定されていることも見逃せないファクターである。もちろんジムが人間性豊かな人物であることも大切なことである。しかし何よりも大事なことは、ハックもジムもそれぞれが自分を抑圧する制度を逃れた自由な場所で裸の人間同士として出会ったことである。その証拠に自由の場である筏のうえでも他の人物がいるときは、ハックもジムも階級的に期待される役割を演じなければならないのである。

同じ子ども同士であってもハックとトムは対等ではない。ハックは貧乏白人、トムは中産階級である。ハックにはつねにトムに対する引け目があり、トムのいる場所ではハックの人間性は表出を制限される。あるいはトムが不在のときでも判断や行動のモデルとして、このような場合トムならどうするだろうかといってハックは幾度となくトムを求める。ハックにとってトムのみが身近な白人でモデルに成り得る人物だったのである。その決定的な出来事がフェルプス農場の出来事であり、ここでは彼のアイデンティティは失われ、ハックはトムの分身に過ぎなくなってしまう。ハックを広範囲に移動させさまざまな人間関係のなかに置いたり、トムに対する評価軸をずらすことによって、作者は階級がいかに抑圧の装置となっているかを巧みに描き出している。

まとめ

ところでここで問題になるのはこの物語を語るのが主要登場人物の一人であるハック自身であるということである。登場人物ハックは無垢な下層白人で子どもであるという特権をいかして自在に黒人の世界や女性の世界に入り込みその人間性に触れる。そしてそうすることによって大人の白人が支配する世界の深層構造を顕在化させ、その社会を批判する観点を獲得する。しかし同時に彼は、無垢で白人で男性で子どもであるという点でいくつもの制限を受けている。また自然なかたちで身についている偏見からもまったく自由であるというわけではない。たとえばけがをしたトムを救うために医者を呼びに行くことを勧めて自分の自由を危険にさらすジムのことを、「おらはジムが心は潔白（中身は白人）なのが分かっていた」（341）と言うハックはその一例である。このように彼の認識は両義的で、黒人の世界や女性の世界を認識しても見逃している点も多々あるし、時には大人の社会の力と易々と妥協してしまう。

そのような性格を付与されそのような立場に置かれたハックがこの物語を語るということは、この作品の最終的な認識の両義性がますます増幅されるということである。それでなくても語り手には語り手の偏見があり、何をいかに語るかは語り手次第である。たとえばグレンジャーフォードとシェパードソンの抗争の語りのように、「あまり話したくないから手短に切り上げる」（151）と言うことも可能だし、シャバーンと群衆との対決場面のように、「いやになったのでその場を去ってサーカスへ行った」（191）りすることもできる。つまり語り全体をハックの恣意性が被うわけで、それによって明確で強烈な現実認識が薄められることは否めない。

登場人物ハックを無垢な少年に設定することによって社会の本質にまで迫ることが可能となり、そのような人物を語り手にすることによってその語りが偏見の少ない正直な信頼のおけるものであると主張しようとしたと考えることもできる。この点では一定の成果を収めている。しかし同時にハックはかなり変幻自在で融通むげな人物であり、彼なりの偏見もあり、彼の認識自体も最後は歯切れの悪い曖昧なものとなっている側面も否定できない。そのような人物を語り手にも採用することによって作品の曖昧さが強まったと見ることもできる。ここで注意すべきは作品におけるハックの認識が即トウェインの認識ではないことである。ジャネット・ゲイブラー＝ホーヴァーが、トウェインはハックの行動や見解のすべてを擁護しているわけではなく、読者はハックの限界を知って読み、その向こうを見ることができると主張するように（Gabler-Hover 145, 154）、読者は語り手と作家を区別する必要がある。

一八四〇年代奴隷制時代を生きる少年ハックと一八八〇年代奴隷解放後の時代に書く大人

の作家が同一の立場に立っているのではない。ラッセル・ライジングが、社会的観点から眺めればハックを小説の中心におくことはまちがいであり、「マーク・トウェインの歴史を見る眼が、懐古的かつ同時代的な複眼である」ことに留意しなければならないと警告するのは適切な措置である（Reising 156, 158-59）。人種、ジェンダー、階級というすぐれて文化的、社会的、政治的な問題をとりあげて、以上見てきたところまで展開することは作家にとっても「冒険」であった。それは対外的にと同時に自己の偏見や限界をさらけ出してしまうという意味でも危険な行為であった。それゆえこの小説には両義性が増すような粉飾がこらされている。その結果作品に曖昧さの印象がつきまとうこととなる。これに関してフォレスト・ロビンソンが、「アメリカの大衆的自己イメージを描いたものとして『ハックルベリー・フィン』がその主導的な地位を不動のものとしているのはまさにその曖昧さのせいである」と述べているのはこの点をついてのことである（Robinson 170）。トウェインの戦略を見抜き、曖昧さの背後に周到に配置されたコードの意味するものを読みとる時、読者はこの小説を読む本当の醍醐味を知ることになる。

註

（1）Gerald Graff and James Phelan eds., *Adventures of Huckleberry Finn: A Case Study in Critical Controversy.* Bedford Books of St. Martin's Press, 1995. にはこの論争に関する論文が要領よくまとめられている。

（2）Mark Twain, *Adventures of Huckleberry Finn.* U of California P, 1985. をテキストとして用いた。本文中の引用は同書からとし、かっこ内にページ数を記す。また邦訳には加島祥造訳『完訳ハックルベリィ・フィンの冒険』筑摩書房、二〇〇一年、を参考として用いた。

（3）黒人像の評価については、James S. Leonard, Thomas A. Tenney, and Thadious M. Davis eds., *Satire or Evasion?: Black Perspectives on "Huckleberry Finn".* Duke UP, 1992. にみられるように、黒人のあいだでも肯定派と否定派とに分かれている。

　なお、作品そのものの孕む「黒人性」の要素については、永原誠『マーク・トウェインを読む』山口書店、一九九二年、の「本当の話」の分析、および Shelly Fisher Fishkin, *Was Huck Black?: Mark Twain and African American Voices.* Oxford Papers, 1994. における言語分析などを通して、その異種混淆性が指摘されている。

引証資料

Gabler-Hover, Janet. *Truth in American Fiction.* The U of Georgia P, 1990.

Jehlen, Myra. "Gender" in *Critical Terms for Literary Study* ed. by Frank Lentricchia and Thomas McLaughlin, The U of Chicago P, 1990. 大橋洋一他訳『現代批評理論：22の基本概念』第一九章ジェンダー　平凡社、一九九四

年。

Reising, Russell J. *The Unusable Past.* Methuen, 1986. 本間武俊他訳『使用されざる過去』松柏社、一九九三年。

Robinson, Forrest G. "The Grand Evasion" in *Huck Finn* ed. by Harold Bloom, Chelsea House Publishers, 1990.

Walker, Nancy. "Reformers and Young Maidens: Women and Virtue in *Huckleberry Finn*" in *Huck Finn* ed. by Harold Bloom.

第Ⅱ節　『まぬけのウィルソンとかの異形の双生児』における人種のテーマとダブル・ナラティヴの技法

はじめに

マーク・トウェインを厳密な意味での南部作家であると断定するには異論があるだろう。しかし作家にとって、人間を描くためには地域と時代の「現実」をリアルに表現する必要があり、そのためには封建制や奴隷制、人種差別の問題は避けて通ることのできないものであった。

トウェインの『ハックルベリー・フィンの冒険』における南部描写や奴隷制批判、『まぬけのウィルソンとかの異形の双生児』（一八九四）における白い黒人の登場など、作家がミシシッピ川沿いに暮らす人々の物語を採り上げれば、奴隷制や人種の問題が中心的な位置を占めるようになるのは不可避のことであった。本節では主にトウェインの『まぬけのウィルソンとかの異形の双生児』を採り上げて、その作品において南部社会批判と奴隷制と人種のテーマがいかに展開されているか、作品のダブル・ナラティヴの技法はいかなる意味を持っていて、主題の強化にどのような効果を発揮しているのかを検討する。その作業を通してトウェイン文学の特質の一端があきらかにできれば幸いである。

「まぬけのウィルソン」における奴隷制表象

「まぬけのウィルソン」は奴隷制時代の一八三〇年（第一章―第四章）と一八五三年（第五章―終章）の前半・後半から成る二部構成をもっており、周辺的南部のミズーリ州ドーソンズ・ランディングを舞台としている。この町は「奴隷所有を是認している町」(1)（4）であり、実際この時代この町において奴隷所有に疑問をいだいたり、奴隷制に反対する白人は一人として登場してこない。この物語の主なプロットは殺人事件の解決であり、その過程で二三年前の赤ん坊取替え事件（白人と黒人の赤ん坊の入れ替え）が白日の下にさらされることとなる。その鍵を握るのは我らが主人公ウィルソンである。しかし最終的な到達点である白人と黒人の赤ん坊の取替え事件の実相の重大性に鑑みるなら、この物語の主人公は一六分の一黒人のロクシーと、その息子で三二分の一黒人である偽者のトム・ドリスコルであると言っても差し支えないであろう。

周知のようにこの物語は元々「かの異形の双生児」のアンジェロとルイージのシャム双生児をめぐる喜劇として書き始められたものであった。しかし途中でウィルソンやロクシーが登場し、赤ん坊の取替えや白い黒人＝混血の問題が膨らんでくるにつれて収拾がつかなくなり、遂にはシャム双生児は単なる双子のイタリア人に変更され、シャム双生児の話は取り除かれることになり、「まぬけのウィルソン」という物語が誕生したという経緯がある。(119-22) なお、取り除かれたシャム双生児の物語は補遺として「まぬけのウィルソン」と合本する形でアメリカン・センチュリー社より『まぬけのウィルソンとかの異形の双生児』として発刊され、これが今日の版となっている。筆者は後に述べるような理由で、この小説は「まぬけのウィルソン」と「かの異形の双生児」を合わせて一つの小説であると見做している。

こうして誕生した「まぬけのウィルソン」においては混血と取替え子のテーマが断然重要性を帯びていることは一目瞭然である。(2) この物語の中で決定的に重要な役割を果たすのがドリストル家の奴隷ロクシーである。彼女は一六分の一黒人であり、外見上はまったく黒人に見えない。しかし黒人の血が一滴でも混じっていれば黒人という「血の一滴のルール」により彼女は黒人であり、奴隷である。(3) そのロクシーが名士セシル・バーリー・エセックス大佐の子どもを生む。その子どもは三二分の一しか黒人の血が混じっていないが、やはり黒人であり奴隷である。黒人奴隷は主人の動産であり、売買の対象であった。この物語の悲劇の始まりとなる「赤ん坊の取替え」が起こるそもそもの理由は、この点にあった。

物語冒頭ドリスコル家での盗難事件の犯人さがしの過程で、パーシー・ドリスコルは、泥棒をするような奴隷は「川下に売ってしまう」と威嚇する。自分も子どももいつ川下に売られても不思議でない立場にあることを思い知らされたロクシーは心中さえ考えるが、ドリスコルの赤ん坊と自分の子どもが主人の目では区別できないことに気づいて、赤ん坊を取り替えて育てる。『ハックルベリー・フィンの冒険』においてジムが逃亡を決意したのが、ミス・ワトソンが彼を「売る」話を耳にしたことがきっかけであったのと同様に、この話においてもロクシーがこのような行為に及んだきっかけは「奴隷を売る」という主人の言葉であった。奴隷所有者が意識しているいないに拘らず、奴隷の生殺与奪の権利は完全に白人所有者のものであり、奴隷はまったく無権利であった。

ところで、取り替えられて白人の子どもとして育てられた偽トムは、とにかく「悪い子」だったと報告されている。癇癪もち、病弱、いたずらがひどく、成長してからは飲酒、賭け事、盗癖という具合である。ロクシーはそれを彼の「黒人の血」のせいだと言う。「三二分の三一は白人なのに、三二分の一の黒人の血がおまえの本性だ」(70)と述べて、決闘を回避する彼の臆病をなじる。この「トム」はさらに自分の悪行の負債の清算のために、実の母であるロクシーを欺いて川下へ売り飛ばし、「養父」を殺害して金を奪い、罪をイタリア人にかぶせようとさえする。これら一連の悪行をさせるのが彼の黒人の血であるということを承認するならば、黒人はそもそも悪人として劣等人種として生まれており、それは矯正不能であるという白人優越主義の是認に通じることになる。ロクシーは、自分も黒人でありながらそう信じているようであり、物語の進行や結末もそのような考えに異議をはさんでいないように思われる。

だが一方でこれと矛盾するような記述がなされていることに注意しなくてはならない。本当はドリスコル家の子どもとして生まれながら、ロクシーに取り替えられて奴隷のチェンバーズ（ヴァレ・ド・シャンブル）として育った白人が、「歳不相応に強健で、しかもりっぱな闘士だった。彼が強健だったのは、粗食をあてがわれ、家の手伝いできびしく働かされていたからである。彼がりっぱな闘士だったのは、トムがたっぷり彼に実践の場を提供し、自分がきらって恐れていた白人の少年たちに彼を撃退させたからである」（19）と語られるように、チェンバーズが強健な闘士となったのはひたすらその環境と身分のせいである。これと呼応するのが物語の「結び」の次の描写である。

本当の相続人は、とつぜん金持ちで自由の身になりはしたが、きわめて困った状況に立たされた。彼は、読むことも書くこともできず、話し言葉は黒人特有の最低の言葉だった。彼は歩きぶりから、態度から、しぐさから、身のこなしから、笑い方から――すべてが、下卑てぶざまだった。つまり、習慣が奴隷の習慣だったのである。金をかけようが立派な服を着せようが、これらの欠点はつくろえるものでもおおい隠せるものでもなく、そんなことをすれば、かえって欠点が目立ち、哀れさをさそうだけだった。かわいそうにこの若者は、白人の居間にはこわくていたたまれず、厨房の中以外はどこにいても、心がくつろいで安らぎを感じることはなかった。（114）

本当のトムは、奴隷のチェンバーズにされたために強健な闘士となったのだが、実は彼こそが白人で主人であるということで名誉と立場が回復されても、長年の習慣は変更不可能になってしまっているということの指摘は、「生まれ」(nature) より「育ち」(nurture) の影響のほうが大であることを主張している。となれば偽トムが癇癪もち、病弱、わがままな「悪い子」であり、飲酒、賭博、盗癖、ついには殺人まで犯す悪人になったのは、ドリストル家の唯一人の跡取りとして「父」や「養父」が甘やかせて育てた結果であるとも言えそうである。

しかし、事件の解決の鍵としてこの物語に導入されている「指紋」のことを考慮に入れて考えると、ことはそれほど単純ではなさそうである。指紋が、人種や性別に関わりなく、個人によって異なるものであり、また一生変化しないということで個人の識別の手段として有効であるという知見がもたらされたのは一八九二年フランシス・ゴルトンの論文によってである。つまり人の持って生まれたもの (nature) のなかには変化しないものがあるということである。

この考えを補強するのが物語中の二人のイタリア人の存在である。「まぬけのウィルソン」にはアンジェロとルイージという双子が登場する。この双子は「一方のほうが、他方よりわずかに色白であるが、そのほかの点では、まったく瓜二つである。」(27) と紹介されている。しかし物語が展開するうちに二人にはいくつかの相違点があることが明らかにされる。ルイージは、アンジェロを守るために殺人におよんだことがあり、決闘も辞さない積極派であり勤酒党だが、アンジェロはどちらかと言えば控えめで、絶対禁酒者である。このように双子であってもまったく同じというわけではない。

「かの異形の双生児」の意味

この点は「かの異形の双生児」を取り上げれば一層はっきりする。こちらの物語においては二人は一つの胴体を共有するシャム双生児でありながらまったく対照的な性質と好みを有することが宣言される。(131) 肌の浅黒いルイージは喫煙や飲酒をし、騒々しい歌を歌い、コーヒーを飲み、自由思想家で、安息日に決闘をし、政治的には民主党である。色白のアンジェロは禁煙・禁酒主義者、紅茶を飲み、バプテスト派の洗礼を受け、決闘の場からは逃げ出し、政治的にはホイッグ党である。このようにまったく正反対の二人が一つの胴体を共有しているわけだからさまざまな場面において混乱をひきおこすこととなるのは当然である。しかしそれぞれが生き延びるためには協力しあわなくてはならないこともあり、病気のアンジェロのためにルイージが薬を飲んだりもする。

「まぬけのウィルソン」の双子は別人格でありながらも相違点がわずかだったのに比べて、

「かの異形の双生児」のシャム双生児は胴体を共有していて一身不離なのに相違点が強調されている。つまり双子であっても持って生まれたものが異なるという点、つまり nature を強調しているのである。そうした正反対の性格の者がもたらすドタバタを作品は喜劇として表現していくが、物語は結末においてはとんでもない悲劇をもたらす。「まぬけのウィルソン」の冒頭でウィルソンが不用意に発した「犬の半分が自分のものだったら」発言によってドーソンズ・ランディングの人々はウィルソンを「まぬけ」と決めつけ、二三年間にわたって弁護士としての生命を剥奪してしまったように、市会議員選挙に当選したルイージが、落選したアンジェロと共に議席につくことができないことの解決策として、人々は一方の首をつるすという挙に出ることによって二人とも抹殺したのだ。「まぬけのウィルソン」の双子は裁判によって無罪となったが「西部の冒険には疲れてしまい」、ヨーロッパへ去ることになり、「異形の双生児」の双子は最後に殺されてしまう。このように「無垢な」人々が、共同体としての同質性を維持するために、自分たちとは異質な分子を平然と排斥してしまうのだ。

「かの異形の双生児」のプロットには黒人問題は絡んでいないが、この物語にこそ黒人問題に絡んでの南部と北部の立場が揶揄されている。「肌の浅黒い、がさつで戦闘的、喫煙・飲酒主義」のルイージは奴隷制擁護の民主党であり、「色白で控えめで信心深く、禁酒主義」

のアンジェロは後に奴隷制反対の共和党となるホイッグ党である。南部と北部は同じアメリカ合州国でありながら、建設の目的や経緯、気候と風土、産業などの諸点において非常に異なっており、とりわけ奴隷制の是非を巡って対立を深めて遂には南北戦争に至る。「かの異形の双生児」では奴隷制の代わりに禁酒反対集会でルイージがトムを蹴飛ばしたことをきっかけとする裁判や決闘に矮小化されてはいるものの、この物語が南部と北部の異質性の対比を意図していると言ってもあながち的外れではないだろう。しかも南北戦争後の再建とその挫折が明らかにしているように、「かつての奴隷制度が廃止され、国内市場として南部が開放されると、（中略）プランターと手を結んで南部を北部資本の収奪の場に変えていくほうが得策ではないか」（本田　一三四）という産業資本家の思惑が浸透し、一八七二年には旧南部支配者の追放解除がなされる。あまつさえ一八七六年には大統領選挙をめぐる取引（ヘイズ＝ティルデンの妥協）によって、共和党は南部を民主党の支配下にゆだねて黒人の期待を完全に裏切り、再建運動を挫折させてしまう。その後は北部の独占資本家と南部プランターとの連合支配によって黒人に対する支配は一層強化され、一八九六年には「分離すれども平等」というプレッシー対ファーガソン判決が最高裁で出されることによって、いわゆる「黒人差別法」の成立を迎える。

　このようにアメリカの実際の歴史において見ても、あれほど異質に見える南部と北部が根本のところでは資本主義国家として一体のものであり、政治的妥協を繰り返している。南北戦争は奴隷制と大農園制という前資本制関係を廃棄し、統一的な国内市場を基盤としてアメリカ資本主義の全国制覇をなさしめ、アメリカを近代工業国家に発展させる大いなる契機となったが、人種問題の解決を始めとする民主的諸改革は不徹底に終わらざるを得なかった。「かの異形の双生児」の結末における外国人シャム双生児の抹殺はそのような現状を暗示している。

「まぬけのウィルソン」と「かの異形の双生児」の関係

「まぬけのウィルソン」の物語は混血奴隷の物語であり、最後に黒人であることが明らかになった偽トムは「川下へ」売られるという悲劇である。一方、「かの異形の双生児」は、結末に「悲劇」的要素を含むものの、主要にはシャム双生児が巻き起こすドタバタ喜劇である。二つの物語はちょうど「かの異形の双生児」のルイージとアンジェロのように、あるいは南部と北部のように、対照的で相容れないもののようである。作者トウェインがこれは「一つの話ではなくていっしょにからみあった二つの話」（119）であり、その問題解決のために「二つの話の片方を根こそぎにして、別な片方を残した――いわば文学上の帝王切開をした」（一一九）と述べているように、「まぬけのウィルソン」が独立した物語になるためには「かの異形の双生児」は分離されなければならなかった。そうすることによって、奴隷制の悲劇を描いた「まぬけのウィルソン」の主題は鮮明になった。たしかに分離された「かの異形の双生児」は独立した物語としては欠けているところがあることは否めない。だが「まぬけのウィルソン」の補遺として、「まぬけのウィルソン」と対比させて読むことによって、natureとnurtureの主題や、ドーソンズ・ランディングの人々の実際が一層鮮明に浮かびあがってくる。(4)

『まぬけのウィルソンとかの異形の双生児』において描き出される南部は、「画一的」で、「非歴史的、非現実的」（Hoffman 172）であると指摘されており、作者自身が「一気呵成に事件を描いたので、人物や情景描写には十分なページをさくことができなかった」と述べているように、必ずしも入念に描かれているわけではない。それでも注意深く読めば作者の視線は冷静で批判的である。東部からやってきた知識人であるウィルソンのユーモアは、ミシシッピ川沿いのこの小さな町の人々には解されずに、逆に主人公は「まぬけ」というあだ名をつけられて、二三年間弁護士の仕事から遠ざかることとなる。またこの町にやってきた双子のイタリア人が伯爵という貴族の称号をもつヨーロッパ人であるということで最初は歓待するのだが、後には殺人犯の嫌疑で逮捕する。またこの物語の主筋は奴隷と主人の子どもの取替えを中心に展開するのだが、事件を解決するウィルソン自身を含めて誰も奴隷制そのものに疑いを差し挟まない。奴隷制に疑いをはさむのは自分が本当は黒人であることを母親に告げられた当の偽トムのみである。「トム」は「なぜ黒人と白人というのができているんだろう？黒人には誕生がのろわれたものときまっているなんて、最初の黒人は生まれる前にどんな罪を犯したんだろう？なぜ白人と黒人のあいだにこんな恐ろしい差別ができているのかなあ？」（44）と、しばし煩悶する。

作者は「赤ん坊の取替え」と「人種混淆」のモチーフを用いて、奴隷制がもたらす非人間性に批判の目をむけてはいるものの、作品中の登場人物は誰一人として、当のロクシーや主人公のウィルソンさえもが、奴隷制という前提に疑いをいだいていない。『ハックルベリー・フィンの冒険』においてもそうだったが、『まぬけのウィルソンとかの異形の双生児』においても、作者は奴隷制や南部社会に対して強い批判をもっているのだが、時代設定や人物設定のせいもあって、その批判が作品中において十分共有されていないうらみがある。それはトウェインの戦略であるとも考えられるし、限界と言えるかもしれない。

まとめ

人種混淆の主題と関連して、『まぬけのウィルソンとかの異形の双生児』に登場するトムとウィルソンの二人の主要人物について見てみよう。「まぬけのウィルソン」のトムは、一九歳でイェール大学にやらされるが、二年で退学して帰郷する。彼は、「それまでになかったくせをひとつふたつ身につけて帰った。その一つは、飲酒癖でこのほうはかなり大っぴらにやったが、もう一つのほうは隠れてやった。それは、賭け事だった」、「トムが身につけてきた東部風の上品な態度は、若い人たちのあいだでは受けがよくなかった」(23)と描写されている。南部から北部の大学へ行った名門白人の青年たちが辿った道が伺い知れる記述である。

トムはその後、母親のロクシーによって、白人ではなくて三二分の一混血の黒人であることが告げられる。赤ん坊の時に取替えられたのに何の疑いも持たれずに白人として通用していた（本人もそう信じていた）という事実の意味することは、言うまでもなく人種の基準のいい加減さである。裁判を通してウィルソンによってトムが奴隷の子どもであることが明らかにされ、最後は動産として売却されるという結末は、南北戦争前の一八五三年という時代設定ゆえに納得がいくものだが、南北戦争以降（奴隷解放後）であればそれでは済まない。トムの場合は奴隷制時代ということでリンチにまでいたらなかったものの、実はトウェインがこの作品を書いた一八八〇年代にはリンチが頻発する状況だった。

『まぬけのウィルソンとかの異形の双生児』のウィルソンは、当初は「失言」によって「馬鹿」と決め付けられて共同体の人々に疎まれるのだが、最後は新しい市の市長として完全に共同体に受け入れられる。彼を含めてこの共同体の白人が誰一人として奴隷制に疑問を抱いていないのは先述した通りである。

小説の形式という点においては、『まぬけのウィルソンとかの異形の双生児』が二つの物語の組み合わせであるという点は、まったく異なる二つの話を交互に語ることによってある主題を対位法的に裏表から表現していることに通じている。

以上のようにトウェイン文学において重要な点が南部に関連するものである。この意味で彼を「南部作家」と呼ぶことが許されるであろう。バーバラ・ラッドは、「マーク・トウェインにおいて最終的にアメリカと人間性を規定するものは南部である」（Ladd 92）と述べている。

冒頭でも述べたように、トウェインにしても南部の「現実」をリアルに表現しようとすれば、封建制や奴隷制、人種差別の問題は避けて通ることのできないものであった。そして、その南部的な主題を表現することを通して、トウェインはアメリカや人間の本質を徹底的に追求する世界的作家になったのだ。

註

（1）Twain, Mark. *Pudd'nhead Wilson and Those Extraordinary Twins*. Edited by Sidney E. Berger. W. W. Norton & Company, 1980. をテクストとして用いた。以下本文中の引用は同書からとし、カッコ内にページ数を記した。邦訳は 村川武彦訳『まぬけのウィルソンとかの異形の双生児』彩流社、一九九四年、を参照した。

（2）異人種間赤ん坊取替えと変装のモチーフを用いた作品が南北戦争前後にハナ・クラフツ、マリア・チャイルドなどの黒人女性によってすでに書かれていることを指摘した上で、風呂本惇子はトウェインのこのモチーフの扱いに疑問を呈している。（風呂本 八一―九〇）

（3）実はこの物語の時代背景から言えば、南北戦争前の一八三〇年代や五〇年代には「血の一滴ルール」はほとんど適用されておらず、このルールがやかましくなったのは南北戦争後の再建期以降、とりわけこの本が書かれた八〇年代である。その意味ではこの物語は南北戦争前の奴隷制の時代に設定されているが、本当のねらいは八〇年代の同時代の反動的な人種差別攻勢を批判するところにあったと考えられる。サンドクィストは一八八〇年―九〇年代の反移民主義や人種主義の高まり、南部と北部の政治経済文化的妥協の進行について詳述し、こうした観点からこの作品を読むことの不可欠性を主張している。（Sundquist 46-72）

同様なことが『ハックルベリー・フィンの冒険』の時代設定が奴隷制時代の一八四五年頃であることについても言える。この件についてはニーロン（Nilon 62-76）を参照されたい。

（4）武田貴子も二つの作品は「ひとつのコインの裏表のように……identity を形成する」「ひとつの物語の表と裏、陽画と陰画である」（武田 二〇八）と主張している。またピーター・メセントも、両作品は相互に関係し合っており、「まぬけのウィルソン」は単独では読めない（Messent 138）、「nature と nurture は分離できない」（同 150）と主張している。

引証資料

Ladd, Barbara. *Nationalism and the Color Line in George W. Cable, Mark Twain, and William Faulkner*. Louisiana State UP, 1996.

Messent, Peter. *Mark Twain*. Macmillan P, 1997.

Nilon, Charles H. "The Ending of *Huckleberry Finn*: Freeing the Free Negro" James S. Leonard, et al., eds., *Satire or Evasion?: Black Perspectives on Huckleberry Finn*. Duke UP, 1992.

Sundquist, Eric J. "Mark Twain and Homer Plessy" Susan Gillman and Forrest G. Robbinson eds., *Mark Twain's Pudd'nhead Wilson: Race, Conflict, and Culture*. Duke UP, 1990.

Twain, Mark. *Adventures of Huckleberry Finn*. U of California P, 1985.　加島祥造訳『完訳ハックルベリ・フィンの冒険』筑摩書房、二〇〇一年。

Weinstein, Arnold. *Nobody's Home: Speech, Self, and Place in American Fiction from Hawthorne to DeLillo*. Oxford UP, 1993.

風呂本惇子「『赤ん坊の取替え』と『変装』のモチーフ——ハナ・クラフツ、チャイルド、そしてトウェイン」『マーク・トウェイン　研究と批評』第五号　南雲堂、二〇〇六年。

本田創造『アメリカ黒人の歴史』岩波書店、一九九一年。

井川真砂他編『いま「ハック・フィン」をどう読むか』京都修学社、一九九七年。

武田貴子「Twinship: *Pudd'nhead Wilson* と "Those Extraordinary Twins" の関係」『英文学研究』第七二巻第二号、一九九六年。

第3章

ウィリアム・フォークナー

第I節 『エルサレムよ、我もし汝を忘れなば』における中絶と出産の相剋

はじめに

大恐慌時代と言えばプロレタリア文学や社会主義の流行というステレオタイプのイメージがすぐに頭に浮かんでくる。確かにこの時代は失業者が街に溢れ、人々が将来の展望をもてずに苦しんでいた時代であった。時代から超然と生きて書いていたと思われがちなウィリアム・フォークナー（一八九七―一九六二）も、この時代には売れない作家であり、生活のためにハリウッドで脚本書きに従事したり、短篇を書きなぐって雑誌に投稿したりしていた。

しかしこの頃に彼が書いた作品にストライキや労働者の生活が細密に描かれているわけではない。(1)

フォークナーと大恐慌(時代)に関していくつかの論点が考えられるが、ここでは妊娠、出産、中絶を手がかりとして、女性像について検討してみる。大恐慌時代の特色のひとつは失業とともに女性の労働参加が進んだことである。ある統計によれば三〇年代には既婚女性労働者は五二%増え、既婚女性の一五・六%が収入を求めて働いた。(Deutsch 87) 第一次世界大戦の際に戦争に出た男たちの後を埋めるために女性が工場などで働いた経験によって女性の社会進出が進んだり、激動の二〇年代における生活面での女性解放の余波も続いていた。二〇年には女性選挙権も勝ち取られた。

一家の稼ぎ手である男が失業し、代わりに女が働きに出なければならないというようなケースもあっただろう。いずれにしろ、女性の職場進出は着実に進んでいた。その結果、次の二つのことが社会問題となってくる。その一つは妊娠、出産、中絶であり、今一つは女性の男性化である。(Trefzer 254-55) そしてその二つは微妙に絡み合っている。

まず出産、避妊、中絶から見てみよう。大不況下の生活苦の中で、女性が働く際にこの問題は最も重要なものの一つであった。統計によれば、「一九世紀はじめには平均して七・〇四人の子供を産んでいたアメリカの白人女性は、一九〇〇年には半分の三・五六人しか産まなくなった」ものの、避妊をしないで自然に妊娠、出産をしていれば、労働との両立は計りがたい。いきおい、避妊あるいは中絶が避けられない関心となる。しかし避妊さえもが当時は好ましからぬことと見なされていた。フェミニストや医師たちさえもが、堕胎もとより、避妊に対して否定的な態度をとり、二〇年代のマーガレット・サンガーのバース・コントロール運動も困難な歩みを余儀なくされた。

中絶に関しては、「一八八〇年までには少なくとも四〇の反堕胎法が制定され、一九〇〇年までには、ケンタッキー州を除く四四州すべてに何らかの堕胎禁止法が成立していた。（中略）しかし生活難の中で堕胎を求める女性の数も多くなり、闇の堕胎で命をなくす人は、妊産婦死亡のうち少なくとも一四パーセントを占め、タウッシグの調査によると毎年一五〇〇〇人に及ぶと言われた。」（荻野『中絶論争』二七―三〇）これに対して堕胎禁止法の是非を巡る議論や改定要求が『タイム』や『ネーション』などの雑誌にも掲載されるようになったり（Eldred 145）、アメリカ共産党が妊娠中絶の自由を主張したりした。社会主義思想の影響が大きかった当時、ロシアでは一九二〇年から三六年にかけて中絶が合法だった（Henninger 33）ことはアメリカ人にも無視できない影響を与えた。このように女性の労働に関連して、妊娠中絶が社会問題化していたのが当時の実状である。しかし実際にアメリカで中絶が合法とされるのは七三年のロウ＝ウエィド判決を待たなければならないのは周知のことである。

以上のことを念頭におきながら、妊娠、出産、中絶をめぐる当時の世相がフォークナーの小説とりわけ『エルサレムよ、我もし汝を忘れたならば』（一九三九）にどのように描き出されているかを、シャーロット・リトンメイヤーを中心に見てみる。また、女性の社会進出に伴うもう一つの面、女性の男性化に関して、フォークナーの作品の中にも『八月の光』（一九三二）のジョアナ・バーデン、『パイロン』（一九三五）のラヴァーン、『征服されざる人々』（一九三八）のドルーシラ・ホーク、『館』（一九五九）のリンダ・コールの場合など枚挙に暇がない。この点についても、中絶の問題と絡めてシャーロットのケースを見ていくことにする。(2)

避妊、中絶、出産

妊娠、出産が出来事として小説に描き出されることは数多く、フォークナーにおいてもキャディーの妊娠、ジョアナの（偽りの）妊娠、リーナの出産、ラヴァーンの妊娠、ユーラの出産、そして「オールド・マン」の妊婦の出産など、ストーリーの展開上重要な妊娠・出産が多数取り上げられている。しかし堕胎または中絶の試みが言及されるのは『死の床に横たわりて』（一九三〇）のデューイー・デルと『エルサレム』のシャーロットのみである。

ところで小説の中の女性たちがどのように避妊をしているかということが描かれることはめったにない。『エルサレム』はそのことが言及される稀少な例である。シャーロットは第七章において「ストーヴの火が消えたとき、あたしの洗滌器がそのうしろにかけてあったのよ。それが凍っちゃたのよ。ストーヴの火をつけ直したとき、あたしはそのことをわすれてたもんだから、破裂しちゃったの[3]」（172）、と洗滌器が使えなくなっていたことをハリーに告げる。そして避妊について次のような誤った考えをもっていたことを告白する。

「あたし、馬鹿だったたわ。いつもまったく呑気に考えてたのよ。呑気すぎたわ。だれかに一度こんなことを教えられたのを覚えているわ。その頃はあたしも若かったけど、一所懸命に愛してれば、本当に愛し合っていれば、子供は出来ないし、精子がその愛で、その情熱で燃えてしまうって。たぶんあたしはそれを信じたのね。洗滌器がなくなったので、そう信じたかったの。あるいはただそうだといいと思っただけかもしれないわ。とにかく、そうなっちゃったのよ」（172）

シャーロットはフォークナーの作品中でおそらく唯一の避妊する女性である。その彼女が避妊や女性の生理に関する正しい認識を持っていないのには相応の理由がある。

荻野美穂によれば「ヒトの女性の排卵周期が正確に認識されるようになるのは一九三〇年以降のことであり、それまでは医師たちのあいだでさえ、（中略）人間の女でも月経中かその前後がもっとも妊娠しやすいと主張する者が多かった」（荻野『生殖』二七）とのことである。アメリカにおける生殖に関する知識のレベルがこのようなものであった上に、「国民の間におけるピューリタン的宗教感覚の強さが避妊に対する社会的公認を遅らせ、そのためにバース・コントロール運動の指導者たちは次の課題としての合法的中絶の問題として取り組むのが難しかったことが考えられる。実際、全米医師会が初めて公式に避妊の重要性を認めたのは、ようやく大恐慌後の一九三七年のことであった。」（荻野『中絶論争』二四）

このような事情であれば、シャーロットが避妊の方法としては確実性の低い「洗滌法」に頼り、洗滌器が無くなってからも大丈夫だと自分に言いきかせていたとしても止む得なかっただろう。夫はカトリックで、彼女との離婚に応じようとはしないので、彼女は法的にはいまだにフランシス・リトンメイヤーの妻であり、ハリー・ウィルボーンとの愛は姦通である。従って妊娠・出産をすることは許されない。しかし意志に反して彼女は妊娠してしまう。そうなれば彼女の唯一の選択は妊娠中絶しかない。

ところで三〇年代アメリカの中絶をめぐる状況はと言えば、避妊に対してさえ否定的だったことからも窺えるように、次の指摘の通りヨーロッパのそれとは若干異なっていた。

アメリカのフェミニズムとバース・コントロール運動はイギリスやドイツにおける運動とは性格を異にしていたといえよう。これら両国ではフェミニストたちの一部に、避妊だけでなく合法的中絶をも女の権利として要求していこうという流れが、より明確な形で存在していたからである。たとえばイギリスでは（中略）一九三六年には（中略）堕胎法改正協会を結成して運動を行った。またドイツでも、（中略）母性保護連盟を中心に、堕胎を禁止した刑法二一八条の撤廃を求める運動が三〇年代はじめまで繰り広げられている。（中略）にもかかわらずアメリカではイギリスの堕胎法改正協会に類するような運動は一九六〇年代まで生まれなかった。（荻野『中絶論争』

（二三）

このようにフェミニストやバース・コントロール運動家たちさえ堕胎をタブー視したため、アメリカでは、とりわけ一般大衆においては堕胎は非合法化・不可視化されることになる。シャーロットが中絶を求めたのはこのような時代状況下においてであった。

ビリー・バックナーの依頼に応じて一度は中絶手術を実施して成功したハリーだが、さすがに自分の愛人には実施が躊躇われる。彼はまず堕胎薬を入手しようとする。現代においてさえそのような薬は開発途上であることからも分かるように、そんな便利な薬が当時あるはずがなかったのだが、堕胎を望む者たちは、藁にもすがる思いで薬に飛びついたのである。彼はまず娼婦たちが用いているだろうと思い、テキサス州サン・アントニオに着くと、売春宿を訪れるが殴り出される。次にドラッグ・ストアーの店員から五ドルも出して錠剤を買い求め、シャーロットに飲ませるが、案の定まったく無駄な結果に終わる。

ドラッグストアーの店員に騙されてにせの堕胎薬を買わされ、ひどい目にあうというこのエピソードは、『死の床に横たわりて』のデューイー・デルが経験したことの繰り返しである。そのことは、のっぴきならない状態に置かれて堕胎を求めるあまり、このように騙される例

が当時跡を絶たなかったことの傍証となるであろう。(4)

堕胎薬がダメだとなると最後はやはり中絶手術しかなく、抵抗するハリーを説き伏せてシャーロットは手術を実施させる。しかしその手術にハリーは失敗してしまうのである。言うまでもなく当時は中絶手術は違法であったために、手遅れになるまで医者に見せることもできず、結局ヒロインは死を迎える。先に述べたように、このようなケースが実際多数あったことが統計にも表れており、社会問題化していたことが作家の想像力に働きかけていたと考えても的外れではないだろう。

一方これとは対照的なのが、「オールド・マン」における妊婦の出産である。「オールド・マン」においては妊婦も背の高い囚人も、ふっくらした囚人も名前さえ与えられていない。妊婦の夫はまったく登場しないし、言及さえされない。物語は何十年ぶりの洪水に見舞われたミシシッピ川の一時的な「放蕩」が次第に終息していき、医者もいなければ病院でもない自然の真っ只中での自力分娩、缶詰のふたで臍の緒を切るという信じられないような出産をコミカルに描いている。

避妊もしなければ堕胎もしない、自然なこととして妊娠・出産をする無名の女は力強く生き延びる一方、避妊を実行し、医師によって中絶をしてまで出産を回避しようとする女は病院で死んでいく。(5) この対照を作者は対位法的な作品構成を通して読者に示している。

医師、牧師（神父）、囚人

この作品全体が妊娠、出産、子宮、生理などのイメージに彩られているのだが、とりわけ第五章（「野性の棕櫚」三章）はそのイメージに満ちている。この章においてシャーロットとハリーは互いに仕事をして夫婦のようにシカゴでの都市生活を楽しんだり、ウィスコンシンの避暑地での牧歌的生活を楽しんだりする。しかしこの章における人物や出来事の形容は、「びくともしない様子、受胎可能な様子」"impregnable look"（73）、「不首尾に終わったホテル代」"the abortive hotel"（73）、「胎児のような状態で……子宮の中で」"foetuslike state…in the womb"（94）、「シャーロットの月経の周期の日付によって」"dates of and intervals between Charlotte's menstrual periods"（97）、「冬と都会がいっしょでは土牢だ。道徳上の罪を犯すことなんか日常のことだし、姦通でさえ免罪になる」"a dungeon; the routine even of sinning, an absolution even for adultery"（107）、「墓という子宮、子宮という墓」"grave-womb or womb-grave"（117）等と生理的表現に溢れている。これは喧噪と倦怠と商業主義の都市生活の中での二人の孤立・孤独感の反映である。[6]

これに関連して次の場面では資本主義的・商業主義的なものが性のイメージに結びつけられている。シャーロットが飾り付けるショーウィンドーはまるで中絶クリニックのようである。

店は（中略）今や、喧噪もなく、きらきら輝き、静かに、洞穴のような静寂がこだまし、小さく縮んでゆき、今や一握りほどの数の小人のような医師と看護婦が、だれともはっきりしない名も無い生命のために、端正に声をひそめて、闘っているがらんとした真夜中の診療所のように、荒々しい、張りつめたような怒りにみちて、（中略）シャーロットもその中に見えなくなってしまった。（102）

この場面はシャーロットが中絶クリニックを訪れる姿を髣髴させる。おそらく三〇年代シカゴにはそのような中絶クリニックがあり、一部の人々には周知の存在だったと思われる。皮肉にもシカゴ滞在中はシャーロットとハリーはそれを必要とせず、次なる場所ユタの鉱山においてシャーロットは避妊に失敗をして中絶を必要とする事態を招くのである。

　ユタの鉱山で一緒に暮らし、ハリーが初めて堕胎を手助けするバックナー夫妻は、いわばハリーとシャーロットの先行モデルであり、中絶手術に失敗して命をなくす者もいると告げるシャーロットの言葉（161）はやがて自らに跳ね返ってくる。大恐慌の経済的困苦の中で、違法であることを承知で中絶を受けるビリー・バックナーやシャーロットの姿は、三〇年代女性たちの置かれた社会的現実の一面を鮮明に示している。


　ところで妊娠中絶において重要な役割を果たすのは医者である。この小説には数名の医者が登場するが、その医師たちはそれぞれ異なったジェンダー・ロールを果たすのみならず、奇妙にもさまざまに牧師（神父）のイメージが付加されている。

　ハリーが夜中に訪ねるバンガローの持ち主である医師は保守的な男性のステレオタイプとして提示されている。彼は「紙巻きたばこやパジャマはにやけた男か女の用いるものだ」（4）と信じているので、パイプか葉巻をふかし、寝間着用の長シャツを着用するような人物である。彼は次のように典型的なピューリタンであると形容される。

彼の声は冷ややかで、はっきりと、確信にみちていた――彼は清教徒だからいままさに自分の義務を果たそうとしているのだ、と人からいわれるような清教徒で、おそらく自分では自ら選んだ職業の倫理と尊厳を守るために、それを行なおうとしているのだと信じていたのだろう（後略）（234）

それ故、シャーロットに違法な手術を施したのがハリーだと分かった時の彼は、「規則というものがある！限度というものがある！　私通や姦通にだって、堕胎や犯罪にだって」（二三五）と反応して厳格なピューリタンの牧師のような姿勢を示す。彼はハリーの手を、「蜘蛛とかとかげとか汚物の塊」ではなく、「むしろ自分の袖に、無神論者とか共産主義者の宣伝ビラが一枚（中略）まつわりついているのに気づいたように」乱暴にはらいのける。ハリーのとった中絶という行為に対する彼の嫌悪と憎しみはこのように強烈である。(7)

同時に、彼はハリーが正式な医師免許取得者ではないことにもがまんがならない権威主義者であり、「この男は医者ではない」（243）と非難している。しかし、彼には「女のような手」や「子どもがいない」という描写に見られるように、女性的あるいは性的不能のイメージもつきまとい、皮肉にもジェンダーの撹乱が見受けられる。この医師の妻もハリーたちの行動を忌み嫌っており、死にかけているシャーロットを前にして、「死ねばいいのよ、二人とも、でもこの家の中ではまっぴら、この町では」と叫ぶが、「あなたはこの男が無免許でメスを使ったこと、医師会が禁止していることをやったのに腹をたてているのね」(243-44)と夫の医師を揶揄している。

一方、ハリーは言うまでもなく成り損ないの医師だが、彼にも神父あるいは牧師のイメージがつきまとう。牧師の場合が往々にして世襲であるように、ハリーの父も医者だった。(27)そして彼の学生時代やインターン時代は「禁欲的、修道院のよう」"monastic"(28)と形容され、彼は神父の比喩や中性的なあるいは不能のイメージで語られる。(8)

さらに、堕胎に失敗したシャーロットを運び込んだ病院は次のように修道院のイメージで表現される。

リノリュームとゴムの靴底の、石炭酸消毒をした空間は、人間たちがなにか苦痛を、といってもたいていはなにか恐怖を前にして、**修道院**の小さな僧房の中で、色欲、欲望、誇りといったあらゆる重荷を、生理的機能の独立という重荷さえも放棄して、まだしばらくは矯正すべくもない昔からの俗世界の腐敗を多少とどめながらも、胎児のようになって逃げこもうとしている子宮のように（後略）（251）（強調筆者）

ここには、修道院とともに先ほどのクリニック同様、胎児や子宮といった妊娠・出産あるいは中絶のような生理的比喩が使われている。しかも後に彼が収監される監獄は「病院のよう」（258）と言及され、修道院＝病院＝監獄が一体のものとされている。[9] また、後述するように「オールド・マン」の囚人も刑務所を「禁欲的、修道院のよう」"monastic"（130）と形容している。

一方第八章「オールド・マン」にも医者がひとり登場する。背の高い囚人と女を見つけて載せてくれた船の医師だが、彼は囚人にアルコールを飲ませてどたばた喜劇を巻き起こさせる。また、この場面を回想する囚人たちの間で"hemophilic"（血友病）と"hermaphrodite"（半陰陽）を混同するコミカルな場面を提供する役回りを演じている。（203）「野性の棕櫚」の医師が厳格なピューリタンならこちらは英語の通じない船の上でのとぼけた笑劇の雰囲気を醸し出す。なお、"hemophilic" に関連しては、第一章で "hemorrhage"（13, 14）（出血）という語が用いられており、中絶に失敗して死にかけているシャーロットの「出血」と、アルコールを飲むと前後の見境がなくなる囚人の喧嘩による「出血」がこのようにアイロニカルに対照されている。

ただし右の場面では "hermaphrodite"（半陰陽）という言葉は使われていない。囚人たちはその語を知らず、見当ちがいのことを言っているのだが、実際彼らがそうであるかのように描写されている。例えば背の低いふっくらした囚人は一九九年の刑を言い渡されて収監されている悪漢だが、「女のように長いエプロンをして料理をしたり、掃除をしたりしている」（24）と紹介される。背の高い囚人は昔の恋人や洪水の時に救助した妊婦に対してイニシァティヴをとることができない。彼の望みは「妊娠した女の人生とはいっさい、永久に別れて、そんなものから安全に身を守られた、銃や足かせのある修道院生活」（130）すなわち刑務所に戻ることである。しかし、「どうにもならぬという腹立たしさ」"impotent rage"（131）に駆られ、「死んでもなおこの去勢種族［騾馬］は重荷を背負うという呪われた運命」"their eunuch race"（133）に自己投影する。

一方「野性の棕櫚」では「両性具有」に関して第五章において「ぼくたちだれも両性具有

じゃないですよ」“None of us are androgynous.”（110）と言及される。ここでは否定的に語られているものの、登場人物の多くは中性的あるいは両性的に描出されている。例えばハリーとシャーロットはどちらが男か女か分からないくらいで、ハリーには不能、中性、子どものイメージが付与されている。彼は、女物のスラックスをはき、「宦官」“eunuch”（30）、「ホモ、同性愛者」“faggot”（5, 9）、「胎児」“enbryo”などと表現され、終始受け身的に描出されている。一方シャーロットには、「男物のズボンをはいている」（6）とか、「まるで男がするように、思索的に冷静に彼を見つめた」（34）とか、男性的な描写がしばしば与えられている。また彼女は、フォークナーの作品では珍しく、職業を持った女性である。

「野性の棕櫚」の男女と「オールド・マン」の男女はまったく対照的に描かれている。中絶に失敗して死亡するシャーロットと、出産して日常生活に戻る女の対照は先ほど述べた通りである。男たちの運命も対照的である。中絶手術に失敗して自分の大切な恋人を失って思い出と嘆きに生きるハリーと、出産を手助けさせられ脱走の罪で追加刑までくらう原因となる女から別れて、清々している囚人とは、ともに同じ場所にいながら、刑務所暮らしの意味がまったく異なっている。シャーロットとの思い出だけが重要であるハリーにとっては、心の中以外はどこでもよい場所に過ぎないが、外の世界で散々な目に会う囚人には、ここはいわば故郷である。このふたつの物語の到達点である刑務所は病院や修道院と相通じるものであり、これが現代の「聖地エルサレム」であるというところにこの作品のタイトルの深いアイロニーがある。[10]

まとめ

ナサニエル・ホーソーンの『緋文字』（一八五〇）は、一八世紀中葉の姦通が罪を問われる社会に設定されているように、フォークナーの『エルサレム』は妊娠中絶が違法である時代に設定されている。ピューリタニズム社会において、信仰や財産権に絡んで姦通（Adultery）は社会的に容認できないことであった。この姦通のモチーフがらみでは、フォークナーの『死の床に横たわりて』のアディーとホイットフィールド牧師との姦通に着目して作品の間テクスト性を考察した論文もあるが、[11] この点では『エルサレム』はもっと『緋文字』との問題点を共有している。『緋文字』同様に、『エルサレム』は姦通の物語であり、それ以上に時代の社会的禁忌である「堕胎」（Abortion）を正面から取り上げた点で画期的な作品である。

『緋文字』は芸術家的気質を持ち、自由への憧れを抱くヒロイン、ヘスタ・プリンが姦通によって罰せられる物語である。そのヘスタの夫ロジャー・チリングワースは医師として登場し、恋人のアーサー・ディムズディルは牧師である。姦通を巡るこの二人の男性の間でのヘスタという女性の「交換」がホーソーンの『緋文字』の描き出したものである。一方『エルサレム』も芸術家的気質と自立心を持ち、独自の愛の概念を追求するヒロイン、シャーロットの物語である。彼女は姦通と妊娠中絶により「罰せられる」。シャーロットの場合は夫フランシスと恋人ハリーの間の女性の「交換」であり、さらには夫の代わりに社会を代表して父権を行使してくる医師と、成り損ないの医師ハリーの間での女性の「交換」でもある。そのハリーは一貫して神父あるいは牧師のイメージで語られ、彼にとっては病院も刑務所も修道院である。このように二作品は設定の上でも主題の上でも共通性を有している。

しかし一九三〇年代においては姦通は既に社会的な罪ではない。この時代の禁忌であり、やがては二〇世紀後半のアメリカ社会を二分する問題となる罪はもうひとつのA＝Abortionである（Urgo 269）。しかし姦通が許容されていたわけではない。シャーロットとハリーが社会に受入られない理由の一端は彼らが結婚していないからである。この点に関してジャネット・エルドレッドは、罪の適用という点では南部は他の地域より厳しかったし、この中絶事件が姦通によるものでなければハリーは罪を問われることさえ無かったかも知れないと指摘している（Eldred 146-47）。

フォークナーがこの問題を小説において形象化したのにはいくつかの動機が考えられる。ひとつは彼自身のプライベートな恋愛事件である。二九年にエステルと結婚したものの夫婦仲は必ずしもよくなく、生活の必要から稼ぎに出かけたハリウッドで、三二年頃フォークナーはミータ・カーペンターという女性と親しくなる。フォークナーとミータの恋愛は三七年ミータの結婚でいったん終わるが、彼らの間に大人のつきあいがあったことはミータ自身が明かにしているところであり、避妊が問題だったことは想像に難くない。この作品にそうした個人的体験が投影されているというのは多くの批評家の認めるところである(12)。

またフォークナーはある意味で社会的問題に極めて敏感だった。それは決して彼が直接に政治に関わったとか政治小説を書いたという訳ではないが、例えば彼の作品における人種問題の重要性を見ても容易に納得がいく。三〇年代の不況の中で彼自身が「出稼ぎ」を余儀なくされたこともあり、失業した人々、働く人々の抱える問題が何であるかは自ずと彼に見えていたと言ってよいであろう。とりわけ女性が働くことに関わる時代の諸問題のひとつとして、妊娠中絶というモチーフが彼の想像力を刺激したとしても何の不思議もない。

フォークナーがプロ・チョイスあるいはプロ・ライフのいずれの立場からこの問題に向かっ

ていたのか知る由もないが、(13)人種問題に関する彼の態度と同様に、おそらく矛盾したものであろうと推測される。しかし彼個人の意見がどうであれ、一九三〇年代という時代に妊娠、出産、避妊、堕胎というクリティカルな問題を取り上げ、妊娠中絶の失敗によって命をなくす女性を形象化したことによって彼は二〇世紀の『緋文字』を書いたのだ。

註

（1）ただし不況のイメージやできごとへの言及はある。グリムウッドは「オールド・マン」の洪水の中に経済的悲惨を読み込み（120）、「野性の棕櫚」の主人公たちの放浪に、恐慌期の「アメリカ発見記」の伝統を見ている（127）。また、レスターは黒人たちの南部から北部への大移動の投影を読みとっている。（191-217）

早瀬は株の暴落やウォール・ストリートへの言及などを始めとして諸作品に見られる大不況的事象を通してフォークナーの同時代意識を探っている。（一九三一二〇二）

（2）なお、同時代の作品『風と共に去りぬ』（一九三六）のスカーレット・オハラもそのような人物の一人である。この物語は南北戦争前後に設定されているが、スカーレットの逞しい女性像は明らかに一九三〇年代のものである。

（3）Faulkner, William. *If I Forget Thee, Jerusalem*. Vintage International, 1990. をテクストとして用いた。本文

中の引用は同書からとし、カッコ内にページ数を記した。邦訳は井上謙二訳『フォークナー全集一四、野性の棕櫚』冨山房、一九六八年、を使用したが、必要に応じて多少改訳した。

（4）ドライサーの『アメリカの悲劇』（一九二五）もヒロインの妊娠と堕胎の試みを扱った作品である。クライドがロバータに堕胎させようと売春宿や薬局を訪ね歩く場面は、『死の床に横たわりて』や『エルサレム』の場面と共通する。

（5）ダイアン・ロバーツはシャーロットの死について、「フォークナーの小説においては自己の肉体性を主張するバッド・マザーは罰せられて死ぬ（殺される）のだ」（Roberts 213）と主張するが、この意見の当否は慎重に検討する必要があるだろう。

（6）ジョーゼフ・アーゴはこの物語の "abortive images" に注目し、このモチーフが作品の基本的パターンを形成していると主張している。（Urgo 252-72）

（7）堕胎禁止運動の高まりの理由のひとつは一九世紀末からの移民の増加やＷＡＳＰの出生率低下による白人プロテスタントたちの不安である。また五〇年代マッカーシズムの時代には、堕胎も破壊活動の一種として共産主義と結びつけられて弾圧の対象とされた。（荻野『中絶論争』一五、三一）

（8）「モナスティック」という表現からはカトリック的なものを指していると解するのが妥当だと思われるので、ここは神父と言うべきであろう。場所設定がニュー・オリンズであることや、シャーロットの夫がカトリックであることなどと併せて、フォークナーのカトリシズムに対する態度とピューリタニズムに対する姿勢とを分けて考察する必要があるかもしれないが、とりあえずここでは厳密に区別しないでおく。「まとめ」において言及するホーソーンの『緋文字』はピューリタニズムの作品と言われているが、カトリシズムのモチーフを指摘する論（塩田三一一四）もあり、その点でも意外に両作品の距離は近いと言える。

なお、不能のイメージに関連して、「中年の宦官」（30）とされるハリーを外の世界に押し出したのは寮友のフリント（文字通り引き金）だった。

（9）病院や刑務所などがこの時代に主要な場所として機能しているのはニュー・ディール政策の反映であるという指摘もある。（Trefzer 272）

（10）この作品の主題・構成とタイトルとの連関については拙著第七章「女と男の対位法：『エルサレムよ、我もし汝を忘れたならば』」を参照されたい。

（11）小野（二〇〇一一八）

（12）カーペンター、ウィッテンバーグ（167-79）参照。

（13）ジョン・デュヴォールは、シャーロットは死ぬが、中絶を受けてもビリー・バックナーは死なないことを指摘して、『エルサレム』が反中絶の書だとは言えないと主張している（Duvall 49）。また、これを受けてアーゴも「この作品はプロ・チョイスでもプロ・ライフでもない」（Urgo 269）と述べている。

引証資料

Deutsche, Sarah Jane. *From Ballots to Breadlines: American Women 1920-1940*. Oxford UP, 1994.

Dreiser, Theodore. *An American Tragedy*（1925）. Signet, 1981.

Duvall, John N. *Faulkner's Marginal Couple: Invisible, Outlaw, and Unspeakable Communities*. U of Texas P, 1990.

Eldred, Janet Carey. “Faulkner’s Still Life: Art and Abortion in *The Wild Palms*.” *The Faulkner Journal* 4. 1-2 (1988/89): 139-58.

Faulkner, William. *As I Lay Dying*. Vintage International, 1985.

Grimwood, Michael. *Heart in Conflict: Faulkner’s Struggles with Vocation*. The U of Georgia P, 1987.

Hawthorne, Nathaniel. *The Scarlet Letter* (1850). Norton, 1988.

Henninger, Katherine. “‘It’s a outrage’: Pregnancy and Abortion in Faulkner’s Fiction of the Thirties.” *The Faulkner Journal* 12.1 (1996): 23-41.

Lester, Cheryl. “*If I Forget Thee, Jerusalem* and the Great Migration: History in Black and White,” in Donald M. Kartiganer and Ann Abadie eds. *Faulkner in Cultural Context*. UP of Mississippi, 1997.

Mitchel, Margaret. *Gone With the Wind*. (1936) Avon, 1973.

Roberts, Diane. *Faulkner and Southern Womanhood*. The U of Georgia P, 1994.

Trefzer, Annette. *The Politics of In-difference: Zora Neale Hurston and William Faulkner*. UMI, 1992.

Urgo, Joseph R. “Faulkner Unplugged: Abortpoesis and *The Wild Palms*” in Donald M. Kartiganer and Ann Abadie eds. *Faulkner and Gender*. UP of Mississippi, 1996.

Wilde, Meta Carpenter & Orin Borsten, *A Loving Gentleman: The Love Story of William Faulkner and Meta Carpenter*. Simon and Schuster, 1976.

Wittenberg, Judith Bryant. *Faulkner: The Transfiguration of Biography*. U of Nebraska P, 1979.

荻野美穂『生殖の政治学――フェミニズムとバース・コントロール』山川出版社、一九九四年。

――『中絶論争とアメリカ社会――身体をめぐる戦争』岩波書店、二〇〇一年。

小野清之「フォークナーの『死の床に横たわりて』」『文学部論集』関西学院大学、一九七五年。

塩田勉「『緋文字』とカトリシズム――ヘスターは隠れカトリックだったか――」『NEW PERSPECTIVE』第一七三号、新英米文学会、二〇〇一年、三―一四頁。

早瀬博範 "The Great Depression in Faulkner's Fiction"『中四国アメリカ文学会創立二五周年記念論文集』一九九九年。

山下昇『一九三〇年代のフォークナー――時代の認識と小説の構造』大阪教育図書、一九九七年。

第Ⅱ節　『行け、モーセ』における自然と経済と愛

はじめに――二つのエコ・クリティシズム

『行け、モーセ』（一九四二）に関する批評は、従来は白人と黒人の関係、いわゆる人種問題が主流であった。しかし近年、とりわけ今世紀に入って同作品の批評は大きく変化している。その顕著な例が二つのエコ・クリティシズム（エコロジカル、エコノミカル）の隆盛である。文学を環境（エコロジー）の視点から論じるエコ・クリティシズムの進展の中で、フォークナーの作品のなかでもとりわけ本作品が注目され、批評の対象となるのは故ないことではない。大自然と人のかかわり、狩猟と動物などのモチーフが作品の展開の中で重要な意味を持っていることは一目瞭然である。最初にこの観点から本作品を読み解いてみること

にする。

もう一つはエコノミーの視点からの批評の進展である。それは所有や資本、会計、経済という観点から作品を論じるものである。これは先の「自然」の意味とも大きく関係しながら、土地の私有や奴隷制の問題に、そして究極的には愛の問題に関連する。具体的には自然の商品化、奴隷制の経済、奴隷という資本や女性の交換、それらの記述が記録される「台帳」などに着目して本作品を読むということである。本章はこうした二つの観点から発表された諸論の示唆を基にして『行け、モーセ』を再考しようとする試みである。

『行け、モーセ』は一九四一年を現在として、始祖のルーシャス・クインタス・キャロザーズ・マッキャスリンの生誕（一七七二）から数えれば一七〇年に渡るマッキャスリン家の物語を扱っている。そのうち南北戦争終結までの奴隷制時代においては、その前半史が描き出されている。一七九九年バックとバディの誕生、一八〇七年奴隷女ユーニスの購入、一八三二年ユーニス死亡、三三年テレル（タール）を産んでトマシナ（トーミー）死亡、三七年キャロザーズ・マッキャスリン死亡、五六年奴隷ブラウンリーの購入、五九年バック、ソフォンシバ・ビーチャムと結婚、六四年テニーとタールの息子ジェームズ（テニーのジム）産まれる。これらは主に「昔あった話」（"Was"）と「熊」（"The Bear"）第四章の「台帳」に描き出される。

南北戦争後は主に一八七〇年代―九〇年代にかけて、森での熊狩りと結婚・相続放棄の物語を中心としてアイザック・マッキャスリン（アイク）の物語が展開される。主な出来事は一八六七年アイク誕生、一八七四年ルーカス・ビーチャム、ザック・エドモンズ誕生、一八七〇年代末アイク森での狩猟、一八八三年アイク「台帳」を読む、一八八八年アイク相続放棄、九八年ロス・エドモンズ誕生などであり、その後、「火と暖炉」（"The Fire and the Hearth"）「黒衣の道化」（"Pantaloon in Black"）「デルタの秋」（"Delta Autumn"）「行け、モーセ」（"Go Down, Moses"）など一九四一年の現在の物語に接続されている。だが現在の物語においても奴隷制時代や南北戦争後の出来事が重要な意味を持ち続けている。

アイクの物語と自然

『行け、モーセ』がアイク・マッキャスリンのイニシエーション物語、一種の（アンチ）ビルドゥングスロマンの性格を有し、その中心的な物語が「昔の人々」（"The Old People"）「熊」「デルタの秋」であることは一読すれば明らかであろう。その物語において、少年アイクは男たちによる狩猟に参加する中で、サム・ファーザーズの導きにより、大熊に体現される自然の精神を体得し、自分の背負う負の遺産を受け継ぐことを拒否する。とりわけ「熊」はそのプロセスを詳細に雄大に描き出しており、その物語を「フォークナーの、いやおそらくアメリカ文学における最高の狩猟物語であろう」（Weinstein 161）と称賛する者もある。

この小説は元々雑誌に発表された五つの短編を土台としており、中にはクエンティン・コンプソン少年が語り手に想定されていたものも含まれていた。しかしこれに「昔あった話」と「熊」が書き加えられ、アイクが中心的な人物として導入されることによって、小説『行け、モーセ』が成立する。そのアイクの「進化」が主題の一つとなるのだが、その鍵となるのが先述した「自然の精神の体得」と「負の遺産の発見」である。この二つはコインの表裏の関係にあるものの、前者の出来事が後者をもたらしたと考えることができる。まずこの作品における自然の扱いについて、「荒野」をめぐるアイクの想念を見ていくことにしよう。章の初めに描き出されるように、一六歳のアイクがこの六年間聞いてきた話は「荒野」の話だった。それは次のように紹介される。

どんな**記録文書**よりも——この大森林を一かけらでも金で買ったなどとおろかしくも信じこんで

いた白人や、情け知らずにも、その一かけらでも譲り渡す権利があるような顔をしていたインディアンについての、どんな**記録文書**よりも大きくて古い大森林の話、ド・スペイン少佐よりも、また、少佐が心なきこととは知りながらもその所有権を主張した片々たる土地よりも大きく、その土地を心なきことと知りながらもド・スペイン少佐に売り渡した老トマス・サトペンよりも古く、さらにまたその土地を心なきこととは知りながらも老サトペンに譲り渡したチカソー族の酋長、老イッケモタビーよりも古い大森林の話だ。(1)（「熊」183-84）（強調筆者）

ここで注目すべきは「記録文書」が比較の対象として二度にわたり言及されていることである。所有権の移転など法的正当性を示す記録文書の最たるものは、次の節において「台帳」として登場し、アイクに負の遺産の自覚を与えるものであるが、それがこの部分において意識的に語られていることの意義は注目すべきである。

また話は大森林についてのみならず、男たちとけものたちの物語であることが引き続いて語られる。

男たち——白人でも、黒人でも、赤色インディアンでもないただの男たち、忍耐する意志と剛毅さをもち、生きながらえる謙譲さと術をもった猟師たちについての話、そして、その話に並べられて浮き彫りにされる犬や熊や鹿の話――（中略）大昔からの和らげるすべとてない規律に従って、大昔からの休む暇もない争いに従っているけものたちの話だ（後略）（同 184）

ここにおいては、人種や身分などにかかわらない男だけの共同体ということと、人間も動物も同等の存在であることが強調されている。（男だけの共同体ということのジェンダー的意味は後に考察したい。）さらにそれは次のように具体的に提示される。

かりにサム・ファーザーズを彼の教師とし、裏庭の兎やりすを彼の幼稚園とすれば、老熊の駆けめぐっているあの荒野は彼の大学であり、……あの年老いた牡熊自身は、彼の母校にほかならなかったのである。（同 201-02）

このようにして、アイクは男たちおよび野生動物のコミュニティに参入して自然の精神を学ぶ。その中軸となるものは「土地は誰のものでもなく、共有である」（「昔あった話」4、

「デルタの秋」337）という認識である。それは聖書の考えに合致するものであるとして、より具体的に次のように述べられる。

なぜって聖書の神さまの言葉によると、（中略）神さまは最初に大地をお創りになって、口のきけぬ生きものを住まわせなすってから、それから、神さまの代わりに大地を監督して大地と大地に住む動物を神さまの御名において支配するようにと人間をお創りになったんだよ、それも何代も何代も永久に、自分や自分の子孫のために、長四角や真四角の土地を手にする侵すことのできない権利をもつようにというのではなくて、その大地を、同朋というだれの名前も特別についていない共同の状態で、損なわれない、お互いのものとして保っていくようにというわけだったんだ（後略）（「熊」246）

これをある批評家は「コミュニティとしての自然」（Wittenberg 56）と呼ぶ。これは私有財産権を国是とするアメリカ合州国においては革命的な考えである。またこれはアメリカ先住民の自然や土地に対する考えに通底するものである。だが、大熊の死後、男達と動物のコミュニティは解体され、ド・スペイン小佐が土地を材木会社に売却することにより（「熊」

302)、「商品としての自然」(同 56) となってしまい、アイクのアイデンティティ維持そのものが困難になる。「熊」において彼が最後の狩りに出かけていくころには、「材木会社がやってきて、木を切り始めていた。」(「熊」301) これに関してクリストファー・リーガーは、その歴史的背景に一八八〇年から一九二〇年にかけてのミシシッピ州における製材業の爆発的発展があることを指摘している (Reiger 138)。

また「デルタの秋」において、老人となったアイクが狩りに参加するころには、かつてジェファソンから二〇マイルで、馬車で出かけた狩猟場が、いまや自動車で二〇〇マイル行かなくてはならなくなり、獲物の減少がハンターたちの話題となるほどに変化していることが示される。アイクの物語ではこのように荒野が消滅していくことが描き出されるのだが、アイクに「原始共産主義的」な土地観念を持たせることに見られるように、作者の姿勢は言うまでもなく、時代の変化に批判的である。フォークナーのこの姿勢は、ローレンス・ビュエルによれば「時代錯誤的」で、一九世紀末の物語設定でありながら、むしろ作者の同時代一九三〇年代のミシシッピ州の政策を反映しているとのことである。(Buell 11)

最後に、「自然」が「女性」と結びつけられていることに注目しておきたい。「荒野」が彼の「母校」(「熊」202) であることは先に見た通りであるが、さらに「この森林こそ、彼の恋人であり、彼の妻であるにほかならない」（「熊」311）として自然が女性に結びつけられていることは重要である。狩猟がそのような女性たる自然のなかで行われていながらも、男たちだけの共同体であり、その男たちの行為はやがて時代の趨勢に流されて、産業主義に取って替られることが明示されていることに鑑みるならば、この物語が資本と男性による自然と女性への侵害を描き出していると言ってもあながち的外れではないだろう。

「台帳」を読むアイク

次に「経済」の視点からこの小説を読むことにしよう。「経済」が自然や人間、愛、共同体などすべてのものを商品化してしまい、すべてを収奪の対象としてしまうことが、奴隷の売買、婚姻という名の女性の譲渡、土地の私有、売買、相続放棄などの例を通して作品の中に描き出される。従来『行け、モーセ』は白人男系マッキャスリン家、白人女系エドモンズ家、黒人系ビーチャム家の物語として読まれ、その中では始祖のキャロザーズ、バックとバディ、アイク・マッキャスリン、キャス・ザック・ロス・エドモンズ、トーミーのタール、テニーのジム、ルーカス・ビーチャムらが主要人物として取り上げられてきた。とりわけ作品のなかで最重要人物と目されるアイクを中心にして、彼が荒野での体験と「台帳」の記載から発見した始祖たちの罪を認識し、相続放棄をする経緯が問題とされてきた。しかし今回はそのアイクの認識と父（バック）とおじ（バディ）についても、近年のホモエロティックな解釈を参照しながら再考する。

まず「昔あった話」について見てみよう。この物語も枠組みは一九四一年の現在（一八六七年生まれのアイクが七〇歳過ぎ）である。だが話の中身は南北戦争以前（一八五九年）のことであり、アイクより一六歳年長で一八五〇年生まれのいとこのキャスが九歳の時に直接見聞きしたことを後に彼に語ったことの回想という設定である。話はキャロザーズ・マッキャスリンの双子の息子バックとバディが六〇歳の頃、彼らの奴隷（で兄弟）のトーミーのタールがビーチャム家の奴隷テニーに求愛するために脱走したのを捕捉することに関する物語である。バディがヒューバートにポーカー・ゲームで負けてテニーを引き取ることになり、バックはヒューバートの妹ソフォンシバ・ビーチャムと結婚することになる。奴隷と女性が狩りの対象となり、ゲームの勝敗によって運命を決せられるという非人間的な事柄を表面上コミカルに語っている。「奴隷と女性の売買・贈与」という一見けしからぬ物語であるが、その実、奴隷のタールはテニーとの結婚を達成するためビーチャム家に逃げ込むのであり、白人独身女性ソフォンシバはそれを口実として、バックが間違って彼女のベッドに入り込んでしまうように仕向けることによって「結婚」を勝ち取るという結末からすれば、これは奴隷と女性の勝利の物語である。（むろん現代的な観点から言えば奴隷と女性が無権利であったという事実が許容できるものではない。）

次にもう一つの奴隷制時代の物語、「熊」第四章の台帳に進もう。アイクは二一歳の時（一八八八年）に農園の相続権を放棄するが、彼にそのような決意をさせたのは彼が一六歳（一八八三年）の頃から読み始めた台帳に記載されていた事柄である。台帳には「最初は祖父の筆跡　次には彼の父とおじの筆跡で　薄れたインキで走り書き」（250）がしてある。書かれた内容はマッキャスリン農園の成立、奴隷の購入と誕生、死亡などが中心であり、祖父キャロザーズの死亡（一八三七年）までの、奴隷女ユーニス、トマシナ、タールらの生死に関するものと、一八五六年奴隷ブラウンリーの購入など、六九年バディとバックの死去までの出来事である。

アイクがこの台帳に読み取ったものは、キャロザーズが奴隷女ユーニスに産ませた娘トマシナに対して人種混淆と近親姦を行い、タールを産ませ、それを嘆いてユーニスは自殺したという、白人農園主たる祖父の非人間的行為であるとされる。それは次のように記述されている。

ユーニス　一八〇七年ニュー・オールリンズにて父に買いとらる　六五〇ドル。一八〇九年シューシダスと結婚一八三二年クリスマスの日　川にて溺死

一八三三年六月二一日　投身自殺をしたのだ

一八三三年六月二三日　黒ンぼが投身自殺したなどいったいだれが聞いたことがあるのか（「熊」255）

トマシナ　通称トーミー　シューシダスとユーニスの娘　一八一〇年生　一八三三年六月産褥にて死去　埋葬。星大いに降る年（257）

これらの記述に対して、アイクは「われとわが娘を　われとわが娘を。いや　いや　まさかあの人でも」（259）と反応し、祖父が自分の娘で奴隷のトーミーと人種混淆・近親姦を行

い、トーミーは出産直後に死亡し、トーミーの母ユーニスはその事実を知って入水自殺をしたというストーリー解釈を行う。しかしこの解釈の妥当性については、同じ「台帳」におけるユーニスの死に関する記述を巡ってさえ、先の引用にもあるように父とおじとの間に自殺か否かについての見解の相違が存在している。ともあれ、そのような行為に穢された土地を相続することは「始祖たちの罪」を引き継ぐことになるので、これを拒絶するためにアイクは相続放棄を宣言したというのが従来の解釈、定説であった。しかし近年に至ってこの解釈に異を唱える新たな解釈が現れている。その最たるものがリチャード・ゴドゥンとノエル・ポークによる「台帳を読む」である。この論文は元々『ミシシッピ・クォータリー』五五―三（二〇〇二年夏号）に発表され、後にゴドゥンの著書に収録されたものだが、従来の見解を覆す画期的な解釈を示している。

著者たちの主張を簡単に要約すれば次の通りである。アイクが台帳を読んで発見したのは、父（バック）とおじ（バディ）と奴隷ブラウンリーをめぐる近親姦とホモセクシュアル関係であり、その「発見」は言語化されずに抑圧され、代わりに読み込まれたのが祖父による奴隷およびその娘との間の人種混淆・近親姦である。これはアイクが想像／創造した虚構であり、トマシナとの近親姦の証拠もなく、ユーニスがそれを苦にして自殺した証拠もないと言うものである。

すなわちアイクが相続を拒否した始祖たちの罪は奴隷制に呪われた土地だけではなく、人種混淆・近親姦・ホモセクシュアルという性的逸脱である。バックとバディが結婚を忌避し、奴隷たちを自分たちの屋敷に住まわせ、自分たちが奴隷の小屋に住むという奇異なことをしたのは、ユーニスという女奴隷に子どもを産ませたり、奴隷たちを意のままにした彼らの父キャロザーズの遺産を受け継ぐことを拒否したからであるとアイクは考える。しかしその父たち自身が近親姦とホモセクシュアルという禁忌をも犯していたことにショックを受けて、アイクは農園を受け継ぐことと子孫を設けることを拒否する。これに関連してニール・ワトソンは「『行け、モーセ』の性的読解」において本作品におけるホモセクシュアル的底流を示唆し、異性愛の不毛を指摘している。

このことはテクストにおいて次のように跡付けられる。バックとバディが既に十分な数の奴隷を所有しており、彼らが個人的な奴隷解放（マニュミッション）をしようとしていたことは、数か所にわたって以下のように繰り返し言及されている。

バックおじさんが、自分とバディおじさんは、もうほとんど自分たちの土地を自由に歩きまわれ

ないくらいどっさり黒ンぼを持っていると言うので（後略）（「昔あった話」5-6）

一八五〇年代も早い頃、老キャロザーズ・マッキャスリンの双子の息子であるアモーディアスとセオフィラスが、彼らの父親の奴隷たちを解放するという計画をはじめて実行に移したとき（後略）（「火と暖炉」102）

また別のもっと古い　大きさも形も不格好で古めかしい台帳、その台帳の黄色いページには彼の父セオフィラスとおじアモーディアスの薄れた筆跡で、南北戦争前二〇年間にわたるキャロザーズ・マッキャスリンの奴隷の少なくとも名目だけの解放の記録が記されているのだ――（「熊」245）

また彼らのホモセクシュアル関係を示唆する表現も次のように随所に見出される。「バディおじさんがエプロンをして朝食の用意をしていた」（「昔あった話」5）。「バディおじさんはネクタイを一本も持っていなくてバックおじさんのものを借用していた」（同 7）。「バディが家事と料理を担当していた」（「熊」250）。「そもそもその老人［バディおじさん］は女であるべきだったのだ」（同 260）。またこの関係はバックとバディに留まらず、アイクの母の兄ヒューバートにまで及んでいる。「彼のおじ［ヒューバート］とテニーの曾祖父は一つの部屋でいっしょに生活し、食べ、寝ていた」（同 291）。

バックとバディの同性愛の相手と目される奴隷のブラウンリーに関する記述は随所に散見される。「帳簿をつけることも、畑を耕すこともできない」（「熊」279）上に、これ以上奴隷が必要でなく、個人的解放さえしようとしていたのに、ベドフォード・フォレストから購入した（同 291）という不自然な動機が語られ、「甲高い甘いソプラノの声」の持ち主であり（同 279）、「女性の目つき」（同 280）と女性的特徴が数か所において強調されている。このような記述に注目して作品を読み直せば、ゴドゥンらの読解もあながち牽強付会とは言えないであろう。

アイクが認識したこれらの道徳的負の遺産は、元を正せば土地と人間（奴隷）の私有という資本主義経済に端を発するものである。そのことを作者はアイクの認識のプロセスを執拗に追うことによって明らかにしている。これに関してジョン・デュヴォールは、「土地、金、所有物をもたない白人は黒人と同じ」（Duvall 59）であり、アイクの相続放棄は白人としてのアイデンティティを抹殺することであると述べている。

女性の力

この作品には数名の女性が登場するのだが、マイナーな役割しか果たしていないとして従来あまり重要視されてこなかった。しかし近年に至ってこの小説における女性キャラクターの役割の重要性が注目されるようになり、とりわけモリー・ビーチャム、テニーのジムの孫娘（「デルタの秋」の混血女性）、フォンシバら黒人女性に着目して作品を再考する試みがなされている。本稿においても、今までどちらかと言えば等閑視されてきた人物たちに注目して読み直しを進めることとしたい。

一見したところ存在感の薄いマイナーな黒人や女性の登場人物が、実は重要な役割を果たしていることは「昔あった話」の奴隷のタールとテニー、ミス・ソフォンシバの例に見た通りである。またテニーの娘フォンシバはアイクからの祖父の遺産の一部となる金の受け取りを拒否し、極貧の内にありながらも、「私は自由だ」と宣言する。アイクには彼女のこの矜持が理解できない。

モリーの場合は「火と暖炉」と「行け、モーセ」に見ることができる。モリーは金に目がくらんだ夫ルーカスを諫めるために身を挺して黄金探索機を持ち出し、離婚さえ厭わない（「火と暖炉」121）。そのモリーの捨て身の行動によってようやく目が覚めたルーカスは黄金探索を放棄し、夫婦の絆は保たれるのである。また孫のサミュエル（ブッチ）が犯罪人として処刑されたにもかかわらず、遺体を引き取り、然るべく埋葬し、「『どこを見たらええだか、ミス・ベル（ミス・ワーシャム）がおらに教えてくれますだし、おらはそれを見ることができますだよ。これを新聞にのっけてくだせえ。何もかもすっかりのっけてくだせえ』」（「行け、モーセ」365）と、孫の生死を余すところなく新聞に報道することをギャヴィン・スティーヴンズや新聞の編集長らに要求する彼女の行為には、無視され抹殺されようとする黒人の存在を主張することが明らかに意図されている。また白人でありながらもそのようなモリーの行動を理解し、支えるミス・ワーシャムの愛と勇気も示される。

「デルタの秋」の混血女は、出奔して行方が分からなくなっていたテニーの息子ジムの孫娘だが、ロス・エドモンズの子を宿している彼女に対して「自分の民族の男と結婚しなさい。黒人と」と勧めるアイクを、「老人、あまりに長く生きてあなたは愛が何だったのか忘れてしまったのか」（「デルタの秋」346）と叱責する。

エリック・デュセアは、「熊」は白人男性のセルフフッドの失敗の例え話であると述べている。（Dussere 339）サディアス・ディヴィスも、「彼の遺産の主たる重荷は愛の不可能性である」（Davis 151）と述べ、アイクやギャヴィンら白人男性の行動と愛の不可能性に対照されるのが、モリーやテニーの孫娘やミス・ワーシャムら女性の道徳的行為であると主張する。このように白人男性の愛と行動の不可能性と、女性（とりわけ黒人女性）の愛と行動とが対照的に示されるのが『行け、モーセ』である。

作品の技法

多層の語りを特徴とするフォークナーの一連の小説も一九三八年の『征服されざる人々』、一九三九年の『エルサレムよ、我もし汝を忘れなば』、一九四〇年の『村』などを経て、短編連作的な傾向を強めていく。これは発表媒体に関して短編が主になるという事情とも関係するのだが、いずれにしろ『八月の光』（一九三二）や『アブサロム、アブサロム！』（一九三六）等の長編小説から、まとまりの緩い断片的な作品へと変化していく。『行け、モーセ』はまさにそのような作品である。しかし先に見てきたように、例えばバックやバディの同性愛や奴隷解放に関するエピソードが、時と場所を違えて異なる語り手によって繰り返し語られ、それらの語りの間に生じる齟齬が事実への疑惑や真実の不確かさに対する疑念をもたらすというしかけとなっている。このしかけを通して読者は作品が提示する世界の別な解釈をすることが可能となる。まさにモダニズム的なしかけである。

　それぞれの人物描写においても出来事の描写においてもリアリズム的にすべてを描くというのではなく、断片を繋げていくような描写となっている。このため読者は書かれていないことが何なのかと常に考えながら作品に対峙することを求められる。『行け、モーセ』は、一読して全体が理解できる小説ではないが、読み返すことによって全体像がはっきりしてくるという読者参加型の作品となっている。

まとめ

　二〇世紀前半の南部白人男性作家フォークナーの『行け、モーセ』が、自然の破壊と土地私有の問題性を俎上に載せ、奴隷制の描出を通して主として明らかにしたのが、土地と奴隷を物として所有し、経済的・性的搾取、性的錯到をも平然と実行したかもしれない白人男性の始祖たちの罪をあばき、告発し、拒絶することで人間性を保とうとしながらも、結局は愛と行動の不可能性に終始してしまうアイクの認識と生き方に見られる現実の厳しさであった。

フォークナーの主体性、当事者性からすればそれは当然のことであり、彼はそのような限界の枠内で極めて冷静に自己批判的かつ自己韜晦的に問題の所在を突き詰めたと言うことができるであろう。また、作品の主要な側面としてではないが、作品における女性人物たちの役割と描かれ方に彼の希望が見出せるということができる。

技法面においては、フォークナー小説の特徴であるポリフォニックな手法は『アブサロム、アブサロム！』において一つの到達点に達している。初期の作品に見られる多数の語り手による多面的・多焦点的物語の展開に比べれば、以後は「スノープス三部作」（Snopes Trilogy）や『行け、モーセ』などのような短編連作あるいは合成小説的な色彩を濃くしていく。これら後半の作品においては、さほど視点の分散はなく、同じエピソードの繰り返しとバリエーションという、フォークロア的とも言える側面が強まっているとも言える。

『行け、モーセ』は、土地の私有や奴隷制という経済の問題が、自然や人間性の破壊に直結していること、それによって白人の罪と愛の不可能性がもたらされていること、そのなかにあって女性たち（とりわけ黒人女性たち）に希望が託されていること等を描き出した、スケールの大きな小説である。

註

（1）William Faulkner, *Go Down, Moses*. Vintage International, 1990. c1942. をテクストとして用い、引用末尾のカッコ内にページ数を記す。邦訳は大橋健三郎訳『行け、モーセ』東京、冨山房、一九七三年、を参照し、必要に応じて修正を加えた。

引証資料

Buell, Laurence. “Faulkner and the Claims of the Natural World” Ed. Donald M. Kartiganer and Ann J. Abadie, *Faulkner and the Natural World*. UP of Mississippi, 1999.

Davis, Thadious M. “Crying in the Wilderness: Legal, Racial, and Moral Codes in *Go Down, Moses*” Ed. Arthur F. Kinney, *Critical Essays on William Faulkner: The McCaslin Family*, G. K. Hall & Co. 1990.

Dussere, Erik. “Accounting for Slavery: Economic Narratives in Morrison and Faulkner” *Modern Fiction Studies* 47, 2001: 329-55.

Duvall, John N. *Race and White Identity in Southern Fiction: From Faulkner to Morrison*. Palgrave Macmillan, 2008.

Godden, Richard. *William Faulkner: An Economy of Complex Words*. Princeton UP, 2007.

Rieger, Christopher. *Clear-Cutting Eden: Ecology and the Pastoral in Southern Literature*. The U of Alabama P, 2009.

Watson, Neil. “The ‘Incredibly Loud.... Miss-fire’: A Sexual Reading of *Go Down, Moses*” Ed. Linda Wagner-Martin *William Faulkner: Six Decades of Criticism*. Michigan State UP, 2002.

Weinstein, Philip. *Becoming Faulkner: The Art and Life of William Faulkner*. Oxford UP, 2009.

Wittenberg, Judith Bryant. "*Go Down, Moses* and the Discourse of Environmentalism" Ed. Linda Wagner-Martin, *New Essays on* Go Down, Moses. Cambridge UP, 1996.

第4章

ラルフ・エリスン

『見えない人間』の技法とイデオロギー

はじめに

『見えない人間』(一九五二)という一冊の小説でアメリカ文学史上にその名を残したアフリカ系アメリカ人作家ラルフ・エリスン(一九一四―九四)は、評価が難しい作家の一人である。四〇年代前後には連邦作家計画に加わったり、マルクス主義的・労働者的立場から『ニュー・マッシズ』に書評や短篇小説を書いたりしていたが、四〇年代中ごろから五〇年代以降の冷戦期には立場を変えて孤高を保つようになる。そして六〇年代の公民権運動期には保守化し、キング牧師たちの公民権運動やベトナム反戦運動に対する批判的な言動でアフリカ系アメリカ人仲間からは批判されるようになる。彼の長編『見えない人間』は、ちょうど彼が革命的運動から離れて変化した時期、マッカーシズムの時代に書かれたものであり、その作品にはモチーフやイデオロギーの点で冷戦的特質が色濃く刻まれている。

全米図書賞を受賞したその作品を、アメリカ戦後文学のなかで五指に入ると讃える者や、五〇―六〇年代のアメリカ小説を代表するものと激賞する者もある。この小説の評価は概して高いのだが、出版当初から左翼の批評家たちからは酷評されている。当然のことながらマルクス主義者や黒人美学信奉者たちからの厳しい批判があった。また、とりわけアーヴィング・ハウの批評とこれに対するエリスンの反論は有名であり、アフリカ系アメリカ人文学の評価を巡る根本的な対立が示されている。

アフリカ系アメリカ人女性作家による文学が隆盛を極めている今日においては、アフリカ系アメリカ人男性作家の文学に対する読者・批評家の関心は以前に比べれば非常に低く[1]、エリスンに限らず、リチャード・ライト、ジェームズ・ボールドウィンの作品も読まれたり論評されることが少なくなっている。だが、これらアフリカ系アメリカ人男性作家による文学は、それぞれに時代の課題との関係で歴史的意味あいを色濃く有しており、フェミニズムの視点からの読み直しを含めて、再評価が必要と考えられる。

エリスンと『見えない人間』について考えるには、その技法的側面とイデオロギー的側面との双方に関しての検討が必要である。一見したところ豊かな技法に裏打ちされたモダニズム小説、新しい黒人文学の傑作と称されるこの作品の魅力は何によってもたらされているのだろうか？その華々しい評価は当を得ているのだろうか？　この小説の脱イデオロギーと言われるものの実体はいかなるものなのか？これらのことを、冷戦というコンテクストを念頭において以下に考察する。

技法的側面

まず、この作品の技法的側面について考えてみたい。著者自身が八一年につけたイントロダクションにおいてエリスンは、この小説は、人種的抗議小説ではなく、「人間性についてのドラマチックな比較研究」（xviii）であり、「ステレオタイプが隠してしまいがちな人間の複雑さを明らかにしようとした」（xxii）と述べている。(2) 要するにそれまでの黒人文学と呼ばれるステレオタイプを脱した新しい文学を作りだそうとしたということである。そのためには人種差別の告発とか、人種差別撤廃のための闘いというような、お定まりのテーマではなく、また、現実を一面的に描く自然主義的技法を廃した作品を目指したということである。主題に関しては、「若き日の芸術家の肖像」を意識したことは明らかであり、この作品は無名の「僕」の「成長」物語という性格を色濃く有している。しかし「僕」の探求は「出口なし」の地下室に行き着いたところで終わっている。技法に関しては、ブルース、ジャズ、黒人説話など音楽様式や語りを取り入れながら、モダニズムの作風を採用している。加えて、盲目、ヴェール、カーテン、夢、地下、封じ込め、戦争などのイメージを多用することによって幻想性を増し、結果的にカフカの『審判』を連想させる不条理・実存主義的色彩を伴った作品に仕上がっている。同時に右にあげたイメージが冷戦的モチーフのものであることは注目すべきことである。

この作品は一九四八年頃を現在とするプロローグとエピローグを外枠として、一二八年頃からの約二〇年間に渡る主人公の経験を回想して語るという構成をとっている。現在の「僕」は冬眠状態にあるが、自分は「見えない人間である」(3)という宣言で小説は始まる。この書きだしは明らかに『白鯨』(一八五一)、『ハックルベリー・フィンの冒険』(一八八四)、『グレート・ギャッツビー』(一九二五)、『アブサロム、アブサロム！』(一九三六)などアメリカ小説の一人称の語りの伝統を意識したものであり、献辞のハーマン・メルヴィルとT・S・エリオットのみならず、冒頭にエドガー・アラン・ポーさえ動員されている。主人公が「僕」の経験を語るのは、「一つのパターンに順応する傾向が増大している」（576）現状を憂いてのことであり、「独裁国家を生み出さないためには多様性こそが要である。もしこのような順応主義が支配することになれば、僕のような見えない人間も白人になってしまうだろう」（577）と信じるからだと言う。「僕」によれば、「アメリカは多くの糸で編み上げられており、（中略）われらの運命は一にして多である」（577）ということである。言うまでもなく、これはアメリカの信条 *E PLURIBUS UNUM* の表明であり、「僕」はこれを肯定するために語るというのだ。

この宣言に見られるように、作者は（少なくとも語り手は）この小説を多様性に富んだものにしようとしている。政治的には、上述したように、黒人の抗議小説にはならないように、とりわけアメリカ共産党や黒人民族主義者のプロパガンダにならないようにしたことは明らかである。大不況、黒人解放運動の混迷、第二次世界大戦、冷戦の始まりなどの時代背景は作品に直接描き込まれていなくて、あくまでも一人の黒人青年が「成長」途上に経験するさまざまなできごとについての心理的反応を綴った物語とすることを主眼としている。語り手の立場は白人と黒人の共同を是とするインテグレーショニズムだが、セグリゲーションの時代にあってアメリカに多様性を求めるあまり、アメリカ肯定的色彩が濃いことは事実である。これほどアメリカ国旗やエンブレムが登場する小説はめずらしい。

イデオロギーの問題を別にして、作者はさまざまな手法を用いて、この作品の描写を豊かなものにしようとしている。単なるナチュラリズムの小説にならないように、例えばトルーブラッド・エピソードはブルース的内容を黒人俗語による語りで提示し、病院における出来事は黒人説話的モチーフをモダニズムの手法で示す、更には四つの演説を盛り込み、随所に俗謡やブルースの歌詞を引用する、というように表現に工夫を重ねている。

しかし何よりこの作品に重厚の気配を醸し出しているのは、執拗に繰り返し使用されるモチーフやイメージである。この小説の根本的なモチーフは、不可視性と盲目性であり、それに伴う夢のような現実感あるいは現実の多義性である。そしてそれを裏打ちするイメージとしてはヴェール、カーテンなどが多用される。

乱闘の場に現れる白人ダンサーは、「ヴェールをまとった美しい鳥のような少女」（19）と言及され、創立者の銅像のしぐさは「ヴェールを持ち上げようとする動作」（36）と表現される。学長に面談に行く「僕」の心は「街灯をおおう蛾のようにはためく」（135）という状態であり、病院に収容された「僕」は、「あいつらがコントロールする動作を汗のヴェールを通して見ながら横たわっていた」（243）と描出される。ハーレムで追い立てられる老夫婦に出会う前の風景は、「雪はレースのように急に降り、カーテンかヴェールになったかと思うと、やんだりした」（262）というような幻想的な雰囲気があり、追い立てを前にしている場面は、「狭い通りに吹いている冷たい風によって今にも持ち上げられそうなヴェールの陰にいるかのように」（273）と描写される。白人女との情事の場面は、「すばやい動作でその赤い服はヴェールのように取り去られた」（416）と表現され、目の前で起きている出来事が現実でないように「僕」に受けとめられていることを示している。あまつさえ彼は、「イデオロギー的なものは単に人生の現実的関心の表面に掛けられたヴェールに過ぎない」（420）とさえ言う。そして最後にヴェールが言及されるのは暴動の場面で、「僕は心の中で、金庫の向こうにある通りを遮っている青いカーテンのように不透明に僕の目の奥に掛けられている灰色のヴェールを通して見てみようとしていた」（537）と表現される。このように作品全般を通じて、ヴェールは現実を半分隠し、半分垣間見させるものとして機能する。

一方、カーテンの比喩はもっとはっきりと現実を遮断するものとして使われる。彼が友愛団に入団審査されている時に、「まるでカーテンが開いていてこの国がどのように動いているのかを見るのを許されたようで、重要な出来事の創出に自分も加わっているような気がした」（306）と感じるように、カーテンは現実を被っているものである。彼が初めて聴衆の前で演説する際にも、「まるで半透明のカーテンが掛けられたようで、聴衆の方は見られずに僕を見ることができるよう」（341）とあるように、それは彼と現実との間に介在するものである。カーテンはまた、若干変形された形で、「僕は身を乗り出して、明かりが遮っているものを見ようとした」（345）とも表現されている。その後この語が見出されるのは暴動の場面で、「青い夢のように通りを照らし出す火花のカーテン」（536）、「青い炎のカーテン」（539）と続き、最後に「通りを抜けると、上から降ってくるしぶきに打たれた。水道の本管が破裂して夜空に向かって猛烈にしぶきのカーテンを吹き上げていた」（560）と、現実を包むものとして彼に映っている。

このように、ヴェールやカーテンは終始彼と現実あるいは人々との間に介在して現実を被い、彼から現実感を奪うものとして存在している。そのため彼は、自分が不可視の存在であるのみならず、常に夢の中にいる感じを拭えず、盲目性に捕らえられていると感じる。その状態を表現するイメージとしては、他にも文字通りの目隠しやラインハートのサングラスなどがある。

次に重要なモチーフは戦闘と閉塞（封じ込め、地下など）である。人の一生を戦闘として捉えることはめずらしいことではないが、この小説ではとりわけ戦闘のモチーフが用いられている。まずは祖父の遺言である。

「息子よ、わしが死んだらお前が闘い続けてくれ。今まで言ったことがなかったが、わしらの人生は戦争で、再建期に銃を手放してからは、わしはずっと裏切り者、敵国にいるスパイみたいなものだったんだ。ライオンの口に頭を突っ込んで生きるんだ。ハイハイと言ってやつらを打ち負かし、ニヤニヤ笑って足下を掘り崩し、何でも言うことを聞いて死と破滅に導き、自分を呑み込ませて吐き出させるか腹が裂けるかにさせるのだ。」(16)

ここにアメリカ黒人の置かれた基本的な立場が示されている。人生が戦争であり、敵国にいるスパイのようなものという構図は黒人の立場であり、それはまさに冷戦の図式に通じるものである。アメリカ黒人のこの微妙な立場が、冷戦というもう一つの複雑な関係に絡まるところにこの作品の入り組んだ側面がある。そしてこの祖父の遺言が「僕」の人生の葛藤の対象となる。しかし結論的に言えば、この作品は「僕」が祖父の遺言の遂行に失敗する物語である。

次は拳闘の乱戦であり、これが白人の黒人支配を示す原型である。白人の命令によって黒人同士が戦わせられる。戦争と言えば、ゴールデン・ディという酒場では第一次大戦で負傷して精神を病んだヴェテランたちは戦争ゲームと間違えてノートン氏を侮辱する。また、学長のブレドソー氏は「僕」に、「私が喜ばせるふりをするのは白人の大物であり、彼らが私を支配するというよりは実は私が彼らを支配するのだ。いいかい、これは権力争いで、私が支配しているんだよ」（142）と述べて、権力争いがパワー・ゲームであることを教える。氏は更に続けてその権力機構について詳述する。

いいかい、君は頭はいいが愚かな黒人だな。白人たちは自分の考えを行き渡らせるために新聞や雑誌やラジオや代弁者をもっているんだよ。彼らが世間に嘘をつきたければ、この上なく巧みに嘘をつくので、本当のことになってしまうんだよ。（143）

これは極めて現実的な認識であり、「僕」は改めて白人支配の巧妙さを知らされる。戦争、スパイのイメージは「僕」についてまわり、ハーレムに到着してからは彼は見張られている気がする。学長が彼にもたせた紹介状は実は裏切りの手紙であり、病院の医師はあやうく彼を去勢しようとする。彼はこれを「戦闘みたいだ」（242）と思う。彼が初めて聴衆を前に演説をする場所は、かつて拳闘選手が闘いで視力をなくした所であり、友愛団は多くの敵にねらわれていて、警戒を怠ることはできない。トッドは警察によって射殺されるし、人種暴動は武装警察が出動して市街戦の様相を呈する。暴力をも辞さないラスに命を狙われた「僕」は、逆に槍でラスを刺す。このように話は、最後は殺すか殺されるかの戦争となってくる。

この小説は主人公の語り手が潜んでいる地下室で行われる回想として提示されるのだが、それに象徴されるように、この作品の基本的なモチーフは孤立と閉塞（封じ込め）である。まず最初に、彼が放校になるきっかけとなった事件が起こるゴールデン・デイという酒場は、さまざまな目的に使用された歴史をもつが、「牢獄」だったという者もいるという代物である。そして彼の生活の場である学校は、「無知と暗黒に埋没した［庶民の］生活からは隔離された家族」（111）という特権的な場所として示されている。彼の北部到着は、「死にものぐるいの鯨の腹から吐き出された」（158）とあるように、鯨の体内から出たヨナの比喩で語られているが、彼を待ち受けていたものは自由の天地ではない。彼が働くのはペンキ工場の「地下」（206）であり、爆発事故の後に収容される病院では「観察下」（231）という立場に置かれる。ハーレムでは、「底辺」（255）、「方向感覚を失い」（258）、「深く埋もれた夢」（300）、「打ち捨てられた穴ぐら」（336）、「全く行方の分からぬ旅」（346）、「目隠し遊びの鬼のように躓いた」（347）、「世界内世界」（380）、「地下鉄」（438）などと、孤立、方向感覚の喪失が語られる。なお、注目すべきは、このような孤立・閉塞の表現と並行して、先に述べたカーテンやヴェールのイメージが頻出していることである。むしろこれは相互に補うかたちで主人公の「現実」を表現していると見るべきであろう。

トッドの身の上に関して語られることだが、「黒い糸」（446）に操られ、「歴史の外へ身投げ」（447）し、「箱の中」（458）、「地下」（460）、へと行き場をなくしていくのは、「僕」も同様である。自分の一部がトッドとともに死んだのだと感じるように、トッドは彼の分身である。更に、友愛団において交わされる「孤立させると人はものを考えるようになる」、「一番よい考えは刑務所で生まれた」（469）という会話の内容をあたかも実践するように、彼は孤立・閉塞の場に身を置くことになる。

それ以降の彼の動きは下降と閉塞である。彼は階段を下りて、地下のバーへ行き、一時ラインハート的生き方に活路を見出すが、それも行き詰まってしまう。友愛団の科学的方針には、病院の機械の時のように「再び閉じ込められたように」(505)と感じてしまい、やがてジャックとノートンとエマーソンの区別もつかなくなり、「敵」の強大さに対して自分の無力を思い知らされる。人種暴動に巻き込まれて逃げ惑ううちに、突然に「下から吸い込まれ、沈み」(556)、「沈み込んで行く」(565)。そして最後は地下に住みつくことになる。彼の現在の世界観は、「世界は釘付けされ、人々はそれが気に入っている」(573)というものであり、それは虚無感に満ちている。このように物語の進行は、主人公の孤立と閉塞の過程を示したものとなっている。

以上見てきたように、作者は戦争を想起させる特定のモチーフやイメージを、繰り返しふんだんに使用することによって、物語の基調となるトーンや環境を作りだし、プロット進行の妥当性を高めている。それが、敵が誰なのかよくわからない、出口のない黒人の闘いの実状を入念に表現している。そしてそれはまた、同様に何が現実なのかがよくわからなくなっている冷戦下のアメリカの比喩ともなっている。確かにこの小説には従来の黒人自然主義抗議小説にはない、音楽性、新しさ、重厚さ、美学があり、読みごたえのある作品となっている。それではこの作品のもう一つの側面はどうなっているだろうか？

イデオロギー的側面

著者にどのような意図があれ、人種差別制度時代のアメリカ合衆国における黒人を主人公とする小説が「政治的」でないということはあり得ない。『見えない人間』は、一人の黒人青年の「成長」物語として設定されており、十分に「政治的」な小説である。この作品には、その青年の政治的な出会いの場として四つの場が登場する。第一の場は、大学を中心とする南部である。第二が、北部のペンキ工場、第三が政治結社友愛団である。そして第四の場として、それらを回想して語るプロローグとエピローグから成る現在の地下室がある。それぞれの場が主人公にとってどのようなものとして描き出されているかを次に詳しく見ていくが、いずれにしても主人公は「歴史」に対して無関心ではなく、「歴史」へのこだわりあるいは参画の意図をもっている。しかし、残念ながらそのような主人公の意志あるいは希望は肯定的に受け入れられるのではなく、物語の進行は「歴史」への失望と「僕」の孤立という道筋を示すこととなる。

「僕」にとって原点となるのは少年・青年期を過ごした南部とりわけ「大学」だが、その

「大学」以前にもっと原初的な場所・出来事がある。それは拳闘の乱戦（バトル・ロイヤル）と呼ばれるもので、少年の「僕」が「謙譲の美徳」という演説をするために白人名士たちに呼ばれた会場で遭遇する出来事である。そこには「小さなアメリカ国旗のいれずみをした」(19) 裸の白人女性がおり、「僕」を含む黒人少年たちは、「見てはいけないが、見なくてはならない」という矛盾した立場に置かれる。次に少年たちは文字通り「目隠し」をされてリングに上がらされて闇雲に打ち合いを強制される。また、更に通電された敷物の上で偽の金貨拾いをさせられる。このことに関して「僕」は「それはまったく混乱した（アナーキーの）状態で、誰もが他の全員を相手に戦っていたのだ」(23) と回想している。これが当時の黒人たちの置かれた社会的現状であり、この原初的体験が繰り返されるのがこの小説の基本プロットである。

この混乱の後に少年は演説をさせられ、その褒美に黒人大学への奨学金を手にするのだが、その演説の内容たるや、白人におもねることを主旨とするもので、「僕」自身が回想して述べるように、ブッカー・T・ワシントン主義のアンクル・トムイズムそのものであった。こうして「僕」はタスキーギ学院をモデルとする黒人大学の学生となるのだが、この大学をめぐる描写はあいまいなものとなっている。物語の発展からして、一方であきらかに皮肉や風刺が働いているのだが、他方で「僕」は、ノスタルジアを込めて本心から「美しい大学」（三四）とか、「エデン」（112）と呼んでいる。このため大学を見る「僕」の目には「ヴェール」が掛けられていたり、「僕」は常に「夢見心地」でいる。「僕」がこの大学に象徴されるものに対してアンビヴァレントであるのは、大学創立者の銅像のしぐさをめぐる次の描写に典型的に表されている。

ヴェールが本当に持ち上げられているのか、あるいはもっとしっかりと降ろされているのか、自分が啓示を目撃しているのか、あるいはより巧妙な目隠しを目撃しているのかを判断しかねて、困惑しながら僕は立っている。（36）

この場面は回想であり、物語の進展からすればその行為は当然後者の役割を果たしていたことは明らかなのに、「僕」の態度はこのようにあいまいである。また、「僕」がワシントン主義を否定していないことは、タスキーギ学院を模したこの黒人大学の現学長や創立者がワシントンとは別人であるという設定にも明瞭に示されている。後に彼が語るところによれば、

「ワシントンは創立者ほど偉大な人ではない」（305）とされているが、この創立者がワシントンをモデルとしていることは明らかである。つまるところこの物語の主人公である語り手はワシントン主義者なのである。

このような大学と対照されるのが、精神病院や、あばら屋から成る黒人共同体であり、これらが「僕」に現実を突きつけてくる。ノートン氏を案内して小作人トルーブラッドの近親姦の話を聞かせ、狂人や娼婦たちがたむろする酒場へ氏を連れ込んでいさかいをおこし、黒人社会の恥部を見せたことで「僕」は大学を追放される。「僕」の生活が黒人の現実から遊離したものであったことを示すエピソードである。

第二の場面は北部へ移動する。これはグレート・マイグレーション（「大移動」）と呼ばれる二〇世紀初頭の史的事実に符合している。その意味でこの小説もマイグレーション・ノヴェルの性格をもっている。だが北部に到着してからも「僕」には現実の認識が薄い。ニューヨークに着いて彼は次のように言う。

僕にとってハーレムは現実の都市ではなくて、夢の都市だ。たぶん僕の人生は南部に閉じ込めら

れているといつも思っていたからだろう。（159）

自分が南部を離れたのは不本意であり、そのせいでこれ以後展開するさまざまな出来事が自分にとって夢のなかでのことのようで現実感がないと彼は言う。この物語全体が現実感の乏しいものとして終始するのは、彼が北部の生活に適合できず、アウトサイダー意識を感じているからである。

彼は学長から放校処分を受けていたという現実をエマソン二世から知らされ、ショックを受ける。しかしなす術のない「僕」はエマソン二世の援助で、リバティー・ペイントというペンキ会社に就職する。この会社の描写は風刺と皮肉に満ちたものとなっている。リバティー・ペイントという社名、鳴き声をあげる鷹の社号、「視覚的白色は正しい白色」というスローガン、政府ご用達という使用目的、いずれをとっても白いアメリカの象徴である。しかしどこの会社のものよりも白いペンキを作る秘密の処方は、褐色の液を数滴混ぜることであるという荒唐無稽な設定や、「僕」が誤ってちがう液体を混ぜたために灰色がかったものになってしまったペンキが検査を合格して白いペンキとして出荷されるという設定などは、白人、黒人の人種の区分けのあいまいさを揶揄しているものである。

また、この場面において注目すべきことの一つは労働組合の描写である。主人公は組合のミーティングに偶然出くわし、組合に加盟させるか否かの審査をされる。会合はいちおう民主的な手続きを装って進行し、投票による決議で「僕」の加盟は否決される。一連の描写は風刺的であり、何の共感も示されていない。ここで「僕」は「兄弟」と呼びかけられるのだが、これは次の団体・友愛団との連関から言うと、後に彼が加盟することになる組織の雰囲気を示すリハーサルの機能を果たしている。そして、このような組合の描写とともに、強烈な反組合主義者を登場させ、「お前があの面倒を起こす外人どもの仲間だということは分かっていた！」（224）とか、「このろくでなしの、騒ぎを起こす組合野郎！」（225）というような激しいののしりの言葉を吐かせる。彼はご丁寧に次のように断固たる信条を吐露する。

「いまいましい組合！あいつらは俺の仕事を狙っているんだ。あいつらが狙ってるのは知ってるんだ。俺たちがいまいましい組合に入るということは、風呂の入り方を教えてくれた者の手をかじるようなもんだ。俺は組合が嫌いだし、この工場から追い出すためには本気で何でもするつも

りだ。あいつらは俺の仕事を狙っているんだ、くそいまいましい馬鹿どもめ！」(228)

この黒人は創立以来ペンキのベースを作っているという自負をもっているのだが、この人物の組合観はかつて南部において一般的であった反組合感情に満ちている。

この人物との喧嘩の最中に爆発が起こり、主人公は病院に運び込まれ、ロボトミーのような手術を施される。その結果記憶があいまいになり、自分の内部深くに宿った「ある異質な人格」(249) が自分を動かしているような気分になる。このSF的発想から成る場面は、外敵の侵入というモチーフとして、冷戦期に流行する探偵小説、SF、映画などのジャンルを形成していくさきがけである。

このペンキ工場での出来事という第二の場面は、いわば先の南部の第一場面と次のハーレムの友愛団という第三の場面の中間であり、場面転換のための幕間の間奏、次の場面のための序奏のような機能を果たしていると言ってよい。

第三の場面、「僕」の友愛団との巡り会いはこの小説の半分の分量を占めている。この部分において「僕」はアメリカ共産党とおぼしき友愛団に見出されて団員となるが、いくつかの事件を経てその友愛団と決別する。また、黒人解放をめざす黒人民族主義の団体と対立して、そのリーダーであるラスと手下たちに命をねらわれるようになる。

友愛団は階級闘争を目的とする組織で、白人黒人の人種統合組織である。その理想は彼が提案して作られた次のポスターに象徴されている。

それは一団の英雄的人物たちの象徴的なポスターだった。略奪された過去を代表するアメリカ・インディアンの夫婦、略奪された現在を代表する（オーバーオール姿の）金髪とアイルランド系の兄妹、そして未来を代表するさまざまな人種の子どもたちに囲まれた同志トッド・クリフトンと若い白人夫婦。（385）

彼は白人と黒人が連帯して戦う組織、歴史を作る組織として友愛団に加盟し、誇らかに活動を開始する。しかし組織の実態は、必ずしも彼の期待したものでないことがやがて明らかになる。「彼らは自分たちが感じたり意図することを固い明瞭な用語で言えるようだった」（317）とか、「我々は社会に対する科学的アプローチのチャンピオンだ」（350）、「新しい同志は科学的な話し方を学ぶ必要がある」(351)、「我々は我々の煽動の効果を高める方法を計画し、すでに放出されたエネルギーを組織しなくてはならない。そうすればすぐに団員拡大ができるだろう」(362-63)、「我々のイデオロギーの計画に当てはまらないものは何もない。すべてに関して方針がある」(407) と描写されるように、この組織が官僚的で硬直したものであるとして彼は揶揄している。

そして美しい理想とは裏腹に、実際に組織を動かしているのは個人的な動機であることが示される例は、彼をおとしめようとするジャックの手紙や行動である。ジャックは彼が組織原則が分かっていないとして教育を受けさせ、担当部署を「女性問題」に変更する。あるいは黒人問題に関しては、「驚いたことに、地方の問題からより全国的なあるいは国際的な問題への力点の切り替えが行われ、当面ハーレムの利害は第一に重要なものではなくなったように感じられた」(428-29) とあるように、組織の方針変更により、住民の利益を裏切ることとなってしまう。その結果、黒人青年トッドは組織に失望して組織を離れ、やがて主人公もこの組織を脱退する。

アメリカ共産党がコミンテルンの方針で動く、ソ連のロボットのような存在であったことは事実であり、この小説に描き出されたような実態が、多少の誇張や歪曲はあれ、当時のアメリカ共産党にあったことは想像に難くない。ライトなどもそれに失望して離党したのであった。この点について、ジェフリー・ワッツは「もしエリスンが（グラムシのような）もっと豊かなマルキシズムと出会っていたなら事情は違っていただろう」（Watts 57）と述べて、アメリカ共産主義運動の特別な事情を説明している。

「僕」は統一主義者の組織である友愛団に希望をいだき、黒人の民族主義者であるラスとその組織には反発を感じている。ラスはもちろんマーカス・ガーヴェイをモデルとしているのだが、「僕」の黒人民族主義に対する姿勢は終始拒否的である。ラスと彼との直接対話は次のように示されている。

「お前はわしがひどい英語を話すのでわしを変な奴だと思っているんだろ？　英語はわしの母語じゃない、わしはアフリカ人じゃ。お前、ほんとにわしをおかしな奴だと思うんか？」「ああ、そうとも！」（372）

たどたどしい英語を話し自分をアフリカ人であると豪語する黒人に、「僕」は驚くとともに不信感を抱く。ラスは引き続いて「僕」とトッドに警告を発し、自分と共に戦うように言う。

「わしは学問のある馬鹿な黒人が考えるように、黒人と白人のことが全部そもそも白人が書いた血塗られた本のいまいましい嘘で解決できるとは考えておらん。この白人の文明を築いたのは三〇〇年に渡る黒人の血であり、一分で消し去ることができるもんではない。血には血をだ！」（375-76）

その後トッドは友愛団を離れるが、その時点でまだ組織に留まっている「僕」は、ラスとその一味に命を狙われることとなる。ガーヴェイと彼の全黒人地位改善協会が歴史上たどった道や、その後の黒人民族主義者たちの主張と運動の進展を考慮すれば、この時の「僕」のラスたちに対する態度は賢明であると言えるかもしれない。しかしこの運動が提起または警告している「黒人の自立と白人との連帯の困難」には耳を傾けるべき点があるのも確かである。このように「僕」は、二つの政治運動に直接・間接に関わり、そのいずれもが黒人の真の解放に寄与するものではないことを知り、失望する。

ここに触れられていないもう一つの黒人解放運動団体についてコメントしておきたい。全国黒人向上協会（ＮＡＡＣＰ）は一九一〇年に設立され、白人と黒人が共同して人種差別撤廃のために戦う組織であった。しかし白人の自由主義的知識人を中心としていたため抵抗精神が次第にうすれ、三四年にはＷ・Ｅ・Ｂ・デュボイスも組織を去ることになる。ＮＡＡＣＰが結成時の精神に立ち戻り黒人運動の指導的役割を果たすようになるのは第二次大戦後のことである。その意味ではこの小説の背景となっている二〇―三〇年代は黒人解放運動の混迷期であった。

冷戦下における社会主義と資本主義の共存が不可能であったように、人種差別時代のアメリカにおいて白人と黒人の権利の共存ということは困難であった。その意味ではいわば黒人は白人を相手にアメリカ国内における「冷戦」を戦っていたのである。そして物語の友愛団あるいは実際のアメリカ共産党ないしはＮＡＡＣＰなど統一主義を掲げた組織による黒人解放運動が混迷・挫折の状態にあったことは確かであり、その後冷戦下に急速に進展する公民権運動という夜明け前の最も暗い闇の時期を小説は描いているとも言える。その点では、この小説は一面の現実を活写している。だがその現実の捉え方は、白人黒人の対立、組織の全体主義的性格、情報の欠如や不確かさなど、冷戦下の状況に制限されたもの、冷戦的思考に彩られたものであり、「冷戦ナラティヴ」と呼ぶべきものとなっている。

女性観

この作品の政治的イデオロギーについては、当然のことながらよく論じられているのだが、不思議なことにこの小説における女性観についてはほとんど論じられていない。拳闘の乱戦の際に登場する白人ヌード・ダンサーがアメリカ白人女性の表象として「僕」に羨望と恐怖をもたらすことや、主人公がハーレムでやっかいになる下宿の家主メアリーが母親のような役割を果たすことの指摘はつとになされている。(Tate 87) しかしこの二人も単に役割を果たしているだけで、個人としての豊かな性格が付与されているわけではない。それよりも問題となるのは、第一の場面で語られるトルーブラッド・エピソードにおける女性の扱いと、第三の場面で言及される「女性問題」と女性たちの描写である。

トルーブラッド・エピソードは、その巧妙な語り口や、トールテール風の荒唐無稽さ、黒人民話的要素の導入など、小説技法上の貢献の点で論議の対象とされてきている（ベイカー、バーク等）。確かに愉快な話として楽しめば、よくできた物語ということができるであろう。

しかしイデオロギー的な面を考慮に入れると、そうも言っていられない。物語は、「僕」がノートン氏の車を運転中に出くわした貧農黒人一家の主人から、その一家に起こった近親姦について直接聞くというものである。トルーブラッドが巧みな語り口で一部始終を語るという設定である以上、物語の登場人物たちは彼の語りの枠内に閉じ込められている。このためその近親姦は狭い家の中で夢の中のできごととして起こった事故のようなものだったのだと結論づけられている。

トルーブラッドの語るところによれば、娘は夢を見ているようで、彼にしがみついてきて離さないし、目が覚めて事情が分かってからも、がまんできなくなって自分の方から積極的に動き始めたというのだ。事件がおこってから後は妻も娘も自分に口をきかないが、白人からもらった新しい服やめがねを嬉しそうに着用しているというのだ。もちろんこれはトルーブラッドからの一方的な語りなので、自分に都合のいい解釈のみが示されているわけだが、これではまるでこの母娘二人はまったく自分の意志をもたない、人間以下の存在だということになってしまう。この語りをノートン氏と同席して聞いている「僕」は屈辱を感じているのだが、その語りをこうして再現する点では彼もトルーブラッドと同罪である。これではまるで、プワ・ホワイトの動物的生態を描いたといわれるアースキン・コールドウェルの『タバコ・ロード』（一九三二）と同様である。
また、決定的なのは友愛団における「女性問題」の扱いである。すべての人々の解放を目指すといいながら、黒人問題や女性問題に本腰を入れていなかったのはそのモデルとなったアメリカ共産党の弱点であり、実態だっただろうということはよく分かる。その点を描き出すという意図は了解できるが、それが情事にしか関心がない女性運動家の姿にすり替えられると、著者のねらいがどこにあるのかを疑いたくなる。ある白人女性は演説会終了後に彼をアパートに誘い、次のように述べる。

「私が一番関心があるのは友愛団の精神的価値です。努力しなくても私には経済的安定と余暇があるわ。でも、本当はそんなもの何になるのでしょう？　世の中がこんなに間違っているのに。精神的、感情的安定や正義がないと言うのに。」（410）

そして彼女はその精神的、感情的価値を与えるのが彼だというのだが、それは彼が黒人でパワフルでプリミティヴだからだと告白する。これでは女性問題に関心をもつ女性は有閑マダムばかりで、黒人に動物的魅力を感じている性的変態だといわんばかりである。また、「女性も男性同様に絶対に自由であるべきですわ」（414）という彼女の主張は性的自由に関してのみということになり、「夫はものごとを向上させるということに全然興味を持っておりませんの——自由とか必要とか女性の権利だとかそのようなもの一切に。ねえ、同志、私達の階級の病弊というものにね」（415）とくれば、サーカズムも度を越していると言うべきである。だめ押しは、このケースを特殊とするのではなくて、一般化して「女性の同志の間ではイデオロギー的なものは単に人生の現実的な関心を被うヴェールにすぎないということで意見が一致しているかのようであった」（419-20）と主人公が述べることである。これは戯画を通り越して、女性解放運動に対する侮蔑である。

同様に彼が情報を得ようとして近ずく幹部の妻シビルは、性的変態嗜好をもち、彼にレイプしてくれとせがむ。彼女は夫について、「ジョージは女性の権利について盛んに話すけど、女性の欲求について何を知っているのかしら?·」（521）と述べて、友愛団の幹部でさえも人々の真の要求からいかに遊離しているかを語る。しかし、この一件が逆照射しているのも、語り手「僕」のシニカルな人間観、女性観である。この点に関してキャロリン・シルヴァンダーは、女性の人間性についての語り手の無理解・無感覚を表す最たるものであると指弾し

ている。（Sylvander 78）

まとめ

以上この作品をいくつかの観点から検討してきたわけだが、ここで一番問題となるのはこの物語の語り手と作者の関係をどう考えるかということである。語り手の視点やイデオロギーが問題含みのものであることはこれまでの検討で一定明らかになった。語り手の孤立、挫折、シニシズムなどがこの小説を風刺やアイロニーに満ちたものとしていることは確かである。そして一人称の語り手という設定、作者の代弁者となる他の人物の不在などから判断して、同一とは言わないまでも語り手と作者の距離は決して遠いものではないと考えるのが妥当である。

『見えない人間』は、ステレオタイプの黒人文学を乗り越えるという野心的な試みにおいて、技法的には一定の成果をあげ、かなり革新的で現代的、完成度の高い小説という側面をもっている。その面を評価してこの作品が五〇年代に高い評価を受けたことは頷ける。また、この小説のイデオロギー的側面から言えば、抗議小説・プロパガンダ小説の否定という目的のために、ここに描き出されたもの――ペンキ工場と病院での純粋アメリカ志向風刺と疑似科学へのあてこすりはあるものの、主要には共産党的全体主義の否定、黒人民族主義の否定、労働組合運動や女性解放運動への揶揄など圧倒的な反体制運動批判――が、冷戦下のアメリカで大いに気に入られたことは想像に難くない。もし、この小説のイデオロギー的内容が右に述べたようなものでなかったら、果たしてこの作品が、冒頭で紹介したような素晴らしい評価を受けただろうか？

エリスン本人は、時流におもねり体制に受け入れられる作品を書くことを目的としたわけではないかも知れない。彼は本心から「新しい黒人文学」を作り出すことに熱心だったようであり、自分が「黒人」作家であり、黒人「文学」を書くよりは、一流の作家であり、T・S・エリオットやジェームズ・ジョイスのような作品を書くことを念頭においていたようである。しかし黒人が黒人文学を書くことはそのように二流の行為であり、程度の低いものなのだろうか？彼の脱イデオロギーは、結局のところ脱黒人の文学をもたらしたのであり、本人の思惑とは別のところで、冷戦イデオロギーにうまく利用されたのではないだろうか？

この小説が出版されたのは、ブラウン判決が出されて公民権運動が始まる直前、人種差別の時代の終わりの頃であった。小説の時代背景は更にその前のことであり、『見えない人間』がエリック・サンドクィストの言うところの「セグリゲーションの心理を描いた小説」（Sandquist 2）であるというのは正しい指摘である。また、この小説で描き出されているように、物語の時代が黒人運動の混迷期であったことも事実である。しかし、この作品が書かれて、出版される頃には、四一年ローズベルトによる公正雇用実施委員会設置、四五年ニュージャージー州、ニューヨーク州で反差別法制定、四六年トルーマンによる軍隊内部の人種差別禁止措置、四九年ニュージャージー州、コネチカット州ですべての州民の市民的権利保障の規定、五〇年代に入ると州単位で相次いで公正雇用実施法制定と、現実面での人種差別撤廃のための措置がとられ、公民権運動の下地は作られていたのである。エリスンがそのような運動について知らなかったとは思われない。しかし、いずれにしろ彼がそのような流れを積極的に受けとめていなかったのは事実である。何しろ人種差別の時代にも、白人と黒人とは文化的には大いに相互浸透していたと彼は主張しているのだから。あるいは彼は、単に法律や制度を変えるだけで真の黒人解放ができるとは考えていなかったのかもしれない。公民権運動に対する彼のスタンス、キング牧師の演説への彼の非難などに窺えるように、彼は常に黒人の運動から一歩離れたところに身を置いていた。

いずれにしろ、『見えない人間』の検討を通して見えてくるものは、現実に対する多様なアプローチに挑戦してはいるものの、敗北主義的な冷戦思考に捕らえられており、出口のない物語となっているということである。とりわけフェミニズムの視点からすれば大いに問題を含むものであることに議論の余地はない。脱イデオロギーという名の下に、このような脆弱なイデオロギー的内容をもつ作品が、冷戦初期という時宜を得て、その目新しさと華やかな表現故に賞賛されたというのは余りに手厳しい評価だろうか？

もっとも、グレゴリー・スティーヴンズのようにエリスンを多文化時代を先取りした作家だと評価する者もある。またこれまで見てきたように、この作品にはハイブリッド・アメリカの側面を捉えている面もある。その後冷戦の終結までの約半世紀の間にアメリカ社会とアメリカのイデオロギーは、公民権運動を経て、多文化・グローバリズムへと変化した。この小説が単なる冷戦初期の一つのドキュメントあるいは過去の遺物として忘れ去られるのか、あるいは新たな意義を獲得するのか、を判断するのには更に慎重な検討が必要だろう。

註

（1）アフリカ系アメリカ人男性作家への注目は総体的には低いが、イシュメール・リード、アーネスト・

ゲインズ、チャールズ・ジョンソン、ジョン・エドガー・ワイドマンなど近年とみに活躍している者もあり、本格的な研究の取り組みが期待されている。

（2）Ellison, Ralph. *Invisible Man*. Vintage International, 1990. をテキストとして用いた。同書よりの引用はカッコ内にページ数を記した。邦訳は高橋正夫訳『見えない人間』（上・下）ハヤカワ書房、一九七四年、や、松本昇訳『見えない人間』（Ⅰ、Ⅱ）南雲堂フェニックス、二〇〇四年、などを参考にした。

引証資料

Baker, Houston. "Creativity and Commerce in the Trueblood Episode". *Modern Critical Views: Ralph Ellison*.
Bloom, Harold ed. *Modern Critical Interpretaions of Invisible Man*. Chelsea House, 1999.
——. *Modern Critical Views: Ralph Ellison*. Chelsea House, 1986.
Burke, Kenneth. "Ralph Ellison's Trueblooded *Bildungsroman*". *Modern Critical Interpretations of Invisible Man*.
Howe, Irving. "Black Boys and Native Sons". *Twentieth Century Interpretations of Invisible Man*.
O'Meally, Robert ed. *New Essays on Invisible Man*. Cambridge UP, 1988.
Reilly, John M. ed. *Twentieth Century Interpretations of Invisible Man*. Prentice-Hall, Inc., 1970.
Stephens, Gregory. *On Racial Frontiers: The New Culture of Frederick Douglass, Ralph Ellison, and Bob Marley*. Cambridge UP, 1999.
Sundquist, Eric J. ed. *Cultural Contexts for Ralph Ellison's Invisible Man*. Bedford Books for St. Martin's Press, 1995.
Sylvander, Carolyn W. "Ralph Ellison's *Invisible Man* and Female Stereotypes". *Negro American Literature Forum*,

Vol. 9-3 (Autumn, 1975), 77-79.

Tate, Claudia. "Notes on the Invisible Women in Ralph Ellison's *Invisible Man*". *Modern Critical Interpretations of Invisible Man*.

Watts, Jerry Gafio. *Heroism & The Black Intellectual*. The U of North Carolina P, 1994.

本田創造『アメリカ黒人の歴史（新版）』岩波書店、一九九一年。

第二部　女性作家

第5章

ジェシー・フォーセット

第I節 『プラム・バン――道徳なき小説』における人種とセクシュアリティ

はじめに

従来ハーレム・ルネサンスの作家と言えば、ラングストン・ヒューズ、カウンティー・カレン、クロード・マッケイ、ジーン・トゥーマーなどの男性が中心であり、女性の作家に言及されることは少なかった。もちろんこれらの男性作家が果たした役割は高く評価されなければならないが、女性作家の業績があまりに等閑視されていたことは否めない。近年の黒人女性作家の活躍やフェミニズム批評による文学史の見直しによって、この時代の女性作家の仕事を発掘したり、再評価することが進んでいる。そのような対象となる作家に、ジェシー・フォーセット、ネラ・ラーセン、ゾラ・ニール・ハーストンなどが挙げられる。本章ではその内で一番早期に活躍したフォーセットを取り上げ、彼女の業績の再評価をおこなう。ジェシー・フォーセット（一八八二―一九六一）については評価が錯綜している。雑誌『クライシス』の編集者としてハーレム・ルネサンス期の若い作家を世に出した手腕に関してはほとんどの者が高く評価しているが、彼女の作家としての業績については必ずしも肯定的な評価が示されるわけではない。

それでも初めは肯定的な評価が見受けられ、彼女の第一長編小説『混乱』（一九二四）の書評において、モンゴメリー・グレゴリーはフォーセットを現代のフィリス・ホィートリーであると褒めている。（Gregory 41）その意図は、詩の世界において植民地時代に白人女性詩人アン・ブラッドストリートに匹敵する黒人女性詩人がいたように、この人種差別の時代にも白人（女性）作家に伍する黒人作家が存在するという宣言である。グレゴリーのこの指摘はホィートリーの評価の変遷と相まって、大変興味深いことがらを示唆している。

また、ウィリアム・ブレイスウェイトは彼女を当代の女性作家としては一流であると評価し、「黒人文学のジェーン・オースティン」であると述べている（Braithwaite 110）。この指摘も今日におけるオースティン再評価に関連して意義深いものである。

しかし、一方では彼女の小説を否定的に評価するものも、当初からある。当時のニュー・ニグロ運動の中心人物であるアレン・ロックやクロード・マッケィなどは、二〇年代には、フォーセットの作品を賞賛していたのに、三〇年代になると、彼女の文学がブルジョワ的であるとして揶揄している。その後八〇年代に至るまではこの否定的評価が支配的で、彼女の作品はほとんど読まれなくなっていた。

今日でも否定的な評価を示す者もあり、なかにはチェリル・ウォールのように、「フォーセットは今や最も尊敬されない作家の一人」であると主張する者さえある。（Wall 36）彼女によれば、フォーセットの小説は保守的で、メロドラマ的で、人物描写は一面的で、文体は不自然でぎこちない、とさんざんである。そして、メアリー・ワシントンがアンソロジーに収録しなかったことや、ヘイゼル・カービーがフォーセットの保守的イデオロギーを一蹴している、という最近のフェミニスト批評家たちの対応の例をあげて、自説を補強している。

このような評価は先のロック、マッケイに始まり、更には六〇年頃のロバート・ボーンや、佐藤宏子、バーバラ・クリスチャンと続いてきているものである。これらの批判の根本にあるのが、彼女が色の白い黒人主人公を用いて、上流白人イデオロギーに添って書いているというものである。

　フォーセットの小説のほとんどは永らく絶版になっており、米国においてさえ読むことが困難な時期があった。わが国においてはほとんど論評の対象になっておらず、現在でも正面から彼女を論じたものは少ない。そのなかで、佐藤の論文は七二年という時期にしかもアメリカにおいて論集に収録されたのみならず、その作品評価においても注目すべきものである。(Sato 261-87) 佐藤は当時のフォーセット批評の流れの通りに、否定的な見解を示しているが、論点は核心をついている。ただし、微妙な点で誤解があるので、それらを以下に整理した上で筆者の見解を述べる。佐籐の批判の要点は次の四点である。

1　フォーセットの小説は黒人の上流階級を描いた風俗小説で、黒人と白人の同質性を描いたものである。

2　白人の立場を判断の基準にしている。

3　人種問題や人種差別による怨差への言及はあるが、フォーセットの小説は保守的で、ハッピー・エンドのメロドラマである。

4　フォーセットの小説は社会的抗議小説だ。社会を見る目は確かだが、人間が描けていない。平板な人物描写で、文体もぎこちない。

確かに彼女の小説は主に中産階級を描いたものである。しかしそれが黒人が中産階級化している今日的テーマと結びつくのではないだろうか。同質性の強調については、ハーレム・ルネサンスの黒人の異質性強調に対する彼女の違和感が、ここに働いてもいると考えられる。また、「分離すれど平等」を基盤とする人種差別主義に対する抵抗の戦略である。彼女が白い黒人を描くのもそのせいである。たしかにフォーセットには西洋崇拝的な側面があり（ドビッシーの音楽への言及などの例）、白人との同化を良しとする傾向があるように見えるが、必ずしもそうではない。本論中で具体的に論証するが、白人批判、フランス人批判、黒人労働者への共感など基本的なスタンスがはっきり描き込まれている。また抗議小説であるという指摘については、表面的にはそう見えるかも知れないが、本節で取り上げる『プラム・バン』（一九二九）は、デボラ・マクダウェルが指摘するように、結婚しない男女の同棲を描いた「不道徳」な小説であり、その結末でさえ目出たし目出たしではない。まして、次節で扱う『アメリカ式の喜劇』（一九三三）の結末は、佐藤も指摘するように「暗うつな結末」である。最後の、人間が描けていないという点は、葛藤が描けていないということだろうが、作者はそのような無感覚な人間を何がつくりだすのかを問題にしているのである。また、アンジェラやフィーブのように葛藤が描かれている人物もある。なお文体と人物描写に関しては、お伽噺の手法など風刺の技法との関連から見る必要がある。

佐藤の批判の背景には、当時のブラックパワー運動に見られる黒人の人種意識の高揚があったと考えられる。当時の状況から言えば、フォーセットのような立場は日和見としか見えなかっただろう。しかもまだフェミニズム批評もそれほど一般化していなかった。それらの点を除けば、佐藤の論文はフォーセットの小説の基本的な面をよく分析している。

フォーセット再評価が始まったのは八〇年代になってからである。現代のフェミニスト批評家の中でも、カーリン・シルヴァンダー、デボラ・マクダウェルらは彼女の文学が不当に等閑視あるいは否定的に評価されていると主張する。とりわけマクダウェルは、フォーセットが「性的奔放、搾取的性関係、人種混淆、近親姦など非慣習的なトピックを扱った」（八七）「初期の黒人フェミニスト」（八八）であると指摘している。

これら賛否入り交じった評価を念頭におきながら、とりわけ彼女の作品『プラム・バン』と『アメリカ式の喜劇』を中心として、フォーセット文学の今日的意義を検討するのが本章の目的である。

フォーセット（一八八二―一九六一）の出版した四冊の小説は、『混乱』（一九二四）、『プラム・バン――道徳なき小説』（一九二九）、『むくろじの木』（一九三一）、『アメリカ式の喜劇』（一九三三）である。このうち第一作目はデュボイスはもとより殆どの黒人作家、批評家から賞賛されたが、第二作目、三作目となるに従ってアレン・ロックやマッケィなどから否定的な評価を受けるようになる。それは彼女の小説が白い黒人を主人公にしたブルジョワ的なものであるとか、風俗小説的なメロドラマで文体もぎこちないというものである。このような批判がロックやマッケィのような影響力の強い人たちによってなされたことによって、フォーセットの作品はハーレム・ルネサンスの表舞台から消えてゆき殆ど忘れ去られていたのだが、果たしてこの批判は当を得ていたのだろうか？

ロックの主張する「ニュー・ニグロ」の文学の立場からすれば、フォーセットの文学はその要求に添ったものではない。むしろ黒人性を売り物にして白人たちにもてはやされる当時の傾向に対する批判である。それ故、後にロバート・ボーンが「後衛」と呼んだように(Bone 97)、彼女の小説は一見したところ政治性の欠如した恋愛小説か家庭小説のようである。しかし表面的な被いを取り払えば、その下に周到に配されたデザインが見えてくる。

その典型として、彼女の代表作と言われる『プラム・バン』を取り上げ、ヒロインであるアンジェラの考えや生き方を、その両親や妹ヴァージニア、愛人ロジャーや恋人アンソニーなどとの比較対照のもとに検討する。その際、彼女の自律的性格が男性中心的現実をどのように受けとめ、反応するか、あるいは彼女のセクシュアリティがいかに彼女を揺さぶるかに特に注目したい。また、この小説がお伽噺のモチーフを利用していること、演劇的構成をとっていること、繰り返しの技法を用いていることなど、テクニック面の意図にも注意を払う。

小説の主題

『プラム・バン』は、白人として通用する黒人女性を主人公とするという意味ではパッシングの小説である。しかしパッシングそのものがこの小説の主題ではない。また白い黒人がヒロインであるという点では伝統的なトラジック・ムラッタ（「悲劇的混血女性」）の物語のようだが、実際はヒロインの自立の物語である。

この小説の主要人物はジュニアスとマッティのマレー夫妻と、その娘たちアンジェラとヴァージニアである。マレー夫妻の物語は、チェリル・ウォールが指摘するように一九世紀的な黒人の苦労話であり、労働者の生活を語ったものである。（Wall 77）しかしその子どもたちは、人種差別の時代とは言え、中産階級化し、親たちとは異なる価値観を持ち、親とは違う道を歩もうとする。とりわけ姉のアンジェラは母に似て色が白いことに象徴されるように、以下のような中産階級的・白人的価値観を強く持っている。

> 彼女の空想の中には快適な客間があり、そこには物を書いたり、描いたり、演じたりする人々、すなわち広い教養を備えているか、オリジナリティを持った人々がひしめいているのだった。（中略）黒人の中にもそのような人々がどこかにいるべきだと彼女は思っていた。[1]（67）

教育を受けて学校の教師として身を立ててほしいという親の期待とは裏腹に、彼女は教師という職を好まず、アンジェラにとって絵を描くことは上述のような生活をするための手段にすぎない。（110）

その目的を達成するためには、最も合理的な手段を取るべきだと考えて、彼女は次のようにさえ言う。

私は白人でもあり黒人でもあり、白人に見える。それなら私は幸福と豊かさと体面をもたらしてくれる白人だと宣言したらなぜいけないのか？（80）

幸福になるという目的のためにはお金と影響力が必要だが、それを持っているのは白人だという現実を前にして、彼女は自分は白人になって白人と結婚するのだと決意する。

それ故、以後の彼女の物語は、表面的には白人の男と結婚することを目的とする女の物語、「白馬の王子さまを捜しもとめる少女」の話として展開する。しかし同時に、単なる楽しみとしての芸術がやがて彼女の生活の目的になるという、自分さがし、自己実現の物語としてもアンジェラのプロットは展開される。

自分が黒人であることが知られていて、自分の夢がそこにおいては叶えられないと考えるアンジェラは、フィラデルフィアを出て、ニューヨークへ行く。親の遺産を基にして、特に目的もなく学校へ行くということは、当時の黒人にとっては極めて少数の恵まれた者にしか許されなかったことである。その意味でフォーセットの描くものがブルジョワ的であると非難されたのも当然と言えば当然であった。しかし黒人社会においても中産階級化の進んだ今日においては、これは極めて一般的テーマである。また、このようなアンジェラにも人種差別の現実は容赦なく立ちはだかる。

アンジェラの自立をめぐるこの話の特徴は、白人の価値観の影響を受けて白人と結婚することを夢見るようなありふれた一人の中産階級の娘が、試行錯誤を繰り返しながら黒人としての自己の存在に目覚めていく点にある。彼女は、この社会が白人中心のものであり、男性中心のものであるということを、初期の段階から認識している。(88)しかし実感はしていない。それを実感することによって彼女の認識が変化するのがこの小説の主なプロット進行である。

男性の支配を口にするのは彼女だけではない。白人女性であるマーサもポーレットも次のように異口同音に女であることの不利を嘆く。

男に自分を欲しがるように仕向けることは女にとっては最も難しいゲームだわ。(中略)アンジェル、神様は女をお気に入りではないのよ。(145)

不遜なことに男は、女には感情を抑えるか自分の気に入る感情だけを呼び起こさせることだけを求めているのよ。女が好きなように自分の感情を持つ権利はないって言うの？（198）

マーサやポーレットの指摘をアンジェラも否応なしに経験するのは、ロジャーとの交際を通してである。アンジェラが電話をかけたことに対してロジャーは立腹する。二人のやりとりは次の通りである。

「だってあなたは好きな時に電話してくるでしょう。」
「もちろんさ。それは別のことだ。俺は男だもの。」（228）

このできごとがアンジェラに、単に自分とロジャーとの個別的な事例にとどまらず男女関係の本質的なものであることを悟らせる。アンジェラはこの件を次のように反芻する。

その言葉は宇宙的な響きを帯びていた。多分男たちは太古の昔から女たちにそう言ってたんだわ。(231)

そして彼女があれほど憧れていた結婚というものが、男にとっては世間体を保つための社会的な行為に過ぎないものであり、女にとっての安寧の場ではない（262）ということを学ぶのである。

この発見が彼女に「幸福＝白人との結婚」という幻想からの脱却の機会をもたらす。また、白人と結婚するという目的のためにとってきた自分の行動を省みる契機となる。

この認識に至るまでに注目すべきことがある。それはこの小説が女性のセクシュアリティという今日的テーマを部分的にではあるが描いていることである。フォーセットに対する批判として、彼女の作品がヴィクトリア朝的な保守的なものであると言われるが、アンジェラとロジャーの関係は婚姻前の同棲であり、それをヒロインが後悔もしていないことを見ても、それほどお上品な保守的なものではない。

この作品には「道徳なき小説」という副題がついているが、それはヒロインが目的達成のためには手段を選ばず、白人のふりをするし、男と同棲もするという意味で、当時の人種や性の道徳を無視しているという意味であると解することができる。しかし、作品全体を通して見ればもっとアイロニカルな意味が感じられる。ヒロインは純粋に行動するのだが、彼女の行為は「不道徳」とみなされる。それは翻って言えば、社会が「不道徳」であるということである。

この「不道徳」ということに関連するのは「盗んだ水はおいしい」（123, 189）という表現である。アンジェラは世間に認知されないロジャーとの愛人関係に触れてこのように述べているが、その意味は単に認知されないという点のみならず、彼女が自分が黒人であることを偽っているという点にもある。更には、そもそも彼女はロジャーを愛しているから結婚したいと思っているわけではない。彼が白人で金持ちだからである。その彼に自分を欲しがらせようとして、手連手管を弄しているのだから、確かに「道徳的ではない。」

初めはそのように幸福を手に入れる手段として始めた恋愛だったが、やがて彼女は自らの欲望を制御できなくなる。

しばしアンジェラは感情のとりことなった。ロジャーは自分が彼女の中に燃え立たせた感情の深さに驚くほどだった。(203)

彼女は自己嘲笑気味に、自分であること女であるということはこういうことなんだと自分に言い聞かせた。芸術に関する理想も、サロンを持ちたいという望みも、人の役にたちたいという希望も、将来を安定させるために結婚したいという気持ちもすべて忘れられた。(203-04)

このように「内部で燃え上がる情熱と恍惚」(204) に身をまかせ、もはや利害も打算もなくなった彼女は、この恋愛の主導権をロジャーに握られる。

結婚ではなく愛人として同棲するという彼の提案を以前には拒否したのに、結局彼の提案通りに同棲生活が始まり、男主導の恋愛が進行する。その行き着くところが、先述した通り、社会は男性中心であり、結婚もそのような男性のため制度であるということにアンジェラが気づく事件である。

このような状況に置かれたアンジェラが、しかしながら、ずるずると事態に引きずられずに自己を保つのは彼女の自尊心のせいである。彼女は幸福を白人との結婚を通してしか得ることができないと考えるような女性であったが、施しを受けることを潔しとしない性格であった。彼女がロジャーからの高価な贈り物を受け取らないことは五回に渡って強調されている。（130, 147, 193, 204, 233）また、その理由としては、彼女が独立心の強い女性であることが根拠としてあげられている。

彼女のような自律心に富む強い性質の者が落ち込んだままでいるはずがなかった。（中略）彼女の最も貴重な資質の一つは自分と自分の問題を客観的に見ることができるということであった。（250-51）

このような指摘は他にも（206, 207）数回見られる。この冷静さはやがて恋愛の破局を迎えた時、事態を客観的に総括し、人間関係において自分がいかに自己中心的であったかを振り返ることができる能力として現れる。またクライマックスにおいて、黒人であることを自ら明らかにして留学が取り消される事態にいたっても、その結果を悔いることはない。彼女のそのような資質、強さを、彼女は色の白い母からではなくて、黒い父から得ていることをア

ンソニーは指摘する。(279)

黒人であることを自ら明らかにして、安易に白人に頼らないという決心をしたアンジェラは、自らの力で美術に打ち込むことを決心する。その後、同様に白い黒人であるアンソニーと結ばれることを示唆して小説は閉じられるが、人種や性に関して以上見てきたような認識を得たアンジェラの物語の結末は、単純でメロドラマ的なハッピーエンドではない。

作品の技法

この作品が劇的構成をとっていること、同じモチーフが繰り返されること、お伽噺の方法が用いられていることなどは一見して明らかである。それらの手法が何ゆえ使用され、どのような効果をあげているかを考えてみよう。

エピグラフとして次の文句が掲げられている。

市場へ、市場へ　　To Market, to Market

プラム・バンを買いに　　To buy a Plum Bun;
お家へ、お家へ帰ろう　　Home again, Home again,
市場はお終い　　Market is done.

これが五章から成る小説のそれぞれの章の題となっている。即ち第一章ホーム、第二章マーケット、第三章プラム・バン、第四章再びホーム、第五章マーケット終了である。第一章はフィラデルフィアにおけるマレー家の物語、第二章、三章はニューヨークにおけるアンジェラの新しい生活、ヴァージニアの上京、ロジャーとの恋愛の一部始終、第四章アンジェラの変化、第五章アンジェラは正体を明らかにし、自力でパリへ行く。そして結末。

家庭と市場と商品がキーワードとなって物語が展開するのだが、主役は二組の男女である。アンジェラとヴァージニアの姉妹、アンジェラの恋人であるロジャーとアンソニーである。一時的にはアンジェラとロジャー、ヴァージニアとアンソニーというカップルが成立するが、元来ボタンの掛け違いのようなもので、最終的にはアンジェラとアンソニーが結ばれるという予定調和に到達する。そこへ至るまでの紆余曲折が読者に、まるで間違い続きの芝居を見物しているような気持ちにさせる。否、むしろ作者は、読者を観客の位置において、展開される物語を冷静に観察させようとしているのだ。何しろ読者は最初からアンジェラが黒人であることを知っているのだから。

お伽噺の手法はアイロニーを生み出すためである。ヒロインのアンジェラは白人と結婚しようなどと夢のようなことを考えており、そのようなお伽噺のような話であると言わんばかりに物語はお伽噺の口調で始まる。

ある家にお父さんとお母さんと二人の娘が住んでいました。(11)

お父さんとお母さんと子どもたちは、きちんとした服装をし、きちんと食事をし、みんな揃って、ある美しい日曜日の朝に教会へ出かけました。(22)

そしてこの家庭の中だけで見れば、母親が言うように一家は円満でお伽噺のようである。しかし一歩外へ出れば人種差別は容赦ない現実であり、色の白い母とアンジェラは、色の黒い父とヴァージニアとは別行動をとる。またお伽噺のように幸せに育った娘たちも就職の際には人種の壁に阻まれる。

また、学校においても黒人であることが取りざたされる。エスサー・ベイリスによって、アンジェラは黒人であることを二度に渡って公表される。フィラデルフィアにおいてこのようなことが繰り返されたために、彼女はそこを離れて新たな場所へ移動するのだが、どこへ行っても彼女が黒人である事実には変わりがない。このためアンジェラは自分の人生は「劇の中のお馴染みの部分をリハーサルしているみたいだ」(72)とさえ感じる。つまり黒人に割り当てられた役まわりは決まっているのだということである。

それでも新しい場所において彼女は身分を偽って「白馬の王子さま」と結婚しようと務める。そのような彼女の前に白人の王子さま(ロジャー)が現れ、彼女に求愛するが、この王子さまは結婚を約束せず、愛人になれと言う。

僕の家に住んで、僕のために生きておくれ。僕だけのものになっておくれ。僕が、僕だけがやって来る愛の巣を作っておくれ。(182)

この求愛の言葉はお伽噺のせりふに似たものでありながら、欺瞞に満ちたものである。

結局この王子さまは彼女に結婚を約束せず、いったんは去って行く。後に再び現れて彼女に求婚するのだが、今度は彼女が自分は黒人であることを明らかにして彼を拒絶する。そして若干の曲折を経て、彼女は自分と同じ白い黒人であるアンソニーと結ばれる。白人と結婚することを望んだ白い黒人は、結局自分と同じ白い黒人と結ばれるという皮肉とも言える結末を迎える。ただし、作者は決してこの結末を批判せず、そこに至る過程での二人の苦悩に共感を示している。

これに関連して、二人が出会うニューヨークというマーケットにおいては、双方とも本来の自分とは違うペルソナを演じているために、名前も、アンジェラはアンジェル、アンソニー・クルツはクロスと名乗っている。またアンジェラは自分が白い黒人ではなく、白人アンジェルの役を演じているために、二度に渡って黒人でないふりをする。一度はロジャーの前で、黒人のミス・パウエルの手を払いのける（148）場面であり、もう一度は妹ヴァージニアと再会した時に、人違いであると述べる（159）場面である。これは劇の同じ場面の繰り返しのようなものである。

このようにあたかも劇を演じるように物語は展開され、お伽噺は本来の展開とは異なる方向へ向かって行く。常に黒人社会との一体感を持ち続け、姉アンジェラに対する批判的存在（フォイル）（Sylvander 171）として重要な役割を果たすヴァージニアは、結末においては平凡な主婦の座に納まっている。音楽教師としての理想を追求していたヴァージニアが結婚して主婦になり、楽しむことばかり考えていたアンジェラがキャリアを求めるようになる。（355）そしてアンジェラは故郷フィラデルフィアへの愛を取り戻し（366）、人種に関しては自分は黒人の側であると断言するようになる。（373）

まとめ

フォーセットの小説は、時代の制限もあって、確かに結婚や幸福の追求というモチーフが中心となっていて、ややもするとメロドラマか風俗小説に成りかねない点を有している。しかし、一見したところトラジック・ムラッタを描いた伝統的パッシング・ノヴェルかと思える面さえも、仔細に検討すればむしろその否定を主眼としていることが明らかである。（McLendon 28）自分を見捨てた姉に対する「多分あなたの中には黒人の血より白人の血がたくさんあるのね」（275）というヴァージニアの批判に見られるように、責められているのは黒人の血ではなくて白人の血である。なお、このテーマは次の『アメリカ式の喜劇』で徹底的に追求される。

このように、『プラム・バン』においては表面的な単純さとは裏腹に、女性の自立、セクシュアリティ、黒人差別の批判という主題が、お伽噺的枠組みや手法の下に綿密に配置され、アイロニカルに表現されている。フォーセットの文学はハーレム・ルネサンス期においては十分に理解されなかったが、今日の黒人女性文学ルネサンスのさきがけとなったのだ。

註

（１）Fauset, Jessie. *Plum Bun: A Novel Without A Moral.* rpt. of 1929 ed. Beacon Press, 1990. をテキストとして用いた。本文中の引用は同書からとし、引用末尾のカッコ内にページ数を記した。風呂本惇子監訳『プラム・バン——道徳とは縁のない話』新水社、二〇一三年。本章中の邦訳は拙訳。

引証資料

Bone, Robert. *The Negro Novel in America.* Yale UP, 1958.
Braithwaite, William Stanley. "The Novels of Jessie Fauset" ed. by Cary D. Wintz. *The Critics and the Harlem*

Reniassance. Garland Publishing, 1996.

Griffin, Erica L. "The 'Invisible Woman' Abroad: Jessie Fauset's New Horizon" ed. by Dolan Hubbard. *Recovered Writers/ Recovered Texts*. The U of Tennessee P, 1997.

Gregory, Montgomery. "The Spirit of Phillis Wheatley" ed. by Cary D. Wintz. *The Emergence of the Harlem Renaissance*. Garland Publishing, 1996.

Johnson, Abby Arthur. "Literary Midwife: Jessie Redmon Fauset and the Harlem Renaissance" *Phylon* vol. 39（1978）

McDowell, Deborah E. "The Neglected Dimension of Jessie Redmon Fauset" ed. by Marjorie Pryse and Hortense J. Spillers. *Conjuring*. Indiana UP, 1985.

McLendon, Jacquelyn Y. *The Politics of Color in the Fiction of Jessie Fauset and Nella Larsen*. UP of Virginia, 1995.

Sato, Hiroko. "Under the Harlem Shadow: A Study of Jessie Fauset and Nella Larsen" ed. by Cary D. Wintz. *Remembering the Harlem Renaissance*. Garland Publishing, 1996.

Sylvander, Carolyn. *Jessie Redmon Fauset: Black American Writer*. The Whitson Publishing Company, 1981.

Wall, Cheryl A. *Women of the Harlem Renaissance*. Indiana UP, 1995 .

Wintz, Cary D. *Black Culture and the Harlem Renaissance*. Rice UP, 1988.

第Ⅱ節『アメリカ式の喜劇』の人種主義批判

はじめに

フォーセットには、『混乱』、『プラム・バン』、『むくろじの木』、『アメリカ式の喜劇』の四冊の小説がある。このうち一番よくできているのが第二作、一番の失敗作が第三作であると言われている。筆者もその評価に特に異論はない。『プラム・バン』はヒロインのアンジェラの自立をめぐる物語であり、小説としては一番よくまとまっている。『むくろじの木』は、この作者にしては珍しく田舎を舞台とした物語である。確かに小説としての完成度は劣るが、中心人物たちと共同体との葛藤というテーマが取り扱われている点は注目すべきである。第一作『混乱』は、白い黒人の主人公が自立を求めるというテーマやモチーフのうえでは後の作品に共通するものを提示している。第四作『アメリカ式の喜劇』は、白人優越主義の影響がいかに黒人を苦しめているかを描いたもので、前三作の「センチメンタル」な雰囲気とはかなり趣を異にし、一連の作品のなかでは最も厳しい認識を示している。

この作品を最後として作者は作品を発表しなくなるのだが、その意味ではこの小説は作者の一つの到達と見なすことができる。この作品に込められた意図を、オリヴィアとフィーブという対照的な二人の人物が担っているものを解明することを通して、以下において検討する。

『アメリカ式の喜劇』（一九三三）は黒人女性たちを主人公とする小説である。その最も中心的な位置を占めるのはオリヴィア・ケィリーであり、更にはその母ジャネット・ブランチャード、娘のテリーザの女たち三代に渡る物語である。これに対照されるのが、後にオリヴィアの息子クリストファーの妻となるフィーブ・グラントの物語である。フィーブの物語にはその母、友人のマリーズ・ディヴィスおよびその母も登場する。

小説は題名の通り、一種演劇を擬した構成をとっており、全六章からなる章立てのうち、第三、四、五章は「テリーザの幕」、「オリバーの幕」、「フィーブの幕」という風に幕分けされている。第一章は「筋立て」と銘々されているが、実際はオリヴィアとその母の幕である。

第二章「登場人物たち」は後に対照的な人生を送るようになるテリーザ、フィーブ、マリーズ三人の女性たちの少女期の物語が示される。ここにオリヴィアを始めとするケイリー家の人々、フィーブの母、マリーズの母、後にマリーズの夫となるニコラス・キャンベルと母、というようにほとんどの主要人物が勢揃いする。第六章「終幕」はテリーザとオリヴィアの物語の結末である。

オリヴィアの物語

主筋となるオリヴィアの物語は、彼女が九歳の時初めて「黒ん坊」(4)と呼ばれた時から始まる。[1] 彼女の場合は母は白人のように白く、彼女自身も白いが、父が黒いために、彼女が黒人であるということは周知のことであった。そのため彼女は自分が遺伝の犠牲者であるという感慨を抱く。その父が一ケ月後に死亡し、見知らぬ土地へ引っ越しすることによって、今度は白人（イタリア人）としてパスすることが可能になる。

しかしその世界は下層の移民から成る白人労働者のものであり、「お前はその世界に留まるつもりなのかい」という母の一言で、その世界を離れる。このエピソードに見られるように、オリヴィアは下層階級に属することを拒否する。しかしそれ以上に彼女は黒人の世界を忌避する。母のジャネットは人種より階級の方が問題であると考えており、黒人より貧しい白人がたくさんいること、貧しい白人より豊かな黒人の方がよい生活を享受できると主張する(10)。しかしオリヴィアは何がなんでも白人にならなくては幸せになれないと信じる。

その姿は母のジャネットをして「私の娘は筋金入りの黒人嫌いだ」(23)と言わせるくらいであり、そのオリヴィアの選択の一つがクリス・ケィリーとの結婚である。義父のラルフがオリヴィアの結婚相手として有望だと思う男たちに、彼女は何の関心も示さないで、色が白いという理由でクリスを選ぶ。この選択は一七歳の時の選択と同様なものである。彼女は、たとえ白人であっても下層階級には属したくない。そこで、黒人ではあるが色が白く、中産階級であるクリスを次善の選択としてオリヴィアは選ぶ。ここまでが第一章「筋立て」におけるオリヴィアの物語である。

自らの力で白人の世界に入ることが叶わなかったオリヴィアは、第二章以降で白い子どもたちを産み、その夢を子どもたち、とりわけ娘のテリーザに実現させようとする。

他方、彼女自身は白人のふりをして「福祉委員会」活動なるものに加わり、白人のご婦人方とのおつきあいに生き甲斐を見いだす。この点について作者は次のようにコメントしている。

彼女は自分に押し寄せてくる何千もの成功できなかった白人家庭のことを考えることさえしなかった。彼女には意志や知恵や知識がありながら、自分と自分の大切な福祉委員会が奉仕しているこれらの貧しい人々の運命が、場合によれば自分のものであったかもしれないとは考えてみたことさえなかったのだ。(206)

白人貧困層の援助という仕事に関わりながらその存在を認知しようとしないオリヴィアの盲目性あるいは無関心については随所に言及があるが、この場面はもっとも皮肉なものの一つである。もちろんここには白人中産階級の欺瞞的な慈善に対する揶揄も含まれている。

オリヴィアの白人優越主義へのこだわりが、九歳の時に「黒ん坊」と呼ばれた原体験からくるものであるとしても、全ての子どもがそうなるわけではない。その責任の一端を母ジャネットのパッシングに求める者もある。しかしジャネットの場合は、『プラム・バン』のアンジェラの母ほど安易にパッシングを行い娘をもそれに引き込むというのではなく、むしろ自ら黒人であると名乗っており、白人に同化しようとする娘に警告を発するくらいである。

何をもってしてオリヴィアが白人至上主義者になったかは明らかではないが、彼女が人間的な愛情に不感症であることは随所に言及されている。彼女が超然としていて、冷淡、無関心、不毛であることは、「彼女の超然としたようす」(11)、「極端な孤立」(25)、「不感症」(38)、「絶対的と言って良いほどの感情の空虚さ」(38)、「愚かな妻」(193)、「その家の冷淡な不毛さ」(194)、「彼女の冷淡さ、無関心」(195)、「母としての不適格性」(205) など枚挙に暇がない。

オリヴィアが白人優越主義に囚われていることの究極の例は、息子のオリヴァーに対する態度に見ることができる。自分が最も期待した子どもであるということで自分の名前をとって命名した子どもであるのもかかわらす、その子が白くないということで彼女はオリヴァーを全く省みない。人前で知らぬふりをするのみならず、白人を招いた会合に召使いの役割をさせる。そしてついにはオリヴァーを母に愛されぬ嘆きからの自殺に追いやる。

オリヴァーが褐色の肌のせいで母に愛されず、自殺に追いやられたとすれば、テリーザは白い娘として母の代理の生き方を強制される。第三章「テリーザの幕」はテリーザが正体を偽って白人の学校へ入学するところから始まる。テリーザは終始一貫して受動的な人物として描かれているが、この章において彼女は二度自己実現のチャンスを与えられる。最初はこの学校に初めて入学してきた黒人学生アリシアとの交際である。アリシアは黒人であるが堂々としている。そのような彼女に対して、テリーーザは自分が黒人であることを告白し（87）、二人は友情を深める。次に彼女は黒人学生ヘンリー・ベイツと恋愛し、結婚しようとさえする。ヘンリーはアメリカ人であること、黒人であることに誇りを抱いており、次のように自己を賛美する。

僕はヘンリー・ベイツ。健康、壮健、学問があり、二三歳。僕は、僕の父や祖父が誰であるか知っているし、父もその祖父が誰かを知っている。（142）

これは以下に見る「僕自身の歌」におけるホイットマンの自己賛美に通じるものである。

僕は僕を讃え、僕自身のことを歌う。

……
僕は両親から生まれ、その両親も、またその両親も、同じ両親から生まれた。僕は今三七歳、まったく健康で、死ぬまで希望することを止めない。

ここに見られるヘンリーの自負心は、自分も「アメリカの息子」であるという表明であり、リチャード・ライトが後に示す負の意味のでなく、ポジティヴな意味である。彼は黒人がアメリカにおいて幸福になることはできないというオリヴィアに反発してこのように述べ、「たしかに厳しいけれど、僕はアメリカの黒人であることに完全に満足しています」（143）と言い切る。

しかしこのようにアリシアやヘンリーによって黒人としてのアイデンティティー確立のチャンスを与えられながらも、テリーザは母との絆を断ち切ることができない。失意の時を送ったテリーザは再起を期して渡ったフランスにおいて、フランス人男性と結婚する。しかし彼女は彼を愛しているわけではない。むしろその「白さ」に対して嫌悪を感じるくらいである（177）。それなのに結婚をするテリーザは今やオリヴィアのロボットである。フランス人の夫と義母、フランスという国に象徴される「白さ」は、母オリヴィアの不感症に通じるものである。義母は「完璧な病身であり、ほとんど肢体不自由だが、底意地の悪い、がみがみ言う人物」（179）であり、夫は「まったく冷血」（182）であり、彼女の存在は「無色の、荒涼とした、殺伐とした」（183）ものになるというように、白人の世界は今や全く否定的なものとして表現されている。

この間オリヴィアはあたかも自分が白人と結婚し、完璧に白人の仲間入りをしたかのようにご満悦である（177）。このような彼女の生活が転換点を迎えるのは第四章「オリヴァーの幕」である。肌色が褐色である点を除けば最も才能豊かで魅力的であるという息子を、彼女は無視するばかりか、夫への手紙のなかで、「一生首につけられたひき臼」（221）であるとまで言う。絶望したオリヴァーは自殺し、そのショックで夫は腑抜けてしまう。帰国を余儀なくされた彼女は経済的苦境に立たされ、息子のクリストファーが結婚したフィーブたちとの同居を強いられ、ついにはフィーブと言い争う。

「終幕」において再び渡仏したオリヴィアは、折しも三〇年代の経済不況もあり、貧しい生活を送るはめになる。彼女の誇りであった娘の結婚は今や、「彼女にはフランス人と結婚した娘がいる。だが、娘の夫は冷淡で、けちで、フランス式の感情のない論理一徹の石頭だ」（324）と評価が逆転している。いかに白人の仲間入りができたとはいえ、異邦において貧乏生活に耐えることはなまやさしいことではない。「パリで貧乏であることには何の妙味もない」（326）という彼女の境遇も自らが招いたものである。最後の場面において彼女が目撃する談笑する親子の姿は、孤独な彼女の姿と対照的である。

フィーブの物語

そのオリヴィアに対照されているのがフィーブである。第二章「登場人物たち」の中で一三歳の彼女を友人のニックが次のように観察している。

> 彼女は物静かで、活発で、独立心の強い少女であり、他人とは違った忠誠心と好みをもっていて、彼女の遊び友達であるテリーザの母オリヴィア・ケィリーとほとんど同じくらい一**途**だった。（四七）（強調筆者）

この点については、小説冒頭のオリヴィアに関する書き出しが、「昔、オリヴィアが後の彼女の人生を印づけることになる自己没入と一**途さ**を獲得する前に……」(3)（強調筆者）と始まっているように、作者がこの二人の女性を対照させることを意図していることは明らかだが、この二人の「一途さ」は似て非なるものである。

確かにフィーブも外見は白く、白人として通用する。しかし彼女は決して自分が白人になろうとはしない。彼女の場合は、母が褐色の肌をもつ黒人、父は白人であったが、彼女たちを見捨てたということで、最初から白人に対して何の幻想も抱いていない(52)。むしろ不信感をもっていると言ってよい。その結果、自分は黒人であり、黒人に親近感を抱いていると言い切っている(263, 289)。

また彼女はオリヴィアのように結婚によってより良い生活を獲得しようとも思っていない。彼女はボーイフレンドのニックに、「もしあなたの妻が芸術なり、仕事なり、職業なりに彼女自身の断固とした興味をもっていたなら……彼女にじっとして家で待っていてほしいと思わないでしょう。違いますか?」(239)と聞くほど、独立心の強い女性で、結婚しても自分自身の関心や仕事を持つと言明している。

第二章「登場人物たち」において、オリヴィアがテリーザに、フィーブは黒人に見えないから好きだと言うと、テリーザはフィーブは黒人であることを自ら表明するのだと告げる。

オリヴィアは馬鹿げたことだと言うが、フィーブは自分が黒人であることを母の写真を見せてまで実証しようとするのだとテリーザは述べる。このような場面ひとつを取り上げても、オリヴィアとフィーブとの対照は明白である。

第五章「フィーブの幕」は彼女の結婚を中心に展開する。フィーブは白人と結婚したいとは夢にも思っていない。彼女は見るからに黒人であるニック（ニコラス）と結婚しようと思うのだがうまくいかない。これと並行して金持ち白人であるルウェリン・ナッシュから求愛されるのだが、彼女は自分が黒人であることを明らかにしてその求愛を退ける。なぜ黒人であることを隠して白人と結婚しようとしないのかという彼に、フィーブは「白人が何だと言うのですか?」（288）と述べて、黒人であることの誇りを示す。また白人である父が黒人である母を捨てたことを引き合いに出して、「どのような立場にいてもアメリカ人男性が黒人女と結婚するものですか」（288）と、厳しい現実をルウェリンに突きつける。この件については、「これはまったく人工的なジレンマで、アメリカでのみ起こりうることです」（284）と述べて、人種差別が極めてアメリカ的なものであると彼女は非難する。この事件の後も、あきらめきれないルウェリンは今度は彼女を情婦にしたいと申し入れるが、フィーブは即座に拒絶する（294）。

フィービのニックとの恋愛は、彼女が白人に見えるために黒人であるニックがさまざまな不利益を受けることを理由に、破局を迎える。白人に見える黒人の置かれた悲劇的な立場をマザー・グースの歌の中の「なぞなぞ」に例えた次のパッセージは自己諧謔的である。

彼女は黒人の男を愛した黒人女でした。しかし彼女の肌は彼には白すぎたのでした。それで彼は彼女をあきらめました。彼女は白い女で、白人の男にたいへん関心を寄せていました。しかし彼には彼女の血は黒すぎたのです。それで彼は彼女を侮辱しました。(295)

結局ニックは同じように色の黒いマリーズと結婚し、フィーブは同じように色の白い黒人であるクリストファーと結婚する。だが、フィーブの結婚生活は苦難の連続である。彼女は母や義父や夫を支えるために、結婚後も職業婦人として働き続ける。義母オリヴィアとの確執も続く。折しも三〇年代の大不況のさなかであり (300)、義父の経済的失敗もあり、一家は困窮を極める。この辺りの描写は、彼女の文学が中・上流階級を描いたものであり、単なるメロドラマだというウォールやクリスチャンの指摘とは異なり、黒人労働者階級の実態を描いたものとなっている。

この小説のクライマックスはフィーブとオリヴィアの直接対決という形で現れる。フィーブの褐色の母をオリヴィアが、ちょうどオリヴァーにしたように、召使いがわりに使おうとしたという訴えを聞いて、フィーブは怒りをおさえきれなくなる。「黒い野良猫」（306）と母を侮辱され、オリヴァーの一件を聞き知っていたフィーブは激怒して、「私の母をそんなふうに呼ばないでちょうだい。この人殺し！」（306）とオリヴィアに叫ぶ。

この後にニックの誘惑という挿話が続き、その誘惑を断ち切って夫の元に戻るフィーブを待ち受けているのはオリヴィアが出ていったという知らせであり、義父が回復しつつあるという知らせである。義父と実母、夫と自分の新たな「家族」の再生、オリヴァーのような子どもを生もうと誓う、という点ではハッピー・エンドには違いないが、その展開には無理がない。

作品の技法

フォーセットの小説におけるお伽噺の利用については、既にジャクリン・マクレンドンやマクダウェルの指摘があり、『プラム・バン』における効果は明らかである。この『アメリカ式の喜劇』においても同様にお伽噺の枠組みや方法が用いられている。

小説はお伽噺の始まりのように、「昔……彼女は日曜学校で、あるテキストに気がつきました」(3)で幕が開く。オリヴィアの母ジャネットと父リーは、実の子であるオリヴィアを「取り替えられた子」(8)と呼ぶ。この取り替えられた子ども、あるいは一向に成長しないオリヴィアや、テリーザたちのお人形さんのような性格、白馬に乗った王子さまが幸せを持って来てくれるというモチーフなどが明瞭に用いられている。「白雪姫」の継母がこの世で一番きれいなのは誰かと鏡に問い、きれい、色白であるということに取り付かれて義理の娘を殺そうとする筋立ては、この小説では娘に白人であるふりをすることを強いて、精神的に殺してしまい、色白でない息子を実際に死に追いやる母という形で展開される。

またジャネットのラルフとの再婚は、「それから彼らはボストンで小さな家に住み、その後ずっと静かに幸せに暮らしましたとさ」(24)という決まり文句で形容されている。なお、この表現は、クリストファーが妹テリーザの結婚に言及する際には、「妹のテリーザがトゥールーズでフランス人と結婚して二年がたちました。そしてその後ずっと**不幸せに**暮らしましたとさ」(263)(強調筆者)というようにひねって用いられている。

作品の副筋であるフィーブの物語は、目出たし目出たしではないにしても希望の持てる結末だが、主筋であるオリヴィアの物語は悲劇的ではないが、惨めなものであり、皮肉に満ちている。このように、お伽噺の利用はこの作品においては風刺を強めるためであり、作者がそれに成功していることは明らかである。

フォーセットの文学が中・上流階級のものだという批判が必ずしも当たっていないことは、フィーブに関する論述の中で述べたが、このことはオリヴァーの幕についても該当する。オリヴァーの父方の祖父や曾祖父は家具職人であり、オリヴァー自身は次の引用に見られるように、黒人労働者への信頼と共感に満ちていて、いつか労働者の心を歌う者になろうとするのである。

彼は荒々しい働く人々を見るのが好きだった。川沿いのフロント・ストリートで彼が見かけた人々。七月、八月のひどい暑さの日にも人気のない通りで働く黒人の男たち。つらい仕事を着実に喜びをもって働く人々。これらすべてを彼はいつか音楽にするのだ。彼が目にした黒人たちの歌やリズムやつぶやきを。（198）

このように、フォーセットが西欧文明の価値を疑うことをしなかったという佐藤宏子の批判は必ずしもあたっていない。この作品におけるアメリカの人種主義に対する批判は随所に描かれており、言うまでもないことである。その一例であるフィーブの場合については先の論述で取り上げた。

フィーブの批判はアメリカに留まっているが、作者の批判はそれに留まっていない。フォーセットの批判はアメリカのみならずフランスにも及んでいる。第三章「テリーザの幕」の最後の場面で、テリーザの夫アリスティドがフランスにいるセネガル人たちのことを「黒い悪人ども」（182）と呼ぶことやアメリカ黒人のことを悪し様に言うのを聞いてテリーザは震撼する。また、第四章「オリヴァーの幕」の終わり近くで示される手紙において、テリーザは夫に自分が黒人であることを隠しているので、オリヴァーを引き取れないと告げ、それがとどめとなってオリヴァーを自殺に至らしめる。このように、自由と平等と友愛の国フランスも、建て前とは裏腹に、実態はそうでないことを作者は描き出している。これは更に最終章におけるテリーザとオリヴィアの姿につながるもので、白人であってもお金のない者にはフランスは厳しいところである、いわんや黒人であればなおさらであるという社会の厳しい現実を照らし出している。

まとめ

以上のように見てくると、フォーセットに対してなされた批判は必ずしも適切でないことが明らかである。フォーセットが作品を次々と発表したハーレム・ルネサンス期は黒人賛美を売り物にした時期であり、その意味では彼女の意図は残念ながら時代の風潮に受け入れられなかったのである。また、彼女が当時にあっては格段に高い学歴を身につけた女性であり、そのために初めから白人や黒人中産階級の代弁者であるという偏見で見られていたことも事実である。また、根強い男性優位の考えがアフリカ系アメリカ人社会にもあった。

フォーセットの作品の主たるテーマがアフリカ系アメリカ人女性の自立であることは、現代の読者が読めば一目瞭然だが、人種差別との闘いがジェンダーに優先する時代状況の下で、彼女の小説がブルジョワ的な甘っちょろいものと誤解されたのは不幸であった。公民権運動と女性解放の時代を経て、アフリカ系アメリカ人女性が一人の人間として生き方を問われる今日において、フォーセットの文学は改めて新たな光を当てられるべきである。

註

（１）Fauset, Jessie Redmon. *Comedy: American Style*. G. K. Hall and Co., 1995.　をテキストとして用いた。本文中の引用は同書からとし、カッコ内にページ数を記した。

引証資料

Christian, Barbara. *Black Feminist Criticism: Perspectives on Black Women Writers*. Teachers College P, 1985.

McDowell, Deborah E. "The Neglected Dimension of Jessie Redmon Fauset" ed. by Marjorie Pryse and Hortense J. Spillers. *Conjuring*. Indiana UP, 1985.

McLendon, Jacquelyn Y. *The Politics of Color in the Fiction of Jessie Fauset and Nella Larsen*. UP of Virginia, 1995.

Sato, Hiroko. "Under the Harlem Shadow: A Study of Jessie Fauset and Nella Larsen" ed. by Cary D. Wintz. *Remembering the Harlem Renaissance*. Garland Publishing, 1996.

Wall, Cheryl A. *Women of the Harlem Renaissance*. Indiana UP, 1995.

第6章

ネラ・ラーセン

『パッシング』——偽装された物語

はじめに

ネラ・ラーセン（一八九一—一九六四）の中編小説『パッシング』（一九二九）は、そのタイトルが直接的に示しているように、見た目ではそれと分からない黒人が白人に成りすまして、白人の世界と黒人の世界を行き来するようすを描いた「パッシング小説」である。このトピックを主題とする小説は、二〇世紀初頭には既にジャンルとして確立しており、ハーレム・ルネサンス期から二〇、三〇年代にもウォルター・ホワイト『逃避』（一九二六）やジェシー・フォーセット『プラム・バン』（一九二九）、『アメリカ式の喜劇』（一九三三）など同類の作品が書かれている。ラーセンのこの作品は、一連のパッシング小説のジャンルに属するとともに、新たな側面を示しているように思われる。その新たな側面とは何なのかを、人種、ジェンダー、セクシュアリティおよび小説の語りの観点から以下に検討していく。

人種の観点から

『パッシング』が人種の主題と無関係だと考える者はいないが、チャールズ・ラーソンはこの小説の主要なテーマは「結婚の安定性」であり、この作品は「嫉妬、不倫、および結婚の崩壊」に関する「古風な物語」（Larson 82）であると主張する。確かに、人種のモチーフを抜きにすれば、物語には結婚生活の安全と安定にしがみつくヒロイン、アイリーン・レッドフィールドのメロドラマ的な要素が多分にあることは否定できない。仮に人種のモチーフを抜きにしてこの小説を読んでみれば、次のように読めるだろう。

アイリーンは、医師であるブライアン・レッドフィールドと結婚していて二人の男の子がいる。夫はアメリカ社会と医師という仕事を嫌い、ブラジルへ移住したいという希望を持っているが、妻や子どものために我慢している。そのレッドフィールド家へ、アイリーンの昔の友人クレア・ケンドリー・ベルーが頻繁に出入りするようになる。クレアはジョン・ベルーと結婚していて子どもが一人いる。彼女の結婚は生活のためであり、彼女は自分の過去を夫には隠している。自分の本当の正体が知られれば夫から離縁されるだろうという理由で知り合いとは一切付き合いを絶っていたが、そのような孤独な生活にいやけがさしてきているクレアは、アイリーンの忠告を無視してアイリーンたちのところへ出入りし、アイリーンの夫ブライアンと親しくする。家庭生活の安定のためにということで生活と仕事に我慢をしているブライアンは、美しく大胆なクレアに惹かれる。夫の心が自分から離れていくのを感じたアイリーンは、結婚生活の安全と安定を守るために、クレアを引き離したいと思うようになる。友人宅で開かれたパーティーに出席したアイリーンたちの前にクレアの夫が現れ、妻の正体を知ったジョンはクレアを罵倒する。その直後、クレアは窓から転落して死ぬ。

あらすじを追っていけば、このように物語はまるでメロドラマである。クレアの出現後、ブライアンとアイリーン夫妻の仲が着実に不安定になっていき、クレアに対するアイリーンの疎ましさ（殺意）が強まっていく様子が説得的に描き出されている。その意味から言えば、ラーソンの主張も全く的はずれとは言いがたい。

だが、この物語の根底にあってすべての動因となっているものを考えてみれば、やはりラーソンの主張には無理があると言わざるを得ない。クレアの正体が知られれば夫に離縁されるのは、彼女が本当は黒人であり、夫が白人優越主義者だからであって、単なる性格の不一致などではない。そもそもクレアが正体を偽って白人と結婚したのは、幸福を追求できるのは白人だけであるという人種差別的なアメリカの現実の故である。また、アイリーンの夫ブライアンがアメリカを嫌いブラジルへ移住したいと望むのも、アメリカの人種差別を嫌ってのことであり、妻のアイリーンが中流の結婚生活の安定と安全に病的なほど固執するのも、アメリカにおける黒人の不安定な生活を恐れる余りである。これらのことを考慮に入れれば、この作品において人種のモチーフが主要でないと言うことは難しい。

だが、それでは人種こそがこの小説のテーマであると断定した場合はどうだろうか？アイリーンもブライアンもクレアも人種差別の犠牲者であり、とりわけクレアの場合は黒人であることが露見して白人に離縁される伝統的な「悲劇的混血女性《トラジック・ムラッタ》の物語」であり、アイリーンはそのような黒人たちの状況に気づかず嫉妬と自分の利益のために友人を亡くしてしまう悲劇に至る、ということになるように思われる。そうだとすればこの小説もありきたりの「パッシング小説」ということになってしまう。だが今少し詳しくこの作品を検討してみる必要がある。

この小説は全知の語り手によって語られているが、視点は専ら主人公の一人アイリーンに制限されている。そのためこの小説は基本的にアイリーンの物語であり、彼女がいかに外界の出来ごとや（クレアを含む）人物を受容し反応するかを描出することを主眼としている。つまり、読者はアイリーンの視点と価値観というスクリーンを通してこの物語を制限的に理解するという立場に置かれている。そのような小説の語りの構造を前提としていくつかの解釈が示される。

この物語はアイリーンがクレアの出現によって「安定」を揺さぶられ、「人間から怪物にパス（変容）していく」様子を描いたものだと指摘する者もある（Little 176）。また、アイリーンは黒人中産階級の価値観にしがみついており、彼女の頑迷な価値観が昂じてゆくさまを物語はアイロニカルに描き出している。この点で『パッシング』は「公式的な悲劇的混血女性物語のパロディ」（McLendon 95）であると言うのは、正鵠を得た指摘である。このように小説の枠組みやトーンからしても、この作品はありきたりの「パッシング小説」の範疇に納まっているわけではない。

また、もう一人の主要人物クレアだが、この物語がアイリーンのものであるとすれば、サディアス・ディヴィスが言うように、「クレアはアイリーンの心の動きを投影するスクリーン」(Davis 323) であるということになるが、一方で彼女は明らかに独立した人格として作品に登場している。スクリーンであれ、「代役」(deCille 104) であれ、別人格であれ、クレアの形象は検討に値する。確かに彼女も人種差別社会において生活の安定を得るために白人のふりをして白人と結婚しているが、アイリーンとの再会を契機としてその意識が変化していく。「クレアはとても大胆で、愛らしく、欲張り」(174) と言われるように、もともとが利己的で大胆な彼女は、自分の欲望を達成するためには何でもするのだと言い、「ええ、どうしても欲しいものを手に入れるためだったら何でもするわ。人を傷つけようと、すべてを投げ出そうとかまわないわ。私は危ない女よ」(210) と言明する。また「あの忌々しい男！　あいつが私のしたいことを何もさせなくしているんだ。殺してやりたいくらいだわ！　いや、きっといつか殺すと思うわ」(200) とまで述べ、夫に対して殺意さえ示す。さらには「私は今すぐしたいことをするつもりよ。ここへ移り住むの。このハーレムに。そうすれば好きな時に好きなようにできるわ」(234) と心情を吐露する。

こうしたことを考慮に入れると、最後の場面において夫が現れ、彼女の正体を知って破局を迎えるという成りゆきをも彼女は恐れていなかったとさえ考えられる。実際、夫が現れて彼女を罵倒した時のクレアは、「危険に気づいていなかったし、気にもしていなかったように見えた。彼女のはちきれそうな赤い唇やキラキラ輝く瞳にはうっすらとした微笑みさえ認められた」(238-39) というようなようすで、落ちつきはらっている。その直後に彼女の不可解な死が起こるので、一見したところこの物語も「悲劇的混血女性の物語」のように思われるのだが、以上見てきたような点から言えば、これは単なる「悲劇的混血女性」をめぐる「パッシング小説」ではない。実際、ジュディス・バトラーは、この作品における黒人女性の主体性やセクシュアリティといった現代性に着目し、トニ・モリスンの『スーラ』(一九七三) との比較の上で、スーラとネルの物語はクレアとアイリーンの物語の書き直しだと述べている (Butler 183)。

ジェンダーとセクシュアリティの観点から

『パッシング』が人種をテーマとしていることは疑いの余地がないが、この作品にジェンダーの視点を持ち込んで新たな解釈を示したのはデボラ・マクダウェルである。一九八六年ラトガーズ大学出版から出された『「流砂」と「パッシング」』の「序文」において彼女は、

『パッシング』の下部構造として「クレアに対するアイリーンの性的欲望というもっと危ない物語」(McDowell xxvi) があると指摘し、二人の間に「レズビアン関係」(同 xxiii) があると主張する。しかしその危険なサブプロットは隠蔽され、クレアは社会的・文学的慣習のために最後は犠牲の羊とされてしまっている (同 xxx) と彼女は言う。作家にそのような圧力をかけていたのは、当時の社会状況であり、「黒人女性は好色という神話」を打ち破りながら黒人女性のセクシュアリティを表現することの困難であった。また、黒人女性のセクシュアリティ表現と、黒人の社会的向上という中産階級的イデオロギーの、矛盾しかねない衝動の双方を、一つの作品のなかに併存させるのが作家の解決手段であった (同 xvi)。そのため作品が中途半端な形でしかジェンダーの表現をすることができなかったというのがマクダウェルの主張である。

マクダウェルの評価の当否は後で検討するとして、彼女が指摘するアイリーンとクレアの間の同性愛関係について、テクストにそって詳しく検証してみよう。それらは言うまでもなく単純で直接的なものとは限らないし、必ずしも明示的なものでもないが、マクダウェルが指摘する二通の手紙や火のイメージのような象徴的表現はもとより、全知の視点を通して語られるアイリーンとクレアの発言、行動、感情などを追ってみても、以下のようにテクストの随所に同性愛を示唆する表現が散見される。

　それがクレアであることを知らないで、隣のテーブルに坐った女性をアイリーンは「真っ黒と言ってもいいほど黒い目、象牙のように真っ白な肌に真紅の花のような大きな唇をした魅力的な女性」（148）と形容している。また、クレアの方は、それほど親しかったと言うわけではないのに、この一、二年間に「何度も何度もあなたのことを思ったわ」（154）と、アイリーンに打ち明けている。クレアがいかに美しいかという表現は「あの淡い金髪」、「誘うような唇」、「壮麗な瞳」（161）と数度にわたり繰り返される。そのような美しいクレアに二度と会えないかもしれないと思うことは、アイリーンにとって「恐るべきこと」（162）であり、「アイリーンはこの別れが最後にならないで欲しいと望む、いや切望する」（162）のである。また、電話をかけてきたクレアの声は、「とても欲望をそそるものであり、誘惑的なもの」（165）であり、微笑は「誘うようで愛撫するような微笑み」（169）と表現される。これらの表現からしても、アイリーンがクレアに好意以上のものを持ったことを示していると言っても言い過ぎではあるまい。

　二年後の再会において、迷惑なので会いたくないと思いながらも、意志に反してアイリーンは「突然の説明不可能な好意的感情の奔流」（194）にとらわれ、クレアの手を握り「畏敬の念のようなもの」を感じながら泣く。クレアの方も手紙の返事をくれない相手の不実を責めながら、「不義の恋愛」をしているような誤解を周囲からうけていたと述べる。自分を責めるクレアを見ながらアイリーンは、クレアが「自分が知らなかった、また知りたいとも思わなかった自分の中の深いあるいは高ぶる感情を引き出すことができる」（195）ことに驚きを覚える。またクレアは二年前のアイリーンとの再会が彼女の気持ちを変えたことを強調するが、その表現「あのこと（あなたとの出会い）がなかったら、そのままずっとあの生活を送っていたでしょうし、あなたたちの誰とも会わなかったでしょう」（196）と言うあたりも思わせぶりである。

　クレアの美しさへのアイリーンの感嘆は続く。ダンスに出かける前のクレアの姿は「このうえなく素晴らしく、まぶしく、かぐわしく、これ見よがしで、瞳は黒い宝石のように煌めいて」（203）、アイリーンは「賞賛の感嘆で窒息しそうになる」。夫とクレアの仲が怪しいと疑うようになってからも、「彼女の来訪が喜びなのか迷惑なのか分からなかった」（208）という状態であり、クレアによって自分の幸せが脅かされていることを確信した後は恐怖と敵意を抱くものの、彼女の姿を見ると「ほんと、ぼうっとしそうだわ」、「クレアの真っ白な顔は美しくて抱きしめたくなるようだわ」（220）と憧憬を抱いてしまう。クレアのせいでブライアンが去ってしまうかもしれないという不安や恐れ、猜疑心、苦悩にとらわれ、クレアを葬り去りたいと願いながらも、実際に彼女が死んでしまった時のアイリーンの感情は次のように表現されている。

行ってしまった！　あの柔らかな白い顔、明るい髪、心を乱す真っ赤な唇、夢見るような瞳、愛撫したくなる微笑、存在そのものが苦しいほど愛らしかったクレア・ケンドリーが。アイリーンの静かな生活を引き裂いたあの美しさが。いなくなってしまった！　人をあざけるような大胆さ、優美な気取り、鈴のような笑い声が。アイリーンは悲しくなかった。驚愕していた、いやほとんど信じられなかった。（239）

ここに示されているものは、安堵でも恐怖でも悔悟でもなく、喪失感である。この時までには既にアイリーンのクレアに対する「愛」は消失していたと考えられるので、クレアの死によって彼女が狼狽することはないが、あらためてクレアへの自分の感情が何だったのかを自問させられているというのがこの場面である。

以上のように、この小説に同性愛的な含意を読み込むことは奇想天外なことではない。それどころかデヴィッド・ブラックモアは、アイリーンとクレアのみならずブライアンにも同性愛の欲求があると主張している（Blackmore 475）。ブラックモアは、ブライアンがブラジルへ移住したいという理由はそこが人種的のみならず性的にも寛容だからだと述べている。(2)また、彼はリリアン・フェダーマンの著作を参照しながら、この時期にはハーレムにおいて黒人女性のレズビアン・サブカルチャーが確立しており、ハーレムはゲイとレズビアンのメッカだと評判が高かったのであり、作者がこの作品においてセクシュアリティの主題を取り上げるという文学的実験に取り組んでいるのは、当時のハーレムの動向を反映しているのだと述べている（Blackmore 479）。ただし、黒人中産階級を取り巻く事情から、ヒロインであり語り手であるアイリーンは、「ジゼベル神話」を追い払うために「顕著に上品で、性の要素を捨象した母／妻」の役割に自己の欲望を制限し、クレアの行動や自分の欲望を誤って解釈し、性的欲望を人種的話題にすり替えてしまっている（Blackmore 476）と指摘する。ブライアンの同性愛志向についてのブラックモアの主張も荒唐無稽とは言えず、作品解釈の幅を拡げる上では傾聴に値するものである。

　また、この作品における人種とセクシュアリティに関連してジュディス・バトラーは、「（人種とセクシュアリティ、または性的葛藤という）二つの領域は分かちがたく絡みあっているので、その結果このテクストは、性的葛藤の人種化を読むという一つの読み方を提供している」（Butler 174）と述べ、黒人女性のセクシュアリティをめぐる力関係が作品にどのように作用しているかを考えることの重要性を指摘している。

多様な解釈とエンディングの問題

しかし以上のような同性愛的解釈に異議を唱える者もある。例えばジャクリン・マクレンドンは、この小説はアイリーンの心理を描いたものであり、アイリーンに代表される黒人中産階級風刺であると主張する（McLendon 105）。クレアはアイリーンの「心理学的分身」であり、レズビアニズムのような感情に直面するような性格をアイリーンは有していない（McLenndon 104）と彼女は断言している。しかし多様な読みの可能性を否定しているわけではなく、「パッシングという現象は多面的なのだから、読みを人種と階級に限定して他の読みを排除したり極小にしてしまう必要はない」（McLenndon 111）と結論づけている。

同様にジョナサン・リトルも、クレアがアイリーンの「投影された心理学的分身」（Little 177）であると指摘し、この小説の主題が「人間の行動や表現が曖昧で矛盾していて理屈に合わないものであること」（Little 182）を徹底的に追求したものであると主張する。彼はマクダウェルの読みを一定評価しながらも、例えばアイリーンがクレアを極度に恐れる理由には、「レズビアンの読みだけでは説明できない何かがある」（Little 180）と述べる。

ネル・サリヴァンはラカン派心理学的アプローチを取りながら、「パッシング」を「消失」という意味に解釈している。小説のタイトルの「パッシング」は「シニフィアンの背後に主体が消失することを示唆しており」（Sullivan 373）、クレアはアイリーンの白人世界への欲望を媒介する存在であるが、正体が黒人であることが暴露された瞬間に「ニガー」というシニフィアンの背後に消失するというのが物語の意味である、とサリヴァンは主張する。

チェリル・ウォールは、「ラーセンは黒人中産階級の宣伝者ではなかった。彼女の小説はいかなる大義の論争でもなかった。彼女は目的小説を軽蔑していたし、人種的向上のための道学者的レトリックなどを嘲っていた」（Wall 117）と述べて、ラーセンを政治的に自由な作家と位置づけている。そして、アイリーンもクレアも共に「黒人女性が自らの黙従に対してしなければならない埋め合わせと、反逆によって支払わなければならない高い代償を示す」ことになり、「これらの人物たちの住む世界は自立も充足の可能性もない所である」（Wall 131）、と作品のシチュエーションの甘さを批判している。

キャスリーン・ファイファーは、やや異なった角度からこの作品を解釈している。彼女によれば、ラーセンは「白人の世界を自分の出自の一部と見なし、自分のルーツを両人種にまたがるものとして」(Pfeiffer 146) おり、W・E・B・デュボイスよりはカール・ヴァン・ヴェクテンに親近感を抱いていて、実際はデュボイス派の「アイデンティティ・ポリティックス」や「人種的連帯」、「人種的忠誠」には批判的だった。ラーセンの「お上品な黒人女性性」に対する敵意はとりわけアイリーンの偽善に向けられており、クレアにはむしろ同一性を見出していたのだとファイファーは述べる。ハーレム・ルネサンス期における作家たちの複雑な人間関係と作品の人物造形や構成の関連を読みとることによって、アイリーンが視点的人物となっているわけや作品のアイロニーが何に由来しているのかに、より納得がいく論考となっている。

このように、何人かの批評家は人種やジェンダー、セクシュアリティの観点を越えて、例えば階級の問題や精神分析的批評の必要と有効性を唱えている。そして、それらが指し示すことは、この作品の解釈の多様性ということである。それは裏返しに言えば、作品に曖昧性があるとも言えるわけだが、このことの典型的な例として、常にこの小説において議論となるエンディングの解釈について最後に考えてみよう。

ある冬の日、フリーランド家の六階のアパートで行われたパーティーに突然クレアの夫ジョン・ベルーが現れ、妻が黒人だったことを確信し、「そうか、お前は黒ん坊なんだな。いまいましい薄汚い黒ん坊め！」（238）と叫ぶ。その直後クレアは開いていた開き窓から落下して死亡するのだが、この死が自殺なのか事故なのか、あるいは他殺なのかは極めて曖昧で、様々な解釈がある。大きく分ければ自殺、事故死、他殺の三つの可能性が考えられるので、その可能性について一つずつ検証してみたい。

最初に自殺の可能性についてだが、クローディア・テイトは、黒人であることが分かってベルーとの生活が壊れてしまえば、生活の手段を持たないクレアとしては生きていく術がないので自殺したのだ、と述べている。これに対してチャールズ・ラーソンは、自殺はクレアの性格からしてあり得ないと正面から否定している。彼の言う通り、クレアの発言や行動、物語の進展からしても自殺説は成り立ちにくい。

次に事故死説だが、ネル・サリヴァンはラカンの「消失」理論からして、「気を失い」転落したのだろうという考えを表明する。先に見た彼女の論証の方法と仮定からすれば首尾一貫しているものの、主体を全く否定した前提そのものがどの程度読者の共感を得られるか疑問である。

では他殺説が一番有力ということになるのだが、その際、誰が殺したのかということである。夫のベルーが突いたということも考えられるが、テクスト中でアイリーンが言下に否定しており、もしベルーが殺したのだとすれば彼女が彼をかばう必要はまったくないので、これはありえないことである。先のラーソンもその可能性を否定している。そうなれば、殺したのはアイリーンしかいない。実際、マクダウェル、ラーソン、ディヴィス、マクレンドン、ウォールなど多数の者が、アイリーンが突き落としたのだと述べている。この説が一番有力であり、その証拠や伏線は随所にあると思われるので、テクストの中から該当箇所を抽出してみたい。

フリーランド家のパーティーに出かける前に、アイリーンは既に精神的に不安定になっている。ブライアンとの口論を思い出して、「確かにアイリーンは恐怖と猜疑心で気が変になりそうだった」（232）という状態であった。そこへもってきてクレアは、「もしあいつが事実を知ったら私たちの結婚は破局を迎え、私はお仕舞いだわ。そうでしょう？」（234）と言いながらも、破局を恐れぬ様子である。それに対して「その言葉は警告の意味であるという確信がアイリーンを捉えた」（234）と描写される。彼女の固い決心は「ブライアンを是が非でも自分のものにしておくつもり」（235）であるが、「もしクレアが自由になったら何が起きるかわからない」(236)と本能が知らせる。パーティーが行われる六階のフリーランド家まで上っていく階段では、クレアはブライアンの腕にしがみつき、「あの挑発的な上目遣いで彼を見つめ、彼の目はアイリーンから見れば哀愁をおびた熱意の表情でクレアの顔に釘付けになっていた」(237)次第で、アイリーンはのけ者にされている。会場について問題の開き窓を開けたのはアイリーンである(238)。そしてクレアの転落が起こる直前のアイリーンの行動は、「彼女は残忍さを帯びた恐怖にとらわれながら部屋を横切り、クレアのむき出しの腕に手を置いた。ひとつの考えが彼女をとらえた。クレア・ケンドリーをベルーに捨てさせてはいけない」(239)と描写されている。また、アイリーンがクレアのそばにいたことが、後にディヴ・フリーランドによって証言されている(241)。このように見てくると、アイリーンがこの後クレアを突き落としたと考える状況証拠は十分であろう。

それで足らなければ、事件の後のアイリーンを見てみよう。アイリーンはその場に残り、クレアの腕に置いた自分の腕の場面を振り払うことができず、事故だったと混乱の中でつぶやいている(239)。「もしクレアが死んでいなかったらどうしよう」(240)という恐ろしい考えが彼女を襲う。自分が殺したのでなければ、クレアが死んでいなかったらどうしようとなどとは思わないだろう。それで、彼女が即死だったと聞いて「感謝の嗚咽」(241)と闘うのである。そして転落が起きた時ただ一人そばにいたベルーがいなくなっているのを知ると、彼が目撃したかもしれないと恐れながらも、彼は戻ってこないだろうと思い、恐怖と安堵の入り交じった「おぞましい震え」(242) にとらわれながら、あれは事故だったと話す。このように見てくると、アイリーンがクレアを突き落としたと断定してもいいだけの状況証拠は揃っている。先に見たように、それ故多くの論者はこれを他殺と見なしている。

しかし、すべては状況証拠であり、裁判であれば推定無罪となるケースである。それ故、このエンディングを巡っては自殺だ、事故だ、他殺だと議論が絶えない。その中でバトラーの意見はユニークである。彼女は決定的な見解を示していないが、ベルーは白人男性権力の行為体として黒人（女性）の存在を抹殺する衝動に駆られていたし、アイリーンは、自己のセクシュアリティ内にクレアに対する情熱を生きながらえさせる場所を見つけられなくて破壊する必要にせまられていた (Butler 185) ので、ベルーの発言で行き場をなくしたクレアが窓から「パス・アウト」して死ぬのに手を貸したのだ、と述べている (Butler 183)。そして、この作品においては、パッシングは人種の線を越えることと、あの世へ行くことの二重の意味を持っていると指摘している。

こうして見てくると、この小説はごく単純に読めば、人種的なコンテクストのなかで、パッシングをしていたクレアが、夫に黒人であることを知られ、窓から転落死するというものだが、それではあまりに単純であり、この作品の構成や展開が無意味なものとなってしまう。同じ人種のコンテクストの中でも、これがアイリーンの語りを中心としたアイリーンの物語であるという点に留意して読めば、パッシングをしていたクレアが黒人の世界に戻ろうとして、中産階級の安定にしがみついているアイリーンの幸せを脅かすようになり、アイリーンは精神的に追いつめられて、ついにはクレア殺害に至ると読むことができる。そうなればこの作品は単なる「悲劇的混血女性物語」ではなく、中産階級批判のトーンが色濃く込められていると言うことができる。

さらにこの物語をジェンダーとセクシュアリティのコンテクストにおいて考えれば、クレアがただ単にアイリーンの幸せな家庭生活を脅かすのみならず、セクシュアリティを撹乱して同性愛の感情を引き起こし、自分をコントロール不能な状態にしてしまうことを恐れたアイリーンは、自己保身のためにクレアを抹殺するとも読めるだろう。

この他にも精神分析的読解、ポストモダン的解釈も可能なことは先に見てきた通りである。だとすれば、『パッシング』がアンビギュアスでアンビヴァレントな作品であるという批判は、一通りの解釈のみを許すリアリズム小説の立場からのものであって、その視点や語りの技法などから見て、この小説が多様な解釈を許容するモダニズムの作品であるという点から言えば、その表面上の曖昧性こそが重要性を帯びてくる。一九二〇年代末に出版された当時は、人種やジェンダー、政治などのさまざまな理由で、その一側面しか受容されなかったのだが、時代の制約を取り払って今日的視点から再読するなら、『パッシング』は時代を先取りした豊かな作品であると言える。

註

（1）Nella Larsen, *Quicksand and Passing*. Rutgers UP, 1993. をテクストとして用いる。本文中の引用は同書からとし、かっこ内にページ数を記した。植野達郎訳『白い黒人』春風社、二〇〇六年。本章中の邦訳は拙訳。

（2）ただしこの点についてジョナサン・リトルは、一九二〇年代末までには黒人に対するブラジルへの入国ビザの発給は執拗に拒否されていたことを挙げて、これをブライアンのロマンチックな妄想に対する皮肉なコメントだと述べている（Little 174）。

引証資料

Blackmore, David L. "'That Unreasonable Restless Feeling': The Homosexual Subtexts of Nella Larsen's *Passing*."

African American Review 26-3（1992）: 475-84.
Butler, Judith. *Bodies that Matter*. Routledge, 1993.
Davis, Thadious M. *Nella Larsen: Novelist of the Harlem Renaissance*. Louisiana State UP, 1994.
duCille, Ann. *The Coupling Convention*. Oxford UP, 1993.
Larsen, Nella. *Quicksand and Passing*. Rutgers UP, 1993.
Larson, Charles R. *Invisible Darkness: Jean Toomer and Nella Larsen*. U of Iowa P, 1993.
Little, Jonathan. "Nella Larsen's *Passing*: Irony and the Critics." *African American Review* 26-1（1992）: 173-82.
McDowell, Deborah. "Introduction" *Quicksand and Passing*. Rutgers UP, 1993.
McLendon, Jacquelyn Y. *The Politics of Color in the Fiction of Jessie Fauset and Nella Larsen*. UP of Virginia, 1995.
Pfeiffer, Kathleen. *Race Passing and American Individualism*. U of Massachusetts P, 2003.
Sullivan, Nell. "Nella Larsen's *Passing* and the Fading Subject." *African American Review* 32-3（1998）: 373-86.
Tate, Claudia. "Nella Larsen's *Passing*: A Problem of Interpretation." *Black Ameican Literature Forum* 14（1980）: 142-46.
Wall, Cheryl A. *Women of the Harlem Renaissance*. Indiana UP, 1995.

第7章

ゾラ・ニール・ハーストン

スピーカリー・テクストとしての『ヨナのとうごまの木』

はじめに

トニ・モリスンやアリス・ウォーカーをはじめとする今日のアフリカ系アメリカ人女性作家の活躍の礎となったのが二〇世紀初頭のハーレム・ルネサンス時代の女性作家の台頭であったことは今では周知のことである。なかでもゾラ・ニール・ハーストン（一八九一―一九六〇）の存在は圧倒的で、彼女が残した諸作品は今日ではアフリカ系アメリカ女性文学の「正典」として高く評価されている。ハーストンは生涯に四冊の小説と二冊のフォークロア集、一冊の自伝と五〇を越す短編やエッセイを書いている。

一九七五年のアリス・ウォーカーによる「発見」以来、ハーストンは大いに注目され、とりわけ彼女の代表作『かれらの目は神を見ていた』（一九三七）は頻繁に論じられている。しかし彼女の第一作目の小説である『ヨナのとうごまの木』（一九三四）は米国においても論じられることが少なく、本邦においては筆者の知るかぎりでは前川裕治氏の著書に収められたものと紀要論文二編のみである。(1) だがこの作品はハーストンの文学のエッセンスを包含し、『かれらの目』に発展するテーマを胚胎した重要な小説であり、詳細な検討に値するものである。

ヘンリー・ルイス・ゲイツ・ジュニァは著書『シグニファイング・モンキー』において、黒人文学の特徴的な形式のひとつとして「スピーカリー・テクスト」という考えを示し、その実例としてハーストンの『彼らの目』を詳細に論じている。「スピーカリー・テクスト」とは、「その修辞上の戦略が口承文学の伝統を体言するよう意図されたものであり、『実際の会話の音韻的、文法的、語彙的形態を模倣し、「口承の語りという幻想」を生み出すよう』意図されたものである」（Gates 181）。黒人の言葉は、「黒人は象形文字によって思考する」とハーストンが述べるように、絵画的あるいは装飾的比喩などを端的な特長としている。また、分裂した自己を表現するひとつの方法である自由間接話法を語りの方法として効果的に使用している。『彼らの目』は、このような特質をもった「スピーカリー・テクスト」の典型であり、傑作であるというのがゲイツの主張である。

たしかに「スピーカリー・テクスト」としての要件、作品としての完成度の高さから言えば『彼らの目』に及ばないものの、語りの方法と作品構成、登場人物、社会的背景などを勘案すれば、『とうごま』は代表作『かれらの目』の敷石であると見なすことができる。すなわち『とうごま』での模索が『かれらの目』に結実したというのが筆者の考えである。そこで本論においては、以下の五点に渡ってこの作品の特質を探り、ハーストンの創作過程における本作品の位置づけを行なうこととする。一、作品の方法と構成、二、人物と主題、三、タイトルの意味、四、社会的背景と作品の意義、五、『彼らの目』との関係。

作品の方法と構成

『ゾラ・ニール・ハーストン伝』の著者ロバート・ヘメンウェイが指摘しているように、『ヨナのとうごまの木』は彼女の両親をモデルとする「自伝的小説」である。そのことがこの作品の性格を良かれ悪しかれ規定している。ヘメンウェイは、例えばジョンが死の床にあるルーシーを殴り、それから彼の没落が始まるのだが、彼が妻をなぐるような人物として提示されていないように、この小説がプロット進行（構成）や人物描写（展開）の上で不十分であると指摘している。(2) それはひとつにはこの小説が「物語というよりは南部黒人の生活を描く一連の言語的瞬間（＝フォークロア）」であるからだと主張している。またハーパーペレニアル版の序文において詩人のリタ・ダヴはこの作品の欠点のひとつが「作者の饒舌なコメント」だと述べている。一方でジョン・ロウは、アメリカ黒人文化のなかに豊かなアフリカ文化が息づいていることをフォークロアや説教などを通して立証し、必ずしも失敗作とは言えないと述べている。ヘメンウェイやダヴの指摘が的を射ているのか、あるいはロウの主張に説得力があるのかを念頭に置きながら作品について考えてみたい。

多くの批評家が指摘するように、『とうごま』がさまざまの点で「対比」の構造を持っているのは明らかである。白人的なものと黒人的なもの、男と女、アメリカ的なものとアフリカ的なもの、キリスト教とヴードゥー教、ナラティヴとフォークロア、標準英語と黒人ヴァナキュラー、これらが相互に連関しながらひとつの小説を作り上げているように見える。それはそもそもアメリカ黒人自身が、W・E・B・デュボイスが『黒人のたましい』で言うところの、アメリカ人であることと黒人（アフリカ人）であることの「二重の意識」を持つことを余儀なくされる存在であることに起因している。白いキリスト教のアメリカにおいて、アフリカ的なものが奪われて無になっていると思われていた黒人たちの生活に、いかにアフリカ的なものが息づいているかを、ハーストンは心底理解していたと思われる。それは彼女が、当時のアメリカにおいては例外的な存在であった黒人だけの町、フロリダ州イートンヴィルで育ったことに大いに関係していると思われる。

黒人だけの町という環境に育ったハーストンが、みずからの中に息づくアフリカ文化の重要性を自覚して人類学を学び始め、最初に取り組んだのがヴードゥーを含むフォークロアの収拾であった。出版は一九三五年と前後するが、『騾馬とひと』と題されるフォークロア集は、『とうごま』が三四年に出版される前に完成されていた。このことが小説の語り口と視点（場面）に強い影響を与えたであろうことは想像に難くない。『とうごま』は地の文は標準英語で書かれているものの、会話や説教など発声される英語はほとんどそのままの南部黒人方言として記述されている。そうすることによって田舎の黒人たちの日常生活のありのままがいきいきと再現されている。これは白人読者にとってはものめずらしさもあっておおむね好評であったが、黒人作家たちからは黒人の劣等性・後進性を証明するようなものだとして非難された。とりわけ有名なのは、『アメリカの息子』（一九四〇）の出版によってプロテスト作家として黒人文学の新境地を切り拓いたリチャード・ライトが、彼女のこのような作品を「くだらない無価値なものだ」として徹底的に批判したことである。これに対してハーストンが、自分は「社会学の論文」を書いているのではないと反論したことは有名である。しかし政治的メッセージを主張する自然主義重視の当時の黒人文学界の風潮の中で、ハーストンの文学は次第に忘れさられていく。

構造面から見ればこの作品はそれほど複雑なものではない。主にジョン・ピアソンという混血黒人の三回の結婚と不倫がもたらした立身と零落の物語をほぼクロノロジカルに展開している。舞台は、ジョンが育った一九〇〇年代初頭のアラバマ州ビッグ・クリーク下の町、ルーシーと出会うノタサルガのピアソン農場、一時的に出向するオペリカ、所払いにされてたどり着くフロリダ州サンフォード、説教師として登り詰めるイートンヴィル、安住の地となるはずであったプラント・シティなどである。この時代設定と場所の移動には小説の社会的背景が色濃く反映されているが、これについては後述する。

この小説は語り手が標準英語で語る以外は直接話法の黒人口語で書かれていることが第一の特徴だが、当時黒人の言葉で小説を書くということは非常識と思われていた。しかし全員が黒人の町という特別な環境に育ったハーストンは、黒人の生活や言葉に誇るべきものが、アフリカ的なものが染み込んでいることを体感していた。また人類学を学びフォークロアを収拾するなかでその考えは強化されていった。そのような作家が、黒人英語で黒人の物語を書くことは至極当たり前のことであった。つまり黒人英語で書くこと自体が黒人の文学であるという信念を彼女はこの作品において実践したと言えるだろう。

この作品は大半が会話によって占められているのだが、言うまでもなく会話は黒人のヴァナキュラーを再現する綴り字で表記されている。音読すれば実感できるのだが、そのことによって立体的な臨場感が表現されている。またスピーカリー・テクストの特徴のひとつである自由間接話法の使用は随所に見出すことができる。例えば第一章末尾でジョンが育った村を出て行く時のようすや、第二章冒頭ジョンがノタサルガにやってきた場面で次のように表されている。「ジョンは、朝日に向かって勝ち誇ったようにラッパでも吹きたい気分であった。」[3]（John almost trumpeted exultantly at the new sun.）(12)、「そうだ、これが彼も聞いたことのある学校に違いない。」（This must be the school house that he had heard about.）(13)、「彼女は親分に違いない」（She must have been a leader）(13)。このようにジョンの心に生起した感情や推測を、本来なら直接話法で表現すべきところを、語り手がジョンの心に入り込むかたちで表現している。

黒人口語による会話にとどまらず、学校での「かくれんぼ」の歌（22）、綿花の収穫後の祝いでのアフリカの太鼓に合わせて歌われる歌（30-31）、ルーシーが学校で暗唱する詩（33, 37）など、直接提示される口承詩も頻繁に用いられ、この作品の「スピーカリー」な性格を増強している。その最たるものは牧師となったジョンが不実を咎められて自己弁明として行なう説教（122）と、最後の長い説教（174-81）である。この説教では合間に「あぁ、はぁ！ノー！　それで」などの間投詞が繰り返し使われ臨場感を高めている。

このように小説全般に渡って口語的な黒人英語が潤沢に使用され、演劇的な躍動感や立体感を高めている。あるいは作品全体が朗読されれば一層その音楽性を感じることができるものとなっている。

これと絡み合うようにして絵画的、装飾的表現が随所に用いられているが、その実例を同じ第二章冒頭の引き続く場面から取り出してみよう。「ちびの後ろにいた**胸のふくらみかけた少女**が、口を挟んだ。**彼女も肘を張って、**腰をふりながら前へ出て来て、じろじろ見たけりゃ見るがいいとばかりの態度を示した」（*the budding girl* behind the little talker chimed in. She *threw herself akimbo* also and came walking out hippily from behind the other, challenging John to another appraisal of her person.）（14）（強調筆者）。このような例も枚挙にいとまがない。

またこの作品における蛇と汽車とドラムのシンボルの使用が、物語の主題の表明に力を添えている。蛇は創世記以来人間を堕落に誘う悪魔のシンボルであるが、この物語においては誘う女性およびジョン自身の性欲＝「おらん中さいるけもの」（de brute-beast in me）（88）の象徴である。母エイミーがジョンが家を出るとき「蛇に気をつけろ」（so's yuh don't git snake bit）（11）と警告することを初めとして、蛇は数回（33, 185など）言及される。

また汽車も作品中に数回登場する。ノタサルガに到着したジョンは初めて汽車を眼にして「蒸気を吐いている怪馬」（the panting monster）（15）だと驚く。ジョンの汽車に対する入れ込みようは尋常ではなく、汽車を目の前にして呆然自失の状態である（41）。彼はフロリダへ行くのがはじめての汽車旅行であり、この初乗車にジョンは興奮する。「リズミカルなエンジンの響き」を始めとする諸要素が彼の追放の惨めさを忘れさせるほどであった（104）。サンフォードで最初は鉄道の仕事に着く（105）。そして最後に彼は汽車との事故で死ぬのだが、この汽車も性的なものを含めたパワーの象徴である。

ドラムはアフリカ性の象徴だが、三度登場する。一回目が綿花収穫後の祝いの踊りの席に合わせて打ち鳴らされるアフリカのドラムである（29）。二回目は彼が洪水で死にかけた後の祈祷集会で、コンゴの神々をキリスト教の名で呼び、祭壇に太鼓を供えた時のことである(89)。最後は彼の葬式で鳴らされる太鼓である。それはオ・ゴ・ドー＝死の声であるとされる。(202)

加えてアフリカ的なフォークロアとして取り込まれているのがヴードゥーである。ハッティがジョンの気を引き、ルーシーを呪うためにアント・ダンジーに習って用いる怪しげなまじないの数々（木の根っこを煎じて飲む、豆を食べて皮をまき散らす、パンツやシャツの切れ端をビンに詰めておくなど）が、ジョンの没落の実際の引き金になることが物語の展開上欠くことのできない要素となっている。また出産の後産の始末や臨終の際に枕をはずして頭を東に向けるといった独特の儀式ないし作法が描き出される。このようにアフリカ的なものが直接取り込まれることによって、小説の主題のひとつである黒人の文化と生活におけるアフリカ性がより増大する。

以上見てきたようにさまざまな形でアフリカ的なものがフォークロアとして黒人英語によって語られ、自由間接話法を駆使したナラティヴと融合しているのがこの作品の特徴である。

人物と主題

この小説の主筋と思われるのは、ジョン・ピアソンが説教師として成長していく一方で、結婚していないながらも婚外の女性関係が絶えず、遂には家庭崩壊と失職をもたらす「悲劇」である。もっともこれを「悲劇」と言えるかどうかは検討が必要なことがらである。

ジョンの評価に密接に関係するのが、この作品に登場する女性たちの描き方である。彼はルーシー・ポッツ、ハッティ・タイソン、サリー・ラブレイスという三人の女性と結婚し、それ以外に数名の女性と関係をもつ。最も重要な女性はルーシーである。そのルーシーを巡っては異なる評価が見受けられる。一九八六年にアディソン・ゲイルはルーシーの描写が新南部、新時代の黒人女性として重要だという指摘をしている（Gayle 38）。だが九八年に出版された本のなかでパーリー・ピーターズは「家庭内における黒人女性の役割に関してルーシーは伝統主義者で」、「ジョンの保護者、彼のとうごまの木」（Peters 113）だと述べている。スーザン・マイセンヘルダーもほぼ同様な指摘をしている。

このルーシーの原型とも言えるのが、ジョンの母エイミー・クリッテンドンである。彼女は白人との間に産まれたジョンの保護者として、夫ネッドとも堂々と渡り合う。「黒いライオンのように」(2)、「ネッドに負けないほどの力持ちで」(8)、「牝虎」(8)と描写されるほどである。実際、ジョンにこの地を出てクリークの向こうのピアソン屋敷に働きに行くよう勧めるのはエイミーであり、「足許しっかり気いつけて、蛇さかまれねように」(11)と忠告するのも彼女である。

ノタサルガに入って最初にジョンが目にするのが学校であり、そこで彼はルーシーと出会う。ルーシーは身体も小さく、まだ一二歳の少女だが、すばしこくて記憶力も抜群に秀でている。ポッツ家は当地では上層であり、母のエメラインは彼女を土地持ちのアーティ・ミムズと結婚させたがっているが、最終的にルーシーは自分の判断と決断で一文なしのジョンと結婚する。その後フロリダ州に移って七人の子どもの母となり、夫のジョンは説教師・町の有力者となるが、それはひとえに彼女の尽力のおかげである。彼は人びとから「かみさんあっての男」(113)と言われるほどであり、彼女の存在の大きさは時にはジョンには目障りでさえある。そのせいで夫婦の関係が冷めて来て対立するようになり、「おらもれっきとした男一匹だ。後見人なんか要んねえ。おらに、もう下んねえことはほざくな」("Ah don't need you no mo' nor nothing you got tuh say, Ahm uh man grown. Don't need no guardzeen atall. So shet yo' mouf wid me."(128)とジョンは彼女を煙たがるようになる。最期を迎えて、夫に身を正しく保つように意見して殴られた時も「隠れた罪だっていつか陽の目をみるんだから」(De hidden wedge will come tuh light some day, John.)（129）と警告を発しているように、ルーシーは徹頭徹尾理性的、良心的存在である。

一方これと対照的なのが、ルーシー亡き後にジョンの二回目の結婚相手となるハッティ・タイソンである。ハッティは普段から身持ちの良くない女として評判であり、まだルーシーが生きているうちにジョンと浮気をしていた。ジョンを自分のものにしたい一心で彼女が頼りにするのが、ブードゥー使いのアント・ダンジー・ドウォーである。ダンジーの教えの下に、ハッティはヴードゥーの怪しげな妖術を使ってジョンの気を引き、ルーシーに呪いをかけて死なせる。ルーシーが理性的であったのとは対照的に、ハッティは情念的、不合理な人物である。結婚して七年、牧師の妻としてのハッティの悪評のおかげでジョンは降格され、教会から追放されようとしている。なぜお前なんかと結婚したのだろうと後悔を口にするジョンに対してハッティは「あたいは、ルーシーじゃねんだから。あんたのやったへまをかばったりしねえど（Naw, Ah ain't no Miss Lucy, 'cause Ah ain't goin' tuh clak yo' dirt fuh yuh.）(145）と述べ、彼女の方から離婚を求める。この後二二章においてハッティがジョンと結婚するためにヴードゥーを用いていたことが友人のハンボによって明らかにされ、離婚裁判が行なわれ、二人の結婚は解消される。ルーシーとまったく対照的なハッティの存在はこの作品においてアフリカ的性格を示す重要な役割を果たしているが、物語の中心的存在にまではなっていない。

物語の最後になって町を追われ失意の内にプラント・シティに行き着いたジョンはサリー・ラブレイスと出会い、望まれて三度目の結婚をする。サリーは財産持ちの成熟した女性で、ジョンの保護者のような存在である。彼女についてアディソン・ゲイルは「ルーシーの年配版」（Gayle 38）と呼んでいる。そのように考えて差し支えないだろう。むしろこの結婚において注目すべきはジョンの変貌である。テキストによれば「彼はまるで少女のようにはにかんだ。あの夜のルーシーのように」（190）、「まるで子供みてえだから」（194）とあるように、ジョンは二度の結婚（二人の女性）を通してようやく自分を客観視することができるようになったように見える。これで終わればめでたしめでたしと言うところだが、最後にもう一ひねりが加えられ、ジョンは又しても過ちを犯したあげくに列車事故で死んでしまう。

ここまではジョンの三度の結婚相手となった女性たちを見てきたが、それ以外に彼が相手にしてきたデルフィン、エクシー（デュークの妻）、ムヘイリー・ラマー、ビッグ・オーマン、オラ・パットンらがいる。ムヘイリーの場合はジョンの説得により幸せな結婚に至るが、他の女性たちはいずれもジョンの躓きの元となる。蛇に気をつけろという母やアルフ・ピアソンの忠告どおり、これらの女性たちはジョンを誘惑して堕落をもたらす蛇であり、これらの女性によってジョンの体のなかの蛇（性欲）が掻きたてられ、堕落の道を歩むのである。

ではジョン自身はどのように造形されているのだろうか。この作品においてハーストンが描き出そうとしていたのは、ジェームズ・ウェルドン・ジョンソン宛の手紙に記されている次のような人物である。「彼はふざけた説教師でも、やかまし屋のピューリタンを見習った説教師でもないのです。ただふつうの人間で、黒人の演壇で成功したかもしれない詩人です。」（Hemenway P.S. 29-30）確かにジョンはそのような説教師として提示されている。彼と対照的なピューリタン的な説教師として登場するのがハリス牧師である。「あいつが何をしようとかまわねえちゅう人が多くてな」（146）、「ヨナのとうごまの木切り倒す時さ、来たみてえだな」（154）という発言に見られるように、ハリスは、ジョンが説教のうまい好男子で会衆に人気があること、ジョンの女性関係を会衆が大して問題視しないことが気に入らず、ジョンの追放を画策する。

彼がジョンの代わりとして推薦するフェルトン・コージー牧師は「あれは説教というよ

りは講義だ」（159）と会衆に言われるような、人種問題に関する説教（158-59）をする類の人物であり、あきらかにこれらの牧師たちはジョンと対照する形で批判的に提示されている。ハーストンがこのような牧師たちを登場させている背景には、黒人でありながら白人的な（ピューリタン的）キリスト教およびキリスト教会の影響を強く受けた倫理的、政治的な黒人牧師が少なからず存在することに対する不満ないし抵抗、揶揄があったのだろうと推測できる。しかしながら、作者がジョンの生き方を無条件に肯定しているわけではない。

カーラ・ハロウェイは「ジョンはパラドックスであり、聖人であるとともに罪人である」（Halloway 69）と指摘する。またエリック・サンドクィストは彼を「ハーストンによるアフリカ系アメリカ文化の媒介者としてのテストケース」（Sundquist 41）と解釈している。エヴァ・バーチは「黒人のキリスト教化は肉体性の否定で、作者はこのフィクショナル・ステレオタイプを擁護しているように見える」（Birch 61）と述べる。ジョンに対して最も手厳しいのはスーザン・マイセンヘルダーで、彼女はルーシーがこの物語の主人公であるという立場から、ジョンは信用のおけない道徳的偽善者であり、ルーシーを破滅させた害虫であると指弾している（Meisenhelder 40）。このようにジョンの評価を巡ってはすっぱりと結論を下すことができるものではなく、タイトルの意味とも関連して作者の意図について考える必要があると思われる。

タイトルの意味するもの

『ヨナのとうごまの木』というタイトルはいうまでもなく『聖書』のヨナ書に由来している。ヨナ書のうち「とうごまの木」に直接関わる部分は第四章だが、ヨナ書全体がこの物語に関係していると考えられるので概略を見てみよう。

ヨナはイスラエルの敵国アッシリアの首都ニネベに回心を求めに行くようにと神の命令を受けるが、これにそむいて逃亡をはかる。ヨナの乗った船は神の起こした嵐に遭い、ヨナは大魚に飲み込まれるが三日三晩の後に神の命により陸地に吐き出される。

ヨナは悔い改め、ニネベに行って神のことばを告げる。するとニネベの人びとは悔い改め、「神」を受け入れる。敵であるニネベの人びとを許した神にヨナは激怒する。すると神は「お前は怒るが、それは正しいことか」とヨナをたしなめる。そこでヨナは都から出て小屋を建て、なりゆきを見届けようとする。ヨナがニネベの方を見ていると、神はとうごまを生やして彼の頭上に日陰をつくってくれた。ヨナは大層喜んだが、神は翌日の明け方に虫に命じてとうごまを噛ませて枯れさせてしまった。ヨナは暑さに弱りはて、死ぬことを願い、怒る。すると神はヨナがとうごまのことで怒るのは間違いだと述べ、「おまえは労せず、育てず、一夜にして生じて、一夜にして滅びたとうごまを惜しんでいるが、私は一二万の人びとがいるニネベを惜しんでいるのだ」とヨナを諭す。(『聖書』(旧)一六七四―七七)

このようにヨナ書においては、敵味方を超えた神の広い全人類的な愛に比べれば、ヨナの正義の怒りはささいな自己愛(エゴ)にしかすぎないことが告げられ、熱血的な愛国者で国粋主義的預言者ヨナへの批判が戯画として示される。なおこのことは、「異邦人(非ユダヤ人であるニネベの人びと)の方が神の意思に従っており、むしろヨナに代表されるユダヤ人の方が神の意思を理解できていない」として、「イスラエルの民の選民思想・特権意識を否定しており、当時のユダヤ人には驚くべき内容であった。この点においてヨナ書は旧約聖書文書の中で異彩を放っている」(『ウィキペディア日本語版』「ヨナ書」)と指摘する者もある。その背景には紀元前五―四世紀当時の選民主義、国粋主義的傾向が強まってきた申命記神学の批判文学書としてヨナ書が書かれたという事情がある。

そのような内容を持つヨナ書を下敷きとしてハーストンのこの小説は書かれているのだが、それは作品にどのように反映されているのだろうか。ヨナ書自体は、戯画的にではあれ、ヨナと神とのやりとりとヨナの行動を中心として展開されている。そのように『とうごま』におけるヨナはジョンであるというのが一般的な解釈である。物語はジョンがおそらくは実の父と思われるアルフ・ピアソンに「ある種の病気の唯一の治療法は離れた場所に行くことだ。ノタサルガ以外にも町はたくさんあるのだから」(99) と言われてフロリダ州サンフォードへ、そしてイートンヴィルへやって来ることから本格的に進行する。つまりイートンヴィルがニネベである。彼は、ヨナが労せずしてとうごまの木を得たように、この町において説教師となり、市長にもなり成功する。しかし虫が噛んだことによって一夜にしてとうごまの木が枯れてしまったように、妻ルーシーが亡くなり、ハッティ・タイソンと再婚するとともに彼は苦境に陥り、転落の一途をたどる。

このようなプロット展開から見て、ジョンがヨナであり、彼の成功をとうごまの木を得ることと考えるのは無理のないところであるが、転落をもたらす虫についてはいくつかのケースが考えられる。彼が亡くなる直前のルーシーを打ち据えたこと、目的のために手段を選ばないハッティ、あるいはハッティに協力するハリス牧師が二度に渡って「ジョンのとうごまの木を切る」と明言していることからも（146, 154）、彼を虫と考えることもできる。いずれも相互に関連しあっていることなので、その「虫」を単一のものと特定する必要はないかもしれない。なかにはこの作品におけるルーシーの重要性を強調するマイセンヘルダーのように、ヨナはルーシーであり、ジョンが虫であると主張する者もある。

カーラ・ハロウェイは、「神」は創造主であり破壊者でもある（Halloway 67）と指摘している。するとこの作品における神は、アルフ・ピアソンに代表される白人、ルーシー、共同体、あるいはジョン自身のエネルギーなどいくつかの解釈が考えられる。そもそもアルフ・ピアソンは、おそらくジョンの父であり、女性問題を引き起こすなと言う忠告を与え、仕事や衣服を与えるなどさまざまな援助をしながら、面倒を起こしたジョンに他の町へ行くことを勧める。その結果ジョンは全員が黒人の町イートンヴィルへやってきて成功する。同様にルーシーも持ち前の懸命さで夫を支えてジョンの立身をもたらす。イートンヴィルの人びとも当初はジョンを有能な説教師として、町長として受け入れる。またジョンの有り余るエネルギーは女性関係の逸脱ともなっていく。ヨナ書においては揶揄されているのはヨナ（人間）の自己愛であり、神の広い人類愛が讃えられているが、この作品においてはどうやらそれは一筋縄では行かないようである。

もちろんジョンの生き方が全面的に肯定されているわけではない。説教における自己弁護や物語の結末に見られるように、ジョンは最後まで十全な自己認識に至らないと思われる。そして神と思しき人々はピューリタン的な狭い正義や愛の人びとであり、「広い」心の持ち主であるジョン（ヨナ）は不品行を咎められている。ハーストンはこの作品においては聖書のヨナ書をネガとして用いているようであり、実際はジョンの生き方を肯定しないまでも、彼の生き方を受け入れられない周りの人びとや社会に対して批判的な姿勢を暗示していると思われる。

社会的背景

この作品の社会的背景は空間、時間、階級、白人と黒人の関係などに関してかなり詳しく書き込まれている。空間的には二〇世紀初頭の南部アラバマ州とフロリダ州を背景としている。またアラバマにおいてもビッグ・クリークを挟む二つの土地が対比される。とりわけジョンが育った川下の村は、貧しく、奴隷制時代と変わらないシェア・クロッピング社会であることが、義父ネッド・クリッテンドンの発言や、アルフ・ピアソンの「クリークの向側の辺地では、白人たちは、黒人をだまして搾り取って暮らしているんだからね」（21）という指摘に如実に表されている。これに対して川上のノタサルガは比較的裕福で近代化が進行していることが見てとれる。やがてジョンとルーシーの一家はフロリダに移り住む。サンフォードとプラント・シティも重要な役割を果たしているが、フロリダにおける主たる場所はイートンヴィルである。イートンヴィルは当時でも稀な「黒人の黒人による黒人のための」町である。この町が主要な舞台として設定されていることには、自伝的な理由もあるものの、黒人の文化と生活のエッセンスを純粋な黒人共同体という形で示すという意図が考えられる。

時間的背景を考える上で重要なのは一九章である。ここでは「国じゅうに新たな噂が広まっていた」（147）という書き出しで第一次世界大戦と黒人の大移動のことが詳しく言及される。とりわけ黒人の北部への大移動（グレート・マイグレーション）はこの作品で重要な役割を果たしている。「道という道が南部の黒人たちの心いっぱいに広がり、すべての道は北部へ通じていた。（中略）南部の農業地帯は、黒人の離脱で荒廃していった」（151）と描き出されるように、北部への大移動は実際は南部からの大脱出（エクソダス）であった。イートンヴィルでジョンが牧師になったシオン希望教会も、最高時には会員数九〇〇名を誇っていたが、近年の大移動による急激な会員の減少によって会員数が三ヶ月で二〇〇人も減り（149）、今では六〇〇名になったことが述べられる。あるいは第一次世界大戦に参加した黒人兵士がフランスなどでの経験から人種差別に対して不平を持ち始めたことも告げられる。そして世間は戦後の解放感と好景気で「あげて金に狂って」いる。移動の手段として汽車と自動車が用いられ、社会変化の牽引役をこれらの新たな乗り物が果たしている。また会員の世代交代もあって、牧師の行状に比較的寛容だった会衆が、ジョンの行動に眉を顰めるようになっている。ハッティと結婚したジョンが牧師の地位を奪われるようになる背景には、このような共同体の質の変容がある。

ジョンが白人プランターのアルフ・ピアソンと黒人使用人のエイミーとの混血として誕生したらしいように、時代が変わってもアメリカ南部においては白人と黒人の人種の問題は厳然と存在していた。ジョンがルーシーの兄バッドに対して犯罪をおかして窮地に陥った時にアルフ・ピアソンが救ってくれるが、ハッティとの離婚裁判においてジョンは申し開きを拒否してハッティの不品行をかばい次のように述べる。「白人はな、黒人ちゅうもんは皆同じだと思ってんだよ。白人は、黒人についちゃ、よく働いて生意気言わねえ奴と、働かねえ奴の区別しか知んねえ。よく働く奴は良い黒人《ニガー》だ。」（169）対白人と言う観点から見れば、この作品は一見白人のことを問題にしていないかのように思えるが、本質的な点についてはこのように正確に発信していることがかいま見える。

ジョンの「悲劇」は彼の女性問題が引き起こした個人的なものであるものの、時代的・社会的背景が大きく関係していることが、以上見てきたように作品には随所に書き込まれおり、社会性が希薄なつまらない作品という批判は的外れであるといえよう。

まとめ

自伝的作品であることに由来する制約があるとはいうものの、ハーストンの小説第一作『とうごま』には、代表作『彼らの目』に繋がり、発展していくモチーフや人物が少なからず登場している。人物配置が一番はっきりしているので、そこに着目してみよう。『とうごま』の主要人物は、多少の議論はあろうが、ジョン・ピアソンと見做されるだろう。この物語はジョンがさまざまな女性との出会いの中で「成長」し、最後に没落することが主筋となっている。妻や不倫の相手など多数の女性が登場するが、女性はこの作品では副次的な存在である。もっとも重要な存在である妻のルーシーも途中で亡くなってしまう。またルーシーは正しく強い女性だが、スタティックなキャラクターである。

ルーシーはある時期までの『彼らの目』の主人公ジェイニーである。ルーシーが土地持ちのミムズと結婚させられそうになるように、ジェイニーは実際に土地持ちの年配者ローガン・キリックスと最初の結婚をする。ルーシーにとってのジョンは、ジェイニーにとっての二番目の夫ジョー・スタークスである。ルーシーはジョンに殴られて死ぬが、ジェイニーはジョーをやり返して却って彼に死をもたらす。ジェイニーの三番目の夫となるのがティー・ケイクだが、これは『とうごま』のサリー・ラブレイスと結婚して変貌した後のジョンの姿である。またジェイニーには『とうごま』の悪女ハッティの要素が取り入れられている。ジェイニーは最終的にはピューリタン的な品行方正と物資的豊かさを捨てて、「遊び人」のティー・ケイクを最愛の夫とする。

このように『とうごま』において副次的な存在でしかなかった女性を主人公として展開する物語が『彼らの目』である。『とうごま』のルーシーにはハーストンの母という実在のモデルという制約があったが、『かれらの目』では自由な創作が可能となったことによって、主人公ジェイニーは『とうごま』の全ての女性を併せたような多面的な性格を有する自由な人物となり、逆に男性たちが副次的な存在となる。人物配置においてこのように『とうごま』から『彼らの目』に発展したように、語りの方法や作品構成、比喩表現などスピーカリー・テクストとしても『とうごま』から『彼らの目』は発展を示している。『彼らの目』はジェイニーが友人のフィービーを相手に自分の経験したことを回想として語るという対話形式をとっている。使用される言語は『とうごま』で導入された黒人ヴァナキュラーであり、フォークロアやヴードゥーなども取り入れられている。梨の花に集まる蜜蜂の比喩など絵画的な描写もより一層効果的に用いられている。このように、主題の深化、人物面、語り口、構成面いずれにおいても『彼らの目』はハーストンの代表作といえるものに仕上がっている。

そのような『彼らの目』から見れば、『とうごま』は構成や人物造形の上で十分に発展させられていない点があることは事実だが、黒人文化の称揚、黒人言葉の使用、興味深い人物たちの登場、豊かな言語表現、社会的背景への目配りなどにより、「スピーカリー・テクスト」としての要件も十分に満たしている。これらのことを考慮に入れるならば、小説家ハーストンの出発点として『とうごま』が果たした役割の重要性はもっと注目されてしかるべきであろう。

註

（1）前川裕治『ゾラ・ニール・ハーストンの研究』大学教育出版、二〇〇一年。
氷見直子「ハーストンの『ヨナのひさごの蔓』を読む――その表象の企みにおいて――」『駿河台大学論叢』一〇（一九九五）七七―九三頁。

長沢しげ美「ゾラ・ニール・ハーストンの『ヨナのとうごまの木』についての考察」『Aurora』七（岐阜女子大学、二〇〇三）六五―七三頁。

（2）ジョンが妻を殴るような人物として提示されていないとヘメンウェイは主張するが、ジョンの暴力的傾向は義兄のバッドに暴行を働いて裁判沙汰になることなどの伏線がある。またルーシーのみならず二番目の妻ハッティにも彼は暴力を用いている。

（3）Hurston, Zora Neale. *Jonah's Gourd Vine: A Novel*. Harper, 1990. をテキストとして使用し、同書からの引用はカッコ内に数字を記した。邦訳は、徳末愛子訳『ヨナのとうごまの木』リーベル出版、一九九六年、を参照したが、必要に応じて改訳した。

引証資料

Birch, Eva Lennox. *Black American Women's Writing*. Harvester Wheatsheaf, 1994.
Gates, Henry Louis, Jr. *The Signifying Monkey: A Theory of African-American Literary Criticism*. Oxford UP, 1988. 松本昇・清水菜穂監訳『シグニファイング・モンキー――もの騙る猿／アフロ・アメリカン文学批評理論』南雲堂フェニックス、二〇〇九年。

Gates, Henry Louis, Jr. and K. A. Appiah, eds. *Zora Neale Hurston: Critical Perspective Past and Present*. Amistad, 1993.

Gayle, Addison Jr. “The Outsider” *Zora Neale Hurston*. Ed. Harold Bloom. Chelsea, 1986. 35-46.

Hemenway, Robert E. “A Series of Linguistic Moments” Hurston, *Jona's Gourd Vine*, P.S.24-37.

——. *Zora Neale Hurston: A Literary Biography*. The U of Illinois P, 1977. 中村輝子訳『ゾラ・ニール・ハーストン伝』平凡社、一九九七年。

Holloway, Karla. “The Emergent Voice: The Word within Its Texts” Gates and Appiah, 67-75.

Hurston, Zora Neale. *Their Eyes Were Watching God*. 1937. U of Illinois P, 1978. 松本昇訳『彼らの目は神を見ていた』新宿書房、一九九五年。

Lowe, John. *Jump at the Sun: Zora Neale Hurston's Cosmic Comedy*. U of Illinois P, 1994.

Meisenhelder, Susan Edwards. *Hitting a Straight Lick with a Crooked Stick: Race and Gender in the Works of Zora Neale Hurston*. U of Alabama P, 1999.

Peters, Pearlie Mae Fishers. *The Assertive Women in Zora Neale Hurston's Fiction, Folklore, and Drama*. Garland, 1998.

Sundquist, Eric J. “'The Drum with the Man Skin': *Jonah's Gourd Vine*” Gates and Appiah, 39-66.

共同訳聖書実行委員会『聖書　新共同訳――旧約聖書続編つき』日本聖書協会、一九八七年。

「ヨナ書」『ウィキペディア日本語版』。二〇一〇年八月八日。

第8章

アン・ペトリ
『ストリート』における「黒人女性と白人紳士」の性的神話

はじめに

アメリカの文化が瞬時に日本に紹介される時代に生きている我々は、日米の情報ギャップがきわめて小さいような錯覚をもっている。しかし実際のところ彼我の情報ギャップは相当程度のもので、日米の国民がそれぞれの国について知っていることは氷山の一角にすぎないと言って差し支えないであろう。

本章でとりあげるアン・ペトリ（一九〇八―九七）という作家は日本ではほとんど知られ

ていない作家である。（しかし驚くべきことに、これから採りあげる作品は、一九五〇年に『街路』という題で翻訳出版されたことがある。）ペトリには三冊の小説と一冊の短編小説集、数冊の子ども向けの著作がある。彼女の第一作『ストリート』（一九四六）は百万部以上売れたベスト・セラーであり、ホートン・ミフリン賞を受賞している。しかし彼女のことやこの小説のことを現在知っている日本人は非常に少ない。

ペトリの『ストリート』は、しばしばリチャード・ライトの『アメリカの息子』（一九四〇）と比較される。都市に住む貧しいアフリカ系アメリカ人を自然主義的筆致で描きだした点は、確かにライトに共通する面がある。またこの作品をヒロインのルーティ・ジョンソンの人種差別社会における悲劇と読むことも可能である。筆者も初めてこの作品を読んだ時に、「これはリチャード・ライトの女性版だ」と思った。だが、この小説はヒーローがヒロインに置き換わっただけではない。テーマそのものがもっとジェンダー的視点から選ばれていて、現代的である。

男と女の関係は同じ人種や民族の中であっても複雑微妙で、簡単に定式化しにくいものであるが、皮肉なことに人種の境界を越えた男女関係についてはフォークロアと呼んでいいほどの定式化が成立している。それは元を正せば奴隷制時代の白人男性マスターと黒人奴隷女性の関係に端を発している。奴隷の母から産まれた子どもは、父親が白人であっても黒人奴隷となるという「慣習」の下で、黒人奴隷が無権利であることにつけ込んで白人の主人は奴隷女を性的に意のままにしてきた。そのためプランテーションの中には、その家の白人女主人が産んだ白人の子どもたちと共に、奴隷女が産んだ白人主人の混血の子どもが同居することも珍しくなかった。これは白人妻にとっては妻妾同居の地獄であった。白人妻はこの耐え難い事態を合理化するために黒人の性悪女が白人男である夫を誘惑したのだということにした。いわゆる「ブラック・ジゼベル神話」である。

この点についてデイヴィド・ピルグリムの論文を参照して少し詳しく跡付けてみよう。彼によれば既に一六三〇年代から黒人女性は性的に活発な「性悪黒人女」として描かれているとのことである。その起源はアフリカにあり、そもそもアフリカでは暑い気候のために半裸の生活をしているのだが、それがヨーロッパ人には性的奔放さの印と受けとられたのだと言う。そしてジゼベル・ステレオタイプを作り上げるうえで決定的なのは、先述したように、奴隷制下における黒人女性の地位と白人の主人の権力乱用の実態を糊塗するために作り出された「神話」である。黒人奴隷女性たちは子どもを産むために誰彼なしに性交渉をもつことを強制されたり、その結果頻繁に妊娠・出産を繰り返すことになったりした。また貧しさ故に身体にまとう衣服もわずかなもので、それが好色の印ととらえられさえした。

　これがいかに白人に都合のいい合理化であって、実態は黒人女性にとって奴隷制下の生活が耐え難い屈辱、避けがたい苦しみであったということは黒人女性自らの手によって明らかにされている。例えば『ハリエット・ジェイコブズ自伝』（一八六一、一九八七）はその代表的なものである。あるいは白人男性作家ウィリアム・フォークナーは「あの夕陽」（一九三二）において、白人社会の無理解と黒人女性ナンシーの無権利な悲しみを描き出している。しかし世間一般には、「白人紳士」を求める「黒人女」、「黒人男」を求める「白人女」という誤まった妄想が蔓延し、一種のフォークロアとして通用してきた。この「神話」は人種隔離体制の中で増長・増幅されたものであり、人種混淆という最大の禁忌が逆に生み出した幻想であった。このため白人と黒人が接触する場面においてはこの「神話」が強力に作用し、現実を破滅的な方向へ捻じ曲げていくことがしばしばとなる。

　『ストリート』の登場人物たちにも容赦なくそのような力が働き、ヒロインであるルーティは元より、全ての人物がそのような力によって厳しい生を余儀なくされる。この小説は、一義的にはルーティの物語であるが、彼女だけではなく、人種差別社会におけるもっと幅広い人々の生を描き出している。本論においては、そのような観点から、各登場人物にとっての「仕事」の意味合いに着目して作品を解読していく。

ルーティの価値観——黒人女性と仕事

この小説をルーティ・ジョンソンの物語として読むのは当然といえば当然である。書き出しは一九四四年一一月、ニューヨーク市一一六番街の描写で始まり、次のページでルーティが登場し、彼女の話が開始される。全一八章のうち彼女に視点を合わせて語られるのが一〇章におよび、最後の章も彼女がブーツ・スミスを殺害してシカゴに逃亡する場面で終わる。彼女がこの物語において中心的な位置を占めていることは明らかである。そこでまずはルーティについて検討してみよう。

この作品について批評家のバーバラ・クリスチャンは「生活を切り拓こうと苦闘する都会の黒人母親像を描いた最も初期の作品の一つ」(Christian 65) と呼び、その先駆的業績を讃えている。またキャロル・ヘンダーソンは「インナー・シティで生き延びるために苦闘する黒人母親を描いた最初の女性小説家」(Henderson 115) と作者を評価し、作品の現代性を指摘している。そのように評価される登場人物であるルーティは、しかし、願望を果たせず、あげくの果ては殺人を犯して、他の都市への逃亡を余儀なくされる。彼女の物語が示しているのは貧困の犠牲者としての悲劇といっても差し支えない。では一体何が彼女をそこへ追い詰めたのだろうか。

根本のところに当時のアメリカの人種差別があることはいうまでもない。ルーティが何度も繰り返すように、彼女の不幸の原因は黒人に仕事を与えないアメリカ（白人）社会である。[1]（388）一九三八年に夫のジムが失職し、どうしても職につくことができない。やむなく彼女が白人家庭の住み込みメイドとして働くことになる。不況の三〇年代とはいえ、彼女が推薦状を依頼したイタリア系移民ピッツイニ夫人の店は成功し、今や豊かな生活を享受しているし、住み込み先のチャンドラー家も紙製品製造で潤っている。職がなくて困窮しているのは黒人ばかりである。夫に仕事がなければ妻が働くしかないのだが、黒人女性に宛がわれる仕事は、自分の家庭を離れて白人の家庭のために働くメイドである。生計を支えるために自分の家族の生活を犠牲にして働いた結果が、夫の浮気を招き、子どもをつれての別居へとルーティを追いやる。

子どもと二人の生活を成り立たせるために、洗濯のプレスの仕事をしたり、タイプを習ったりして彼女はようやく文書整理係の職を得たのだった。しかしその職で得られる賃金では、ハーレムの狭くて汚いアパートに住み、かろうじて食べていくのがやっとである。もっといいアパートに引っ越して安定した生活をしたいと望む彼女にチャンスが到来するが、それは一種のわなである。ジュントーという白人の経営する酒場で演奏する黒人ブーツのバンドで歌手として歌わないかという話で、収入もアップするはずであった。しかし彼女に目をつけたジュントーの計略で歌手として収入を得るという話は実現されない。この話は所詮、若くて美しいルーティを自分のものにしたいという白人男性や、その分け前にあずかりたいという黒人男性の口実にすぎなかったのである。若い黒人女性を見る目が画一的なのは男たちに限っていない。彼女がチャンドラー家で働いていたときにも、「若い黒人女はみんな売春婦だ」（45）というのがチャンドラー夫人の友人たちの自動的な反応であった。このように黒人女性が能力をいかせるまともな仕事につくのを妨げているのは、白人紳士は黒人女を求めているし、黒人女も白人紳士を求めているという「黒人女性と白人紳士」（417）にまつわる性的「神話」である。同じ黒人女性であるミセス・ヘッジズでさえ、売春宿を経営し、「少しばかり余分のお金がほしければ白人男性にやさしくしなさい」とルーティに勧める次第である。

ルーティの父ポップも無職で、密造酒販売で辛うじて生活しているばかりで、それさえ立ち行かなくなって彼女たちのところに居候するほどで、当てにならない。彼女をレイプしようとして襲いかかる黒人管理人ジョーンズは、失敗するとその恨みからルーティの息子バブを騙して悪事に誘い込む。このように彼女を取り巻く男たちは誰ひとりとして彼女の助けにならない。また彼女はまわりの黒人女性たちにも違和感を感じてつきあいをしようとしない。こうして彼女は孤立無援の状態に陥ってゆく。彼女がそのようなところに追い込まれるのは、結局のところ白人の奸計や無理解であることが分かり、アメリカ社会においては白人と黒人のあいだには「壁」があり、黒人は壁の中に閉じ込められていることをルーティは実感するのである。(430)（このモチーフはラルフ・エリスンの『見えない人間』（一九五二）に引き継がれる。）

ルーティは最後にこの悟りに到達して、怒りの余りに殺人を犯してしまうのだが、そこにいたるまでの彼女はあまりにイノセントである。彼女が白人的な価値観や倫理観にとらわれていることは随所に描かれている。ベンジャミン・フランクリンの刻苦勉励に倣えば自分も成功できると信じ、チャンドラー家でのメイド生活を通して白人中産階級のアメリカン・ドリームに染まっていく。しかしそのアメリカン・ドリームは白人にのみ許されたものであることをルーティは理解していない。

ルーティがあまりに白人的価値観にとらわれすぎていたためにこのような悲劇を招いたとの指摘は多くの批評家によってなされている。風呂本惇子はゲイル・ワーストの論を引きながら、この作品におけるベンジャミン・フランクリン的メタファーの虚妄性をいかに作者が意図的に利用しているかを解明している（風呂本 二九三―三〇〇）。またカルヴィン・ハーントンは、この作品において作者がルーティのみならず他のアンダークラスの黒人女性を描いていることを指摘するとともに、ルーティがそれらの人々に対して「階級的（及び皮膚の色についての）偏見」（Hernton 81）を持っていると述べている。さらにヒラリー・ホラディは、ルーティは人間関係から常に逃避しており、それが彼女の不幸をもたらしたと主張している。（Holladay 50）これに関連してファラー・グリフィンはこの作品中におけるグランド・マザーの声（教え）の重要性を指摘し、ルーティが黒人的価値を学ばす、コミュニティをつくることができなかった点を批判している。（Griffin 114-15）

このようにルーティの悲劇は人種差別社会における黒人の立場を忘れた故にもたらされたものであることの指摘は核心をついている。しかし白人にとってさえアメリカン・ドリームはしょせん「夢」であるという現実がすでに存在しているということに彼女が思いを馳せる場面がある。児童保護観察所に収容されている息子バブに面会に行った際に、収容されているのは全員黒人だろうと彼女は思い込んでいたのだが、白人が三人いることに気づくと、このような目にあうのは人種のせいではなくて貧しさのせいかもしれないとルーティは思う。(409) 世の中には白人でも貧しい者がいるというあたりまえの事実に彼女はいきあたる。このことを考慮に入れるならば、彼女の怒りは貧困を生み出す元凶である人種主義はもちろん社会全体に向けられているとも考えられる。

この小説の中心的人物がルーティであることは確かだが、ルーティだけに目をむけているとこの作品全体が表現しているものを読み取りそこなうことになりかねない。キース・クラークやマージョリー・プライスが述べるように、この作品はルーティの単なる犠牲の物語ではなくて、黒人女性の共同体を描いたものである。そこで次にルーティ以外の黒人女性を順次見ていくことにする。

ルーティを取り巻く黒人女性たち

この物語はルーティ・ジョンソンを主要登場人物としながら、彼女を取り巻く数人の人物たちの生活や相互の交渉が描かれている。とりわけルーティを取り巻く黒人女性たちはそれぞれにルーティとの対比で重要な役割を果たしている。それらの人物たちを順次取り上げ、彼女たちの存在が照らし出しているものを考えてみたい。

同じ黒人女性でありながらミンはルーティとは対照的な存在として設定されている。同じ古アパートに既に先住者として暮らしているミンにとっては生き延びることが最優先の課題である。しかし彼女の場合はルーティのように自立して生き延びようとするのではなく、誰かに依存して生きようとする。その繰り返しの中で現在は管理人ジョーンズの部屋に同居させてもらっているのだが、ルーティの登場によって彼女の立場が危うくなってくる。彼女が自分の立場を守るためにアドヴァイスを求めるのが、向かいの建物で売春宿を経営する黒人ミセス・ヘッジズであり、預言者デーヴィッドである。彼女はルーティのように白人的理性や倫理に頼るのではなく、彼女が頼りにするのは黒人的感性、ヴードゥー的方法である。ルーティの生き方が自己信頼を基本にしているとすれば、ミンの行き方は他人依存的である。しかしミンの物語に見られるものは、他人の助けを借りながらもしぶとく生き延びていく黒人女性サヴァイヴァーの姿である。

ルーティとミンが対照的な存在だとすれば、ミセス・ヘッジズは非常にユニークな存在である。彼女はさまざまな意味で二面性を持った存在である。ルーティから見ればミセス・

ヘッジズは自分を娼婦の一人として利用しようとする嫌悪すべき存在である。しかしジョーンズにレイプされそうになった時に彼女を救ってくれるのも、そのミセス・ヘッジズである。またミンにとっては親身に相談にのってくれる頼るべき存在である。しかしミセス・ヘッジズはあくまでも売春宿の経営者であり、自分の店の女たちに親切ではあっても彼女たちを搾取していることも事実である。この点からミセス・ヘッジズを「ヴァンパイアー」(Hernton 60) と呼ぶ者もある。他方で、ルーティとは別な価値観を提示する存在であるとして肯定的評価を与える者もある。(Pryse 123, Clark 498)

ミセス・ヘッジズと、ルーティの悲劇をもたらす原因となる白人男性ジュントーとの関係は注目に値する。二人は黒人と白人、女と男という違いがありながらも、貧困生活を共有し知恵と勤労で今日の財を築いた。とりわけヘッジズには経営者的才覚があり、またジュントーが小男であるのに対して、彼女は大女である。そして二人はそのような互いの人種や性別や容姿の違いをほとんど意に介していない。とりわけ性別と容姿に関しては逆転していると言っていいように描写されている。この点も含めて、ミセス・ヘッジズはステレオタイプな黒人女性の枠を超えた、複雑で矛盾する側面をもつ個性的な人間として物語中に存在している。

今一人の重要な黒人女性は、現在生きて彼女のまわりにいる者ではない。ルーティの母は早くに亡くなり、ルーティは主に祖母（グランマ）に育てられる。しかしその祖母も亡くなり、現在の生活の中にグランマが登場するわけではない。しかしことあるごとにルーティはグランマの教えを思い出す。だがその教えがルーティに受け入れられずに、ルーティは白人的価値観によって行動し、そのあげく悲劇的結末を迎える。黒人的価値観が継承されず、白人的価値観に翻弄される黒人の生きかたへの問題提起としてグランマの教えは提示される。

黒人男性と仕事

この物語に数名の黒人男性が登場するが、それらの登場人物たちのほとんどが失業者か辛うじて生活を営んでいる人々である。白人が黒人男性に仕事を与えず、最終的に家庭崩壊をもたらすというなじみのパターンがルーティの夫ジムの場合に示されている。ルーティが自分たちの結婚が壊れるプロセスを述懐して次のように述べるのはまさにその通りである。「今に始まったことではないが白人たちは黒人の男に家族を支えることができるだけの給料を支払う仕事を与えたがらない。……やがて男は仕事をするという習慣がなくなってしまい、どこかへ行ってしまうかどうかして、新しい女をみつける。若い女をね。」（388-89）黒人男性と仕事という点に関してはあまりに定型的ではあるが、それが当時の現実であったし、現在でも基本的にこの状態であることはさほど変わっていないと言っていいだろう。

ルーティの父親ポップも片手間仕事しか見つけられずに、その日暮らしを重ねてきた。不法な密造酒販売で辛うじて家賃を払い、何とか生き延びている。しかし危うく逮捕されそうになってからは密造酒つくりもできなくなって、ルーティたちのところに転げ込む。最初はおとなしくしていたものの友達をよんで乱痴気騒ぎを起こし、州の委託子ども預かり事業で生計を維持していたルーティたちの仕事をなくさせてしまう。そうした事態に対してルーティは、夫も父も仕事がなく、自分たちがこのように困窮しているのは「忌々しい白人たち」（179）のせいだと喝破している。

物語中の黒人の男たちはそろいも揃ってルーティの力にならないばかりか、彼女を追い詰めていく手助けをすることになる。もと船乗りで、今はアパートの管理人になっているジョーンズもその一人で、彼はルーティに横恋慕し、あげくのはてはレイプしようとさえする。それに失敗すると復讐としてルーティの息子バブを犯罪に巻き込み、その結果ルーティ自身が犯罪を犯す直接的なきっかけをもたらすという重大な役割を果たす。また同居人のミンに対しても虐待をするわけではないが冷淡な態度を示すようになる。黒人文学の中では、悪人の黒人人物が登場することはあまりないのだが、ジョーンズはけちな悪人である。

　ブーツ・スミスは必ずしも悪人というわけではない。かつて列車のポーターをしていて白人にあごの先でこき使われていたときの屈辱や、妻のジュビリーが白人と浮気したことなど、黒人男性としてのつらい経験を共有している人物である。ルーティに好意をいだいており、場合によったら結婚してもいいとさえ思っている。できれば彼女を歌手にして給料も払って力になってやりたいとさえ思っている。しかし白人雇用主ジュントーの意向には逆らえず、その手先となって働くしかない。だがルーティを襲おうとして彼女の逆鱗に触れ、白人の身代わりに殺されてしまう。

　このようにいずれの黒人男性も人種差別の犠牲者として、職につくことが叶わないために無為な生活を送ったり、犯罪に手を染めたり、自暴自棄になったりしている。あるいは職についている者も、職を守るために白人の手先として同じ黒人の女性を利用したり貶めたりしている様が活写されている。

白人と仕事

一方この作品における白人たちのほとんどは黒人たちに比べれば優位な立場に立っている。一九四〇年代には、三〇年代の不況から脱してピッツィーニ家の人々のような移民でさえ商売は軌道に乗り、自己所有の家で暮らしている。ルーティが住み込みメイドとして働くチャンドラー家は白人成功者の典型として描きだされる。

チャンドラー家は不況の三〇年代においても紙製品製造で収入を得ることができ、不況どこ吹く風の生活である。この家でのメイド生活においてルーティは、創意工夫と克己奮励すれば成功できるというアメリカン・ドリームを学ぶ。その一方でチャンドラー夫妻の結婚には愛がないことや、チャンドラー氏の弟がピストル自殺する事件などを通して、金持ちであってもあるいは白人であっても皆がみな幸せではないことも知る。しかしルーティがチャンドラーから学ぶ主要なものは金銭的な豊かさと白人的倫理である。このことが後のルーティの悲劇の一因となることが既に多くの研究者によって指摘されていることは先に述べた通りである。

チャンドラーがいわゆるアメリカン・ドリームの一例だとすれば、次に取り上げるジュントーの場合はもっと地道なものである。しかしそのジュントーの白人的欲望からくる振る舞いが黒人女性であるルーティを破滅に追いやるのである。ジュントーはルーティを自分のものにしたいという欲望から、歌手になっていい生活をしたいというルーティの願望達成をブーツを利用して阻み、ルーティの破滅をもたらす。彼自身は必ずしも悪意に満ちた人物というわけではなく、貧困から廃品回収業や不動産業で地道に働いて財をなし、ミセス・ヘッジズへの対応にも見られるように人種差別的な態度が最も希薄な人物として描かれている。しかしその彼の行動がルーティを追い詰めることに示されるように、特に人種差別主義的な意識の強い人物でなくても、反差別の意識をもっていなければ差別的な結果を招いてしまうのが人種差別社会の仕組みであることをこの物語は明らかにしている。

この物語に唯一人登場する白人労働者女性ミス・リンナーの果たしている役割は一考に価する。批評家ホラディが指摘するように、ミス・リンナーは「人種差別の実行者であると同時に自身が人種主義の不幸な対象」（Holladay 48）であり、「ルーティの一種の写真的ネガ」（Holladay 60）である。彼女は生活の糧を黒人教育において得ながらも、黒人を軽蔑し、毛嫌いしている。黒人の子どもたちに対して一切の同情心も持ち合わせず、結婚もしないでハーレムのようなところで教えている自分を情けなく思っている。このようにミス・リンナーは当時の下級白人女性労働者の一般的な感情を表現している。それはルーティに関するセクションにおいて見たように、児童保護観察所に登場する犯罪を犯した白人の子どもと母親のように経済的下層に位置する白人たちに通低するものとなっている。この点からすれば作者の社会と人間を見る目は単に人種のみならず階級の問題にも切り込んだものとなっていると言えよう。

作品の構造とまとめ

この小説は何気なしに読んでいればルーティをヒロインとする物語だと思ってしまいそうである。だが、最初に述べたようにルーティに焦点を合わせた章が半分以上（一八章のうち一〇章）を占めるとはいえ、他の八章はジョーンズ（四章）、ミン（二章）、ブーツ（一章）、ミス・リンナー（一章）というように、その周辺人物たちに焦点を合わせた語りとなっている。また語りの中心というわけではないが、ミセス・ヘッジズとジュントーの物語も見逃せないエピソードとして語られている。それぞれの人物が矛盾する点をもっていたり、一面的でない性格や態度をみせていることが、この物語全体を通して示される。その過程で、白人男と黒人女の「神話」の虚妄性と、侮りがたい強さとが明示される。そして最終的には、小説は白人社会とその犠牲となっている黒人社会の無力さや怠惰に憤るルーティの物語を機軸にしながら、単なる人種差別批判に留まらず、アメリカ社会の階級性にも目配りがなされ、その中で生き延びる人間を描く物語となっている。また批判されているのは基本的には白人社会であるが、黒人男性たちも批判の対象となっている。

この作品は「黒人女が黒人男を殺す最初の物語だ」とハーントン（Hernton 59）が述べているのは正確ではないが（ゾラ・ニール・ハーストンの『彼らの目は神を見ていた』もそうである）、この小説において黒人男性も弾劾されているのは事実である。このテーマはより明確には後にアリス・ウォーカーが『カラーパープル』（一九八三）などで強調することになる。インナーシティにおけるシングルマザーの苦闘というテーマや黒人男性批判というモチーフは今日のアフリカ系アメリカ文学にも有効である。その点から言えばペトリの『ストリート』は先見的であったし、もっと高く評価されるべき作品である。

註

（1）Petry, Ann. *The Street: A Novel.* Houghton Mifflin Company, 1946. をテキストとして用いた。本文中の引用は同書よりとし、カッコ内にページ数を記した。

引証資料

Andrew, Larry R. "The Sensory Assault of the City in Ann Petry's *The Street*" *The City in African American Literature* Ed. Yoshinobu Hakutani and Robert Butler. Associated UP, 1995.

Clark, Keith. "A Distaff Dream Deferred?: Ann Petry and the Art of Subversion" *African American Review* vol. 26, No.3, 495-505.

Christian, Barbara. *Black Women Novelists.* Greenwood Press, 1980.

Griffin, Farah Jasmine. "Who set you flowin'?": *The African-American Migration Narrative.* Oxford UP, 1995.

Henderson, Carol E. *Scarring the Black Body.* U of Missouri P, 2002.

Hernton, Calvin C. *The Sexual Mountain and Black Women Writers.* Doubleday, 1987.

Holladay, Hilary. *Ann Petry.* Twayne Publishers, 1996.

Pilgrim, David. "Jezebel Stereotype" Jim Crow: Museum of Racist Memorabilia. Ferris State U, 2002.

Pryse, Marjories, "Pattern Against the Sky: Deism and Motherhood in Ann Petry's *The Street*" *Conjuring: Black Women, Fiction, and Literary Tradition.* Eds. Marjorie Pryse and Hortense J. Spillers. Indiana UP, 1985.

Wurst, Gayle. "Ben Franklin in Harlem: The Drama of Deferral in Ann Petry's *The Street*" *Deferring a Dream* Ed. Gert

Buelens and Ernst Rudin. Birkhauser Verlag, 1994.
風呂本惇子「黒人女性作家の作品における〈マイホーム〉の悪夢」川上忠雄編『文学とアメリカの夢』英宝社、一九九七年。

第9章

アリス・ウォーカー

『カラーパープル』と『喜びの秘密』における「アフリカ」

はじめに

アリス・ウォーカー（一九四四―　）は『カラーパープル』（一九八二）において、ネティーの手紙のなかでアフリカのオリンカを描き、アメリカ南部との共通性と相違点について言及している。その中で相違点として一夫多妻制と女子割礼を取り上げている。このモチーフを本格的に展開させたのが、彼女の第五長編小説『喜びの秘密』（一九九二）である。この作品においてウォーカーは女子割礼（性器切除）を人権侵害の野蛮な風習として断罪している。小説は、タシがこのできごとのためにいかに人生を破壊されたかを描き出し、アフリカの女性たちに「抵抗」を呼びかけるものとなっている。作品に込められた作者の意図は明白であるが、一方で、異文化に対する西洋フェミニストの介入であるとして、作者・作品に対する批判がなされ、論争が行われている。本論ではこの批判の妥当性を検討するとともに、小説のリアリティを手がかりとして作品評価を試みる。

ウォーカーへの批判

日本においてはウーマニスト、アリス・ウォーカーの人気は高く、彼女の作品はおおむね好意的に受け入れられている。『喜びの秘密』は、『カラー・パープル』同様に、女性に対する人権侵害を告発するものとして概して肯定的な評価を受けている。例えば風呂本惇子、佐川愛子両氏の論文を読めば、いかに入念にこの作品に作者のメッセージが込められているかを知ることができる。しかしこの作品を批判する者もある。その急先鋒は岡真理である。また英語圏においてもマリア・ローレットやエンウィカリ・キェティ、アンジェレッタ・グーディンなどは、この小説におけるウォーカーの「アフリカ」に対する姿勢や、作品としての性格に疑問を呈している。そのように賛否両論の巻き起こされる論争的テクストのいずれの解釈がより妥当性をもっているのだろうか。

『喜びの秘密』に関して最も包括的で根本的な批判を示しているのが、アラブ文学研究者の岡真理である。彼女の批判は多岐に渡っているが、その主張を著書『彼女の「正しい」名前とは何か』（二〇〇〇）収録の論文「『女性割礼』という陥穽、あるいはフライデーの口」（一九九六）、と論文「『同じ』女であるとは何を意味するのか」（一九九八）を用いて要約してみよう。

岡の批判は大きくまとめれば三点ある。一、プロパガンダであることによって、問題を単純化し、現実を描いていないという点。二、自らのポジションについての無自覚が、問題の不十分な理解をもたらしているとともに、当事者たちにどのように受入られるかということに関しての顧慮がないという点。三、他者の表象不能性に関する無理解である。

まず第一は、この作品が「プロパガンダ的テクスト」であるという点である。この点に関して岡は、「ウォーカーの意図が、性器手術という慣習の暴力性を告発することにあるなら（中略）『喜びの秘密』は、作者の意図を十二分に実現しているという点において、見事に成功したテクストである」（『正しい』九七）と指摘する。しかし岡が小説に求めているものはプロパガンダ性ではない。文学は単なるプロパガンダであってはいけないのだ。プロパガンダはメッセージを伝えるためのもので、そのためには複雑な現実を捨象し、問題を単純化しがちである。そのためウォーカーのテクストは、アフリカ（女性）の現実の一面しか描いていないと岡は指摘する（『正しい』九七）。そして、その象徴的なものがタシのマリッサ殺しだと岡は主張する。

タシがマリッサを殺すことをもって、アフリカ女性の「抵抗」が描かれていると、本当に言えるのだろうか。むしろ、『喜びの秘密』は、アフリカ女性を「抵抗」の主体から徹底的に排除することで成立しているテクストであると思われる。（『正しい』九八）

このように疑問を投げかけた後で、「作者自身のことばとテクストのあいだには、実は深刻な分裂がある。作者のことばを裏切って、テクストの身ぶりが私たちに示しているのは、自らの抵抗の主体たりえない、受動的で無力な犠牲者としてのアフリカ女性たちなのである（『正しい』九八）」と岡は結論づける。岡のこれらの指摘の当否については後でテクストに即して検討することとしたい。

そして以上のような問題をもたらした原因となるものが実はウォーカーの姿勢であり、ウォーカーの姿勢は西洋フェミニストのものである、と岡は次のように指摘する。

ウォーカーが意図しているのは父権主義に対する「抵抗」のみであり、民族的抵抗はむしろ割礼をはじめとする因習的伝統に執着する抑圧的なものとして描かれているのを見ても、ウォーカーのフェミニズムがホスケンのそれと同じく、民族の主体性や自律性を否定するものであることがわかるだろう。ウォーカー自身がアフリカ系アメリカ人であったとしても、アフリカの女性たちに対する民族的視点を欠いた彼女のこの没歴史的な言説は、ウォーカーが紛れもない「西洋フェミニスト」の一人であることを語っている。(『正しい』八四—八五)

第一世界の人間が第三世界に対峙する際には、自己の優位性や植民地主義的立場を自覚しなくてはならないのに、ウォーカーにはまったくそのような自覚がない。そして社会固有のシステムの有機的な一部である性器手術の廃絶のためには、社会のシステム全体が問題にされなければならないのに、ウォーカーは「性器手術の一事をもって」(『正しい』一〇三)アフリカ女性の生を表象させるという過ちを犯している。その結果、性器手術の悲惨さのみが強調され、女性を暴力的に支配したがる男性の欲望すなわち父権性の暴力という面から一面的に分析され（『正しい』九九—一〇〇）、手術者たちは「唾棄すべき邪悪な存在としてのみ」（「同じ」二三二）表象される。そもそも、「女性が被るセクシュアリティの問題を専一的に論じうるのも、第一世界の女性たちの特定の経験に規定されたものである（「同じ」二三三）」と、第一世界の女性の特権性を岡は指摘する。

そして最後に、「他者の真実とは、まさにそれが真実であるがゆえに表象不能の暗い深淵であり、私たちは、その深淵のふちを手探りで辿ることによってしか、あるいはその深淵を満たす圧倒的な沈黙の重みに静かに身を委ねることでしか、触知することができないのではないか」（『正しい』一一八）と、他者の表象不可能性を主張する観点から、「ウォーカーは、他者の『真実』を物語るという欲望にあまりにも性急かつ無抵抗であったようだ」（『正しい』九二）と批判する。

それではどうあるべきなのかについて、岡は次のように結論づける。

たとえば彼女たちの無知を永続化させている物質的な諸条件――北側先進工業世界が彼女たちの社会の政治や経済を支配したり、経済的に搾取したりすることも、そうした諸条件の一つである――こそを明かにし、その解体を自らの課題にするものでなければならない。そして何よりも、彼女ら彼らを、複雑な現実と変容する歴史のなかで痛みや葛藤をもって生きる、人間的な陰翳をもった存在として描き出すものでなくてはならない。（『正しい』一三九）

以上見てきたように、岡の立場は第三世界フェミニズムである。つまりジェンダーとともに階級（植民地主義）を問題にしなくてはいけないという立場である。

この点に関して、千田有紀は「フェミニズムと植民地主義――岡真理による女性性器切除批判を手がかりとして」のなかで以下のような興味深い指摘をしている。千田も、ウォーカーのテクストに問題があり、「アフリカ経済の困難や、教育や健康の低水準が、『切除の結果』のように語られて」おり、「ウォーカーのナイーヴさに反論したくなる」（千田　一二九）と述べている。しかし岡の批判の主眼である第一世界対第三世界、普遍主義対文化相対主義の図式はそもそもテクストには設定されていないと千田は主張する。千田によれば、むしろウォーカーは「他国からの文化への介入」という批判を強く意識していたからこそ、「同じ女」として自分の位置を構築し、「過剰なまでの『同一化』を行い、自分たちこそが問題の『当事者』であると考えたのだ」(同　一三四)という。また第三世界フェミニズムを肯定する立場からウォーカーを批判する岡に対して、「第一世界の人間が第三世界の文化に介入することにはつねに警戒するとしても、では第三世界の人間であれば、『同じ』民族の文化を共有しているのだからという理由で、『性器切除は私たちの文化なのだから』と主張し、他の女性に性器切除を強いる言説を強化する資格があると短絡的に考えてもいいのだろうか」(同　一三七)と千田は「当事者性」に異議を唱える。

さらに、千田は、「性器切除という『セクシュアリティの問題』も、多数の死亡者や感染症を作り出しているという点で、生死にかかわる『死活的な問題』であり、『健康』の問題である」(同　一三九)、そもそも「性器切除、女性に対する暴力の重みを、岡は本当に理解しているのだろうか?」(同　一四一)と疑問を呈している。フェミニズムと貧困との絡みに関しては、「女性の抑圧の問題は、決して経済に還元される問題ではない(同　一四二)」とフェミニズムは繰り返し主張してきたではないかと語気を強めている。また、岡における「フェミニズムの問題は、徹頭徹尾『第一世界の女』対『第三世界の女』という二項対立で語られ」(同　一四四)、「問題として強調されるのは、第三世界への支配への『欲望』

や、差別の『内面化』ばかりである」（同　一四四）と千田は指摘する。そして大切なことは「デフォルメされたウォーカー像を使ってフェミニストの言説の不当な貶価を行うのではなく、女性性器切除反対の抑圧的でない具体的な実践を、いかに積み重ねていくのか」（同　一四五）であると結論づける。

岡と千田の主張の違いはマルクス主義フェミニストとラジカル・フェミニストのそれであると言ってしまえばあまりに乱暴なまとめの誹りを免れないが、両者の主張の正当性を云々するよりは、ここで大切なことは、指摘されていることが、テクストでは一体どうなっているのかを検証することである。

『カラーパープル』における「アフリカ」

「アフリカ」がウォーカーのテクストにおいてどのように表象されているのかを見るにはまず『カラーパープル』を取り上げる必要がある。『カラーパープル』は九〇通の手紙から成っているが、その内の二二通を占めているネティの手紙は、スィリーの手紙と相補的であるとともに、独自の役割を果たしている。(1) それは主にアフリカに関する報告であるが、アフリカがいかにアメリカ南部と共通の問題に直面しているかを伝えるとともに、アフリカ特有の慣習や思考などを明らかにしている。

アフリカがアメリカ南部と類似の社会であるという主張は次の二点に渡って述べられる。即ち、アフリカにおいてヨーロッパ人がアフリカ人を支配するという構図はアメリカ南部において白人が黒人を支配するという構図とパラレルであり、アフリカにおいて男性が女性を支配する封建的家父長制は、ほぼ同様にアメリカ南部黒人の社会にも存在している。

アフリカがヨーロッパの植民地主義の犠牲とされているさまは次のように表現されている。

> オリンカの村を含めて全部の土地が今や英国のゴム会社のものになっている。（中略）オリンカはもはや村を所有していないので賃借料を払わなくてはならず、水についても同じで、もはや所有権がないので水を使うのに水税を払わなければいけない。(2)（175-76）

これと同様なことはアメリカ南部における白人と黒人の関係であり、それはスィリーの実の父が白人のねたみから略奪・リンチされ、それがスィリー一家の不幸の根本的な原因となることや、市長に反抗したソフィアが徹底的に従属を強いられるできごとと共通する。また、アフリカにおける家父長制については以下のように示される。

オリンカの人たちは女が教育を受けるべきだとは思っていない。私があるお母さんになぜそう思うのかと聞いたら、その人は「女は自分だけでは何者でもなくて、夫がいて初めて何者かなのよ」と言うの。「結婚すれば何になれるの」と私が聞くと、「子どもたちの母親になれるでしょう」という返事。（161-62）

ここの女たちは尊敬されていると父親は言う。アメリカの女たちのように世界中を放浪させたりしない。オリンカの女には常に面倒を見てくれる者がいる。父親や伯父や兄弟や甥など。（167）

男たちは母親が娘を学校へやるのを良く思わない。夫の知っていることを全部知っている妻を求めるものがどこにいるだろうか？（176）

これに対してネティーは、「アフリカの人たちは黒人に教育を受けさせたがらないアメリカ南部白人みたいだわ」(162) とか、「(アフリカの) 男たちが女に話す話し方は私の父のことを思い出させるわ」(168)、あるいは、「アフリカ人は自分達が宇宙の中心であり、すべてが自分達のためにあると考える点でアメリカ南部の白人とよく似ているわ」(174) と感想を述べ、アフリカ男性の女性に対する態度はアメリカ白人の黒人に対するパターナリズムや黒人男性の女性に対するパターナリズムと共通していると考える。

これらはアフリカとアメリカ南部の類似点に関する言及だが、もう一方においてネティの手紙はアフリカの独自性を善悪両面に渡って報告している。例えば「アフリカには何千年も前にアトランタのような大都市があった」(138) とか、「『アンクル・リーマスの話』の原典はアフリカにあった」(171) とか、「アフリカの人々は、白人は黒人の子どもであり、人類の始祖は黒人だったと信じている」(279-80) という主張である。これらはアフリカの優越や人類のルーツとしてのアフリカの主張であり、アフロセントリズムであるが、その主張が白人の帝国主義に対抗するための強弁のように響くことも事実である。

また、アフリカに対するアメリカ黒人のノスタルジアや親近感を裏切るように、実際のアフリカはアメリカ黒人のふるさとではないことが示される。例えばそれは奴隷制に対するアフリカ人の態度としてネティーによって次のように言及される。

アフリカ人たちが自分の姉妹や兄弟よりもお金を愛したので私たちを売ったのだとどこかで読んだことがあるわ。(138)

この村の誰も奴隷制について聞きたがらない。それについて責任があるとも認めない。これが私がこの人たちについて決定的に気に入らないことの一つなの。(171)

ネティーによればアフリカ人たちはアメリカに売られた奴隷とは何の関係もないと主張し、同胞の苦難や奴隷制の話に耳を貸そうとさえしないという。またアフリカの実態は以下のように無知と貧困にあふれているという。

彼らの内でも最も強靭な人たちを殺されたり奴隷制に売られたりしたので、現代のアフリカの人々は病気に苦しめられたり、精神的・肉体的混乱に陥っている。彼らは悪魔がいるって信じているし、死者を崇拝している。彼らは読み書きもできない。（145）

あるいは女性の地位をめぐる結婚に関しても、アメリカ人からは後進的な習慣としか思えない一夫多妻の制度が温存されている。（163）しかしここで注目すべきことは、以下のサミュエルの当惑として語られる部分である。

サミュエルは困惑しているわ。なぜなら、妻たちは友だち同士で、いつもと言うわけではないが、アメリカ人が予想する以上に頻繁に助け合い、現状に満足しているように彼には見えるの。（172）

当の妻たちの間ではこの習慣が必ずしも受け入れがたい奇異な慣習として受けとめられていないばかりか、ある意味ではプラス面として評価されてさえいるようだ、とネティーが冷静に記述していることである。これは次に問題となる、顔に傷をつける習慣や性器切除の慣習の描写とは異なっている。それらは次のように言及される。

オリンカの女の子の秘部の話になると母親も父親も困惑の色が隠せなくないし、オリビアにとってはよそ者と見做されないことは大事なことである。オリンカの人たちが女性の成長を祝うある儀式はとても残酷で苦痛を伴うものであるにしても。（195）

思春期の頃に彼らは出血を伴う切断を実施する。（中略）英国へ行ったら、私は彼らのあの残酷な侵害を止めさせるつもり。（237）

若い女性の顔に部族の印をつけること。タシはしたくなかったが、みんなを喜ばせるためにあきらめた。女性としてのあの成長の儀式も受け入れるつもりだ。（245）

この作品においては性器切除については以上のように抽象的に語られるだけで、主に顔の傷という明示的なものが議論になるのだが、この点に関しても、タシが後日大いに後悔し始めた（248）と述べられているように、作者の反応は批判的である。それでも一連のネティーのアフリカ便りは比較的客観的に「アフリカ」の実状をアメリカに伝えようとしている。それはネティーが自分たちの置かれた立場を冷静に判断しているからである。

そもそもアフリカにとってアメリカやヨーロッパなど西洋キリスト教社会はよそ者であり、侵入者である。ヨーロッパ人は異国であるアフリカに居ながらも、「キリストを始めとして西洋の偉人の写真を学校に飾る」（165）というような調子で、現地に溶け込もうとしないし、一方アフリカ人の方も、ヨーロッパ人宣教師や、同胞であるアメリカ黒人さえ、まるで存在しないもののように対応している。その結果ネティーたちはアフリカでの宣教をあきらめてアメリカに帰ることとなる。そのような設定のために、『カラーパープル』においては「アフリカ」の表象はネティーの目を通して第三者的に、比較的冷静に語られている。

『喜びの秘密』における「アフリカ」

『喜びの秘密』は二一部（ただし通例の章程度の長さなので、以下便宜的に章と呼ぶ）七三節から成り、日記風の語りの形式をとっている。（時代的背景としては、ＡＩＤＳへの言及などから判断して一九八〇年代末と考えられる。）語り手は八人で、主人公のタシが四二節（五七・五％）、アダム一四節（一九％）、オリヴィア七節（九・六％）、他の五人で一〇節（一三・七％）を分担しており、半分以上をタシが語っている。しかしタシの語りはタシとイーヴリンを併せたものであり、厳密にはタシ一三節、イーヴリン一〇節、タシ＝イーヴリン一〇節、イーヴリン＝タシ五節、タシ＝イーヴリン＝ミセス・ジョンソン二節、タシ イーヴリン ミセス・ジョンソン ソウル一節となっている。基本的にはタシはアフリカの少女、イーヴリンは結婚してアメリカ人になった後のタシ、場合によっては両者が混在しているというようにタシの語りは分裂していたり、錯綜していたりする。これは彼女が精神的に混乱しており、精神分析を受けていることを表現したものである。そのためタシの語りとイーヴリンの語りには異なった反応が描かれている。

アダムはアフリカ系アメリカ人であり、彼の語りはアメリカ人として夫としてアフリカに批判的である。またリセットとの情事を通して男女の関係、タシとの夫婦関係について述べている。オリヴィアもアフリカ系アメリカ人であり、タシの義姉であるが、彼女の語りは比較的客観的である。ベニーは息子として母への親しみを語る。リセットはフランス白人女性であり、彼女の語りを通してフランスの女性解放や植民地主義のことが語られる。リセットとアダムの子どもピエールは、文化人類学を勉強している学生として、文化人類学的な立場からの解釈を提供している。ムジーは精神分析を受けるタシのようすを読者に紹介する。この中で唯ひとりアフリカ人であるマリッサは四節を語っている。彼女は自分の生い立ちとタシの姉の死にまつわる裏話を語る。

このように、『喜びの秘密』は多くの語り手が各自の立場から語っている多声的なテクストであり、モダニスティックな手法を用いた作品であることに読者は留意しなくてはならない。つまりこの小説においては作品を貫く統一的な単一のトーンはないということである。このことを忘れてあたかもこの作品をリアリズム小説のように読むならば、この作品の表象するものを誤読してしまうであろう。

語られる内容は場所に連動して三層を成しており、アフリカにおけるタシとアダム、オリヴィアとの出会い、タシの切除を回想する大過去の物語が九節、アメリカ・フランス・スイスにおけるタシの精神分析治療とアダムとリセットの恋愛関係についての過去の物語三〇節、アフリカにおいてタシがマリッサを殺害して裁判にかけられて銃殺される現在の物語三四節となっている。アフリカの回想はほぼクロノロジカルに一、二、三章に集中しており、アメリカ＝ヨーロッパの物語は一―一三章において描き出され、アフリカの現在の物語は全体に分散しているが、本格的には一〇―二一章で扱われている。別な言い方をすれば、この小説は序部一―三章（大過去）、中部四―九章（過去）、結部一〇―二一章（現在）のほぼ三部構成であるということである。ただし序部はその性格上、三つのできごとの混在である。

『喜びの秘密』の主題は、植民地主義への言及はあるものの、主要にはジェンダーの主題、即ち男性の女性支配である。またそれは異性愛主義への抵抗、同性愛肯定を示している。表題ともなっている「喜びの秘密」（secret of joy）の意味は一、民族的（女性的）抵抗、二、性の喜び、三、異性愛への抵抗と解することができる。

ところでこの作品においては具体的には「アフリカ」はどのように表象されているのかを次に見てみよう。ただし先に語りの方法について述べたように、個々の語りが誰によってなされているかに注意しなくてはならない。

一読して明らかなようにこの作品において「アフリカ」は多くの点で後進的であると描かれる。例えば家父長社会的側面は次のように語られる。イーヴリン＝タシはオリンカの反政府軍さえ女性差別的で、女は料理や掃除など性別役割を果たすように期待されていると批判する[3]（243）。また、マリッサは性器切除に関連して「女たちの中には夫が喜ぶように、出産のたびによりきつく性器を縫うものもいる」（245）とさえ言う。このようにアフリカの女は男に従うだけの存在として描かれる。ただしマリッサの発言には恣意性が感じられる。また、オリヴィアは、タシの言う通りアフリカ人は無知で受動的であると述べる（250）。

後進性のひとつの現れとして一夫多妻性が言及されるが、『カラーパープル』では善悪の判断が一定留保されていたのと打って変わって、『喜びの秘密』ではトラベについての具体の挿話として示され、性器切除と関連するセクシャリティの抑圧、家父長制の証として非難されている。

若い時トラベにはたくさんの妻がいた。（中略）妻を支配できなくなったということでトラベは村から追放された。それは村の生活を覆っている網の目を骨組から脅かす許し難いことだったのだ。（138-39）

特に注目すべきは、この慣習が社会の網の目となって存在しているというピエールの指摘である。ピエールはこのように文化人類学的な観点からアフリカの慣習の起源を解説するのだが、このような学問的視点の導入が、はたしてウォーカーの認識の深まりといえるかどうかは議論の必要な点であろう。

そして性器切除を受けて「アフリカ人」になったタシは、オリヴィアの目から見ると、

「すっかり受け身的になってしまった」（66）と映るようなステレオタイプの受動的な人間になってしまう。そのような受動的性格を作り出す性器切除を、タシのアメリカ人的側面であるイーヴリンはアフリカ人の迷信的、慣習的蒙昧であると次のように述べている。

太古の昔から続いているように、我々は身体の不潔な部分を切除することによって自身を清潔で純粋に保たなければならないと、監獄の中から「われらが指導者」は訴えた。もし女が割礼を受けなければ、女の不潔な部分は延びて腿に触れるまでになり、男性的になって性欲を感じるようになることは誰でも知っていると。（121）

あるいはアフリカは排他的なところであり、顔に部族の印をつけることに反対する宣教師たちの宣伝を受け入れるな、昔からの慣習を守れと「われらが指導者」自身が実践・主張していると描かれる。

さらに「われらが指導者」「われらのキリスト」は、われわれは昔からのやり方を守らなければならない、割礼を受けていない女と結婚しようなどと思うオリンカの男はいないと述べた。この点では彼は偉大な解放者ケニヤッタを思い起こさせた。(4)（122）

そしてアフリカ人のそのような排他的な姿勢をもたらしたものは白人支配であることが述べられる。ウォーカーのテクストには植民地主義への言及が不十分であるという岡の指摘にもかかわらず、アフリカの貧困や後進性には西洋の帝国主義が大きく関わっていることの言及は、必ずしも十分とはいえないがこのようにある。また、先に見たように、タシが性器切除を受けたキャンプも白人傀儡政権に対する抵抗の場として登場しているし、その傀儡政権が「われらが指導者」をいかにして暗殺したかということも述べられている。（115-16）

このように、『喜びの秘密』に描き出される「アフリカ」は総じて後進的である。しかしそれが話者によって微妙にずれていることにも注意しなくてはならない。その理由のひとつは、これらの「アフリカ」像を提出する者のほとんどが非アフリカ人であるが、それぞれにアフリカとの位置関係において違いがあるということである。主人公のタシも結婚後アメリカに移住してからはイーヴリン、ミセス・ジョンソンというアメリカ人である。この点を今少し詳しく検討してみよう。

タシ／イーヴリンのアフリカに対する態度と表裏をなすのが、アメリカに対する態度である。それは、性器切除をめぐるエイミー・マックスウェルの事件を知らされた時のように、失望となる場合もあるが、「時々私はアメリカのことを夢に見るの。アメリカを深く愛していて、ひどくなつかしくなったりするの」(55) というような形で本文中で数回に渡って (76, 107, 168, 210, 232) 表明されるように基本的に愛国的である。むしろ、奴隷制や人種差別に苦しめられてきたアフリカ系アメリカ人であれば、考えにくいほどアメリカを美化しているようにさえ感じられる。例えば白人であるエイミー・マックスウェルがアメリカにおいて性器切除されたという出来ごとを知らされた時のタシ（イーヴリン）の反応は、「私のアメリカの健やかな緑の葉が枯れて地面に落ちるのが見えるわ」(187) と表現されているが、このことは逆にいかに彼女がアメリカを理想化していたかということの証左となるだろう。

つまりこの作品の主人公であるタシ／イーヴリンは、作者ウォーカーやアダム、オリヴィアのようなアフリカ系アメリカ人ではなくて、アメリカに移住したアフリカ人として設定されているということである。そのためタシ／イーヴリンのアメリカやアフリカに対する愛憎の感情はかなり極端なものとして表現されている。

この事と、この作品におけるひとつの問題点として指摘される事柄、マリッサの死がどのように関係しているのかを、次に考えてみよう。マリッサの死を巡っては三つのヴァージョンが語られる。表面的にはタシがナイフでマリッサを殺したということで彼女は裁判にかけられており、彼女も自分にかけられた嫌疑を否定しない。そしてその罪ゆえに死刑となるのだが、オリヴィアには、「自分は殺していない。マリッサは自分で死んだのだ」(254-55)と告げている。一方、リセットへの手紙では、「私が枕で窒息死させた」と述べているが、殺した理由は「殺す気持ちはなくなったが、自分の役割を果たしたのだ」という。「私がちゃんと殺したの。顔にまくらを押し付けて、そのそばに一時間いたわ。あの人が話す自分の人生についての悲しい話で殺す気も萎えたくらいだった。(中略)でも私は私が果たすべき義務を果たしたわ。」(276-77)

タシのこの行為は一見不可解に思える。というのは次の引用にあるように、彼女がマリッサを殺すことが、マリッサを聖人に高めることになるのである。

彼女自身が割礼を施した者によって割礼者すなわちツンガが殺されることのみが彼女の価値を部

族に証明することになるのだとマリッサは私に告げた。彼女自身の死はあらかじめ定められていたのだと彼女は宣言した。これで彼女は聖人として崇められることになるのだ。(208)

ではなぜタシはマリッサを殺したのか？岡の「マリッサを殺すことをもって、アフリカ女性の『抵抗』が描かれていると、本当に言えるだろうか」という問いとの関係で言えば、ウォーカーはそのようには考えていないと思われる。タシは、性器切除を生活の種にして、自分の姉を死なせ、自分の人生をめちゃくちゃにしたマリッサを許すことはできなかったが、マリッサ自身の告白を聞くに及んで、彼女も同じ犠牲者であり、家父長制に利用されているのだということを理解したのである(277)。そこでタシはマリッサには同情を寄せながらも、彼女の行為そのものを許すわけにはいかないということで、殺したのである。タシの行為はその意味で矛盾している。だがそれ以外の選択肢がタシにはなかったと考えられないだろうか。タシの人生はそれくらい性器切除によって破壊され、混乱していたのだ。またマリッサも一方的な悪者としてのみ描出されているわけではない。十分人間的に描かれている。

では「喜びの秘密」であるべき女たちの「抵抗」はどうなっているのだろうか？　タシの裁判を支援する女たちを弾圧する人物たちは「文化的原理主義者でイスラム教の狂信者」

（193）と名指しされている。これに対する女たちの抵抗は、「オリヴィアによれば、女たちはできるだけ姿を見られないようにして、埃っぽい草藪のところで単に座って過ごすばかりだった。（中略）しかし翌日には低い悲しげな歌唱が再び始まり、肉体を鞭打つ棒きれの音がするのだった」（194）と描写され、タシの処刑の前に赤ん坊のおむつを外して切除に「ノー」の態度を示す若い母親たちの姿として示される。その姿に作者は希望を託している。アフリカの女たちが登場し、抵抗を示すのは、タシの「娘」でもあり得たかも知れないというムバティやこれらの若い母親たちのみである。しかもムバティや若い母親たちはほとんど語らず、抵抗の姿勢を示すのみである。アフリカ女性たちが抵抗の主体となっておらず、抵抗の主体から閉め出されているという岡の不満も分からないわけではない。

また、性器切除が最もその象徴的な出来ごとであるが、ウォーカーがこの小説において問題にしているのはセクシュアリティの抑圧全般であることは明らかである。性器切除はセクシュアリティへのまったき侵害あり、許しがたいことはもちろんであり、セクシュアリティの解放こそが、この作品におけるウォーカーの主張である。例えばアフリカは次の引用に見るように元来は性的にも自由であったとされる。

その小さな人物は彼女の性器に触れている。別の写真は隣にいる人物のペニスを手にとっている人物を示している。彼女は微笑んでもいる。また別な写真は別な女の性器に指を指し入れている女を示している。（201）

ところが家父長制の支配が強まるなかでセクシュアリティの抑圧が進行したというのだ。またこの作品のなかではピエールの例を用いて次のように両性愛の肯定がなされている。

ピエールは女性同様に男性も好きだと私に言った。彼がバイセクシュアルであることに誰も驚かない。彼がバイセクシュアルだと言って誰が驚かなければならないのか？（174）

『カラーパープル』においてスィリーが同性愛であるのには相応の説得性があるが、ピエールの例はやや唐突に響く。もちろん否定する必要もないことではあるが。そのピエールは文化人類学者として登場するのだが、彼の文化人類学的知識は、神話の解釈であれ、学説の紹介であれ、いずれもいかに家父長制の強化のために女性のセクシュアリティが抑圧されてきたかというものである。結論として彼は次のように述べる。

身体に傷をつけることと隷属を強いるものとを結びつけるものが、世界の女性たちの支配の根源にあるのだということを私は理解した。(139)

そしてピエールは母が女性支配の根元に性器切除と奴隷化があることに気付いたというアイシャの物語に言及する。ピエールの指摘は客観的・学問的ではあるが、あまりに解説的に響きはしないだろうか。

まとめ

以上見てきたように、『喜びの秘密』が描き出しているものは、タシというひとりのアフリカ人女性が性器切除という慣習に従ったために、セクシュアリティを始めとして生きる力や精神の安定を喪失し、悲惨な人生を余儀なくされたというものであり、小説の主眼が性器切除を強いる「アフリカ（の男性）」社会非難にあることは明らかである。そしてこれをあくまでもフィクションとして、あるいはマリア・ローレットがいうように「ユング的ケーススピストリー」として読むならば、佐川愛子が綿密に跡づけているように、「社会的弱者が、更に弱い者をいじめることで強者体験を得て自尊心をごまかそうとする人間心理」（佐川一八二）を描いた、よく書けた小説だということもできる。

ただしそのローレットが戒めているように、作品に描き出されている「アフリカ」と実際のアフリカとを混同しないことが重要である（Lauret 177）。また、アフリカにおける性器切除がすべてタシの例のようなファラオニック割礼ではないことにも留意すべきである（Lauret 180）。ただしこの点についてはウォーカーは確信犯であると思われる。彼女はどのような形であれ、体を人工的に切り刻むことには反対しているし、いかなる形でのセクシュアリティの抑圧にも反対している。ウォーカーのそのような信念が性器切除のもたらす全面的悲惨という主張となってタシの人生に表現されているのだが、この点に関しては異論を述べる者もある。例えば文化人類学者の大塚和夫は、この慣習を受け入れている共同体の世界観や価値観を理解することの必要性を述べているし、すべての女性をひとくくりにするウォーカーの考えに疑問を呈する者もある。例えば萩原弘子は、「ほんとうに女のからだ、女の性は同じだろうか。女の快楽は同じだろうか。性的快楽はクリトリスの有無で決まるものなのだろうか」（萩原　一一一）と述べ、ウォーカーの主張を「性感第一主義」（同一一〇）と呼んで批判しているし、先の岡も「セクシュアリティの問題を専一的に論じうるのも『第一世界』の女性たちの特定の経験に規定されたもの」（「同じ」二三三）と述べている。もちろん、先に見たように、これに対する千田の反論もある。

アンジェレッタ・グーディンが「このテクストは文化批評と小説の境界のどこかに位置するとして理解すべきである」（Gourdine 242）と主張するように、『喜びの秘密』はジャンル分けが難しい作品である。確かにメッセージ性の強いプロパガンダ的性格をもったものではあるが、この作品はあくまでもフィクションであるととらえるべきであろう。岡の批判は、その点から言えば、このテクストが多声のモダニズム小説であるという点を顧慮していないように思える。そもそもウォーカーは第一にタシのトラウマ的生を描こうとしたのであり、アフリカ（女性）の現実を描くことを主眼にしていないのである。「アフリカ」の表象は数人の人物の異なった観点から提示されており、必ずしも一致したものとなっていない。その点から言えば、ウォーカーは明確なポジションをとることを避けており、岡の批判はないものねだりということになる。だが岡の批判をもたらす理由の一端はウォーカー側にもある。フィクションを書いていながら作者はテクスト末尾において「読者へ」と称して、実際行動を呼びかけるという混乱をもたらすような態度をとっているのだから。

デヴュー以来、ウォーカーはしばしばメッセージ性の強い小説を書いてきている。メッセージ性の強さが正面に出過ぎて作品の完成度を損なっているとさえ言われることがある。あるいは『我が愛しきものの神殿』（一九八九）のような現実と空想が入り交じり、ファンタジー的色彩が強く、メッセージ性が希薄と思える作品も書いている。小説としての完成度とメッセージ性のバランスをとることは困難な課題である。しかし本当に良い作品はその条件を満たすものである。アクティヴィストを自称するウォーカーとしては、メッセージが第一だというところかも知れない。だが、小説はプロパガンダではない。豊かなリアリティが生命だ。アフリカを舞台に選び、アフリカの慣習を問題にするというのであれば、アフリカ文学の研究者にも納得がいくような事実の描出、より説得的な「アフリカ」の表象つくりを心がけるべきである。タシのトラウマ的生の描出にバランスがとれるだけのもっと精密なリアリズムが「アフリカ」表象にも盛り込まれていれば、『喜びの秘密』はより優れた作品となったであろう。

註

（1）ネティの手紙もスィリーの手紙の中に引用される形となっているので、形式的には手紙はすべてスィリーのものである。

（2）Walker, Alice. *The Color Purple.* Pocket Books, 1982. をテキストとして用いた。本文中の引用は同書からとし、カッコ内にページ数を記した。邦訳は柳沢由美子訳『カラーパープル』集英社文庫、一九八六年、があるが、重要な点で誤訳がある。本文中の訳は筆者のものである。

（3）Walker, Alice. *Possessing the Secret of Joy,* Pocket Books, 1992. をテキストとして用いた。本文中の引用は同書からとし、カッコ内にページ数を記した。邦訳は柳沢由美子訳『喜びの秘密』集英社、一九九五年、がある。本文中の訳は筆者のものである。

（4）ケニヤッタに関するこのイーヴリンの発言は誤解であることを萩原弘子は著書の中で指摘している。（萩原　一一三—一一八）

引証資料

Gourdine, Angeletta K. M. "Postmodern Ethnography and the Womanist Mission: Postcolonial Sensibilities in *Possessing the Secret of Joy*" *African American Review* Volume, 30, Number 2 (1996), 237-44.

Kieti, Nwikali. "Homesick and Eurocentric?—Alice Walker's Africa" Ed. Femi Ojo-Ade, *Of Dreams Deferred, Dead or*

Alive, Praeger Pub., 1996.
Lauret, Maria. *Alice Walker*. St. Martin's Press, 2000.
岡真理『彼女の「正しい」名前とは何か――第三世界フェミニズムの思想』青土社、二〇〇〇年。
――「『同じ』女であるとは何を意味するのか」江原由美子編『性・暴力・ネーション』勁草書房、一九九八年。
大塚和夫「女子割礼および／または女性性器切除（ＦＧＭ）」江原由美子編『性・暴力・ネーション』
佐川愛子「『悦びの秘密を手にして』――女性性器切除の因習に挑む――」『アメリカ黒人文学とその周辺』南雲堂フェニックス、一九九七年。
千田有紀「フェミニズムと植民地主義」『大航海』四三号　新書館、二〇〇二年。
萩原弘子『ブラック――人種と視線をめぐる闘争』毎日新聞社、二〇〇二年。
風呂本惇子「『伝統』への挑戦――Womanist Warrior Walker」『女性学評論』第一〇号、一九九六年。

第10章

トニ・モリスン

『ビラヴィド』における記憶と語り

はじめに

『ビラヴィド』（一九八七）はトニ・モリスン（一九三一―　）の最高傑作と目されており、この小説のみの研究で数冊の論集が編まれている。この作品は作者が奴隷制の問題に正面から取り組んだものであり、ミドル・パッセージから奴隷制の後遺症にいたるまでの総体を描き出すことに腐心した、スケールの大きなものである。中心的なプロットは、奴隷制下においてわが子を殺した女性の苦悩と回復の物語である。

セサの物語を、我が子を殺したというトラウマに囚われた女性の話と考えることはしごく当然のことであろう。彼女は子殺しという点では明らかに加害者であり、子殺しをするところまで追い詰められたという点では、奴隷制度の被害者である。いじめや虐待の被害者が、加害者にもなるということがしばしばあるように、セサの場合も被害者であり、加害者でもあった。この点に関連してモリスンに批判的なある論者は「被害者の仮面をかぶった加害者の欺瞞物語」(1)と規定しているが、セサは決して仮面をかぶっているわけでなく、被害者でもあり、加害者でもあったのだ。またトラウマの概念は、多くの場合被害者の心の傷として受け取られているが、恐ろしい出来事を引き起こしてしまった当事者＝加害者の心の傷にもなることを考えれば、セサがトラウマに捉えられており、物語はそのセサがいかにトラウマと格闘して脱却するのかを一つの重要なテーマとするものであると言って差し支えないであろう。

この忘れたいが忘れられない記憶であるトラウマについて下河辺美知子が『歴史とトラウマ――記憶と忘却のメカニズム』において要領よく核心をついた記述を展開しているので、専らそれらを参照して少し整理しておきたい。下河辺によれば、「トラウマによる記憶は、普通の記憶とは根本的に異なったものとなる。それは『凍りついた記憶』として、心の中に鉛のように沈殿し、その一方で、言葉を与えよという熱い要求として、記憶の持ち主をせきたてる。」（一一）これはまさにセサのケースに合致する。そのトラウマ記憶から解放されるための条件に関しては次のように述べられている。

〈トラウマ記憶〉を〈物語記憶《ナラティヴ》〉に置き換えていくことが、凍りついたトラウマ的出来事の記憶を解放する第一歩である。（下河辺　一七）

「イメージ」「夢」「幻覚」といった形で再体験が引き起こされるＰＴＳＤは、〈画像〉に襲われる精神障害であると言えよう。体験者は自分に襲いかかるその画像の中に自ら入り込み、そこを舞台としてトラウマ的出来事を再び演じてしまうのである。（同二七）

トラウマ的出来事を体験しているその最中に、体験者は、十分それを体験していない、と言うのである。つまり、体験者はその時点では無感覚になっているので、その出来事がきちんと意識に登録されていないのである。（中略）十分に意識に登録されなかった出来事の意味は、それゆえ知的理解というレベルに組み込まれようと、画像となって、フラッシュバックとして繰り返し患者を襲い、時間の前後はこうして攪乱されていくのである。（同二八）

一つの衝撃的な出来事が心に傷を与え、その一瞬がその人の心の中で停止してしまったとき、そこから反復強迫の状況が生まれてくる。（同 二二八）

PTSD患者は「出来事の一場面を象徴するか、それと似た刺激を与える場面」に偶然出会うとき、それをきっかけとしてトラウマ的体験が立ち戻ってくるという。（同 二三〇）

『ビラヴィド』におけるセサの物語は、まさにこのようにトラウマ体験が必然的に個人に反復強迫を求めてくる典型的なケースと言えよう。だがそれが顕在化するためにはきっかけが必要であり、この物語がポールDという人物の登場によって引き金をひかれるまでは隠蔽されたままであったのは下河辺の次のような説明と合致する。

ある人が味わった体験が壮絶なものであり、その苦悩が真に深い場合、それは二重の意味で、他人にとって近づき難いものとなる。第一に、本人さえもその凍てついた苦悩の記憶を自覚していない。心の「防衛機制」が強くはたらいてしまった結果、トラウマ的出来事は、言葉として表現される回路を断たれてしまっている状態となり、その体験の外にいるわれわれにはその情報が届いてこないのだ。第二には、日常の微笑ましい情景を基盤としてつくられている社会の常識が、壮絶な体験や悲惨な自己を、非日常の空間に押し込めてしまうことがある。真の苦悩は、そうした社会の側の「防衛機制」によってもあり得ぬものとされてしまうのである。（同 四八）

そしてこの防衛機制を克服する鍵が「他者のトラウマへのコンパッション（『共感共苦』）」（同 四八）である。ポールDはそのような役割を担って物語に登場する。

だがこの物語は単にセサひとりの物語ではない。またこの小説はいわゆるリアリズム小説ではない。この小説には、モダニズムの作品として、入り組んだ時間、多層の語り、暗示的表現、逸脱や繰り返し、矛盾と齟齬が見受けられる。モリスンのこの作品に関する論考は圧倒的多数が作者の達成を激賞したものであるが、なかには小説としての統一性や主題について疑問を抱く者もある。そのような立場から書かれた論考の指摘と主張にも傾聴すべき点が多々ある。拙論においてはそれらの指摘や主張も参考としながら、一、セサの物語　二、セサを取り巻く人々の物語　三、ビラヴィドの正体　四、語りの技法、の順に考察を進め、この作品の体現するものと特徴を明らかにする。

セサの物語

この小説のもっとも中心的な登場人物がセサであることは議論の余地がない。セサは奴隷制度下に子どもを戻すよりは皆で死んだ方がましだとして、手始めに長女を殺す。皆で死ぬことを阻止された彼女は、投獄され、釈放された後は、共同体から孤立して生きている。自分は正しい選択をしたと思っているものの、その覚悟に揺らぎがないとは言い切れない。そこに奴隷制時代の生き証人であるポールDが現れ、殺された赤ん坊の生まれ変わりかも知れないビラヴィドが時を同じくして忽然と現れる。静止していたセサの人生がここから急激な展開を始める。

ポールDとビラヴィドを相手に過去の再検討・再構成をする中で、全て決着がついていると思っていた過去が彼女に襲いかかり、彼女を責め立て、認識の変更を求めてくる。一連の苦悩に満ちた再記憶（rememory）の作業を通して、セサは自己の罪悪感を乗り越え、新たな認識を獲得する。これがセサの物語である。

これに対して先の批判的な論者は概ね次のように述べている。この小説の主題は、「奴隷制度への告発」のための「子殺し」、桁外れの母性愛の主張、母親のセックスの正当化などであり、いずれも黒人民族主義のイデオロギーに端を発するものである。作者も主人公も極度の視野狭窄に陥っており、その結果、子どもは母親に対する加害者役を負わされ、母性愛は白人に対する黒人側の絶対的被害者性を主張する道具として子どもが有用になる場合のみ言い立てられる。この点で娘ビラヴィドは有用だが、デンヴァーと二人の子どもは無視・虐待、排除され、スケープゴート、加害者の意味づけがなされる。母乳のみを偏執的に言い立てるのも自己美化に都合がいいからである。最終的にはセサは極限的被害者、子どもは加害者の役割となり、デンヴァーの母親救出の振る舞いも、迫害者に媚びる「アンクル・トム」的なものにしかならないと。

セサの「子殺し」、極端な母性愛の強調、育児放棄、視野狭窄などが主題として選ばれ、展開されていることは事実である。セサが母親失格であり、場合によれば「子ども虐待」と呼べそうな行為を平然と行っているという論者の指摘は正当である。だが問題は、それらが作品の主張となっているかどうかである。セサがこのような極端な行為に至る根底にあるものが小説では問われているのではないだろうか。

セサは自分が殺した赤ん坊を、自らの母乳で育てた自分の子どもであると強固に主張する。また自分はハーレと結婚して、三人の子どもと家族として暮らしていることを強調する。だがそれはガーナー夫妻のスイートホーム農場という例外的な環境においてのみ通用したものに過ぎず、一歩農場を出れば、当時の一般的な常識からすれば奴隷は人間ではなく動産であり、奴隷には結婚することも、家族を持つことも、ベビー・サッグズやセサの母のように、自分の子を自分で育てることもままならなかったのである。しかしながら、「ガーナー夫妻は独特な形で奴隷制度を運用しているように、彼女の目に映った」(140)、「ガーナー氏は、世界がおもしろおかしく遊べる玩具か何かのように、ふるまった」(239)とベビー・サッグズが述べるように、ガーナー夫妻のきまぐれにより、例外的な奴隷農場で育ったことによって、セサは白人的な結婚観、家庭観、人間観を身につけ、あたかも自分が奴隷でないかのような錯覚を持ってしまったのである。

ところがガーナー氏の死去、「学校教師」たちの到来によって、「普通の」奴隷制がこの農場に持ち込まれる。しかしスイートホーム農場が当たり前と信じて疑わないセサには、自分の身体が動物のように計測されたり、自分の子どもを自分の母乳で育てられないことが不当としか受け取れない。このような世間知らずが招いたことが、ガーナー夫人への告げ口を咎めての鞭打ちとレイプであり、究極的には子どもを守るためと称しての子殺しである。

全くの無権利状態である「普通の」奴隷制度がいかにひどいものであるかは、セサ以外の人々の物語の中にあふれている（次のセクションで詳述する）。だが例外的な奴隷制下においてロマンチックで無垢な価値観を身につけた奴隷を待ち受けていたのも、厳しく過酷な現実、悲劇である。セサの物語はそのようなコンテクストの中で理解されるべきである。またセサが鞭打たれてできた傷跡、いわゆる背中の「木」はその象徴として読まれるべきものである。

奴隷制下における過酷な生とともに作品が執拗に描き出しているのが、ポールDとビラヴィド登場をきっかけとして始まるセサのトラウマとの格闘である。とりわけポールDが出て行った後のセサ、ビラヴィド、デンヴァーの三人での暮らしは激しい諍いの繰り返しであり、餓死寸前まで行きつく命がけの出来事である。ビラヴィドは母に殺された恨みと母に愛されたいと言う欲望を剥き出しにしてセサに食物と物語を求める。とりわけ自分しか知らないイヤリングや子守唄のことを口にするビラヴィドが我が子に違いないと確信してからのセサは、自己を投げ捨てて全面的にビラヴィドの要求に従おうとする。その挙句、仕事も食物も生きる意志も放棄し、あやうく餓死寸前にまで至る。その意味ではビラヴィドはセサの再生にとって必要不可欠であると同時に危険極まりない劇薬のようなものであった。このことは彼女のトラウマがいかに根深くて大きいものであるかを物語っている。人間のトラウマ克服、人間性の回復がいかに大変なことであるか、彼女をそこまで追い込んでいた奴隷制がいかに非人間的なものであるかということを改めて読者に想起させる出来事である。

だが更に大切なことはセサの記憶すべてがトラウマ的記憶に終始するのではないことである。松本昇が指摘するように、「セサが物語を語るうちに、忘れられていた彼女の記憶が蘇ってきた」（松本 二五七）ことである。それは彼女の母親にまつわる記憶や、自分に親切にしてくれたエイミー・デンヴァーを始めとする白人たちの記憶など、埋もれていた幸運な記憶である。「『先生』のような白人が一人いれば、エイミーのような白人も一人いるんだ」（188）というような記憶の「再発見」が彼女の記憶に変容をもたらし、トラウマ的記憶に閉じ込められていたセサに解放と新たな自己創造の契機を与える。これらのことが、ポールDやビラヴィドや娘デンヴァーに対するセサの語りの過程で並行的に生じていることである。

そして重要なことは、同様なことがセサのみならずほとんどの主要人物において見られることである。セサは作品の中心人物であり、セサの物語は小説のなかの主要なものであるものの、作品にはセサのみならず、ポールD、ハーレ、シクソー、ベビー・サッグズ、スタンプ・ペイド、エラ、デンヴァーなどの黒人たちが登場する。彼らはいずれも、奴隷制の悲惨さ・過酷さに苦しめられ、奴隷制を告発している。しかし彼らもそれぞれに語りを通して自己解放と自己創造の契機を掴んでいる。セサの存在と物語はその意味では、登場人物相互のネットワークの上のひとつの中心的な網の目として読むべきであろう。

セサを取り巻く人々の物語

セサの次に主要な位置を占める登場人物はポールDである。そもそも彼が一二四番地に現れてから「事件」は起きたのである。ポールDが登場する以前は、セサとデンヴァーと赤ん坊の亡霊が共存していた。この停滞状態を破るのがポールDの出現であった。ポールDはスイートホームの生き証人として、セサとは違った立場から過去の再検証に加わり、ハーレの動向と（おそらく）最期という新情報をセサ（たち）にもたらす。また、彼が赤ん坊の亡霊を追い払ったために、成人した亡霊（ビラヴィド）が登場する。彼はセサをめぐってビラヴィドと対立したり、ビラヴィドと性関係を持ったりする。また孤立していたセサたちが、彼の登場によって、黒人コミュニティとの接点を持ち始める。彼とスタンプ・ペイドの繫がりによって、セサの過去が明らかにされ再構成される。そして何より重要なことは、彼にも人には語れない秘密があることとである。

ポールDはスイートホームの男たちの最後の生き残りである。彼の兄弟であるポールFは売られ、ポールAは殺され、ハーレは正気を失くしておそらく死に、シクソーも焼き殺される。彼は、とりわけシクソーの生死に大いなる感銘を受け、スイートホームの男の代表として、スイートホームの唯一の生き残り女性であるセサに対峙することになる。ポールDの登場が、セサの心の蓋をこじ開けるきっかけをもたらしたのである。

ところでポールDの記憶のうちスイートホームに関することとすなわち、セサが「学校教師」たちに凌辱されている場面をセサの夫ハーレが物置の屋根裏で見ていて、精神を破壊されてしまったこと、その時のポールD自身は縛られた上に口にはみを嵌められていて喋ることさえできなかったこと、その彼を雄鶏の「ミスター」が勝ち誇った様子で見下していた屈辱、などの新たな事実を彼はセサに伝える（113）。しかしポールDの蓋をした心の秘密の核心部分は、物語の展開の中で読者には明らかにされていくものの、セサや他の登場人物には打ち明けられない。彼の奴隷としての最も屈辱的な、そして過酷な体験は、ジョージア州アルフレッドでの強制労働であった。性的な屈辱、人間としての希望や欲望を抹殺することによってのみ生きながらえることが可能な日々、動物以下の扱いなど、口にできない屈辱的体験を彼は心の中に閉じ込めていた。その体験を始めとして、その後の彼の一八年に及ぶ放浪生活が、彼を「どんな女も涙を流して心を開く男」にしたのである。セサの前に現れたポールDはそのような人物だった。

ポールDに強い影響を与えた二人の人物はハーレとシクソーである。ハーレはベビー・サッグズの八人の子どもの末子であり、唯一人ベビーの手元で育った子どもである。彼はやがて自らの特別労働によって母の自由を買い取って解放する親孝行の鏡のような人物として登場する。ベビーの後に一四歳でスイートホームにやってきたセサが男たちの中で彼を結婚相手として選んだ理由は、ハーレのこの優しさであった。しかしその優しさは、ポールDが述懐するように、妻がいたぶられるのを目撃したために精神が破壊されてしまうような弱さでもあった。

シクソーはハーレと対照的に独立自尊の人であり、強い精神の持ち主であった。恋人に会いに行くために三〇マイルの道を徒歩で往復するたくましさ、豚を殺して食べたことを「教師」に咎められても動じず言い返す強さ、英語を学ぶと大切なことを忘れてしまうといって英語を拒否する原則性、逃亡を図って捕捉され火あぶりにされても笑いながら自分の子どもを残すことができたと勝利宣言する強靭さ、これらを身近で見てきたポールDは、シクソーの生き方に男の理想を見出す。

ポールDとは違う意味でセサにとって重要な人物はベビー・サッグズである。彼女の人生は典型的な奴隷のそれで、セサとは対照的である。奴隷の生活は「彼女の脚を、背中を、頭を、手を、肝臓を、子宮を、そして舌を、めちゃくちゃにしてしまっていた」(87)。また「わたしの家族はちりぢりなんですよ」(143)と言うように、八人の子どもの親は六人の違った男たちであり、ハーレを除くすべての子どもたちは、永久歯が生えるまでに引き離されたり逃げ出したりして彼女の傍にはいなくなってしまう(143)。このように我が子を手元に置いておくこともできず、母親として何もできなかったものの、彼女は一人の女の子がパンの焦げたところが好きだったということや一人ひとりの子どもについての思い出を保持し続けている。長年の労働の結果、片足が不自由になり、体はほとんど使い物にならない状態である。だが彼女には彼女なりの矜持があり、自分を「ジェニー」と呼ぶガーナー夫妻に、自分は「ベビー・サッグズ」であると反論する。それは自分の愛した最初の夫が「サッグズ」であり、彼が自分を「ベビー」と呼んだからだと言う(142)。その夫は逃亡を果たしてどこかで生きているはずで、もし自分が名前を変えたら相手にわからなくなってしまうというのが彼女が自分の名前に拘る理由であることが語られる。奴隷であっても愛する気持ちはこのように強いのだという例証である。

そのような彼女を息子のハーレが自由にしてくれ、しばし自由の味を満喫する。(しかし彼女の解放に関して、「だけどあんた【ガーナー氏】はわたしの息子の所有者だし、わたしはすっかりボロボロになっている……。わたしが主の御許に召されたずっと後まで、息子をよそに賃貸して、わたしの支払いをさせるくせに」(146)と心の中では考えており、所詮ハーレの労働分を搾取しているのだと、彼女はガーナー夫妻に批判的である。)解放されて一二四番地に住み始めてからの彼女は、「開拓地」において私設説教師となり説教をおこなう。彼女の説教は道徳を説くのではなくて、「自分を、自分の肉体を愛しなさい」(88)と自己解放を訴えるものだった。また「武器を捨てよ」とセサに忠告するのもベビーである。だがセサの事件のショックで生きる意欲を失い、失意の内に亡くなってしまう(89)。しかし彼女の生き方は死んだ後にもセサやデンヴァーに励ましを与えており、デンヴァーが意を決して働きに出る時に思い浮かべるのはベビー・サッグズのことである。

スタンプ・ペイドの場合も奴隷としての悲しい経験が生き方の根底にある。彼は所有者に妻を差し出すことを強いられ、妻を殺す代わりに自分の名前を変えたといういきさつがあることを後にポールDに語る。自分は支払いを済ませたのだ、誰に対しても人生に借りはないのだ、というのがその名の由来である。その出来事の後に彼は奴隷の逃亡を援助する地下組織「地下鉄道」に関わり、奴隷の逃亡の手助けをするようになる。出産直後のセサとデンヴァーの逃亡を手配したのも彼である。シンシナチの黒人共同体が一二四番地に背を向けるきっかけとなったパーティーの苺を摘んできたのも彼であり、「学校教師」たちがセサたちを取り戻しにきた時に薪割りをしていて、セサの嬰児殺しを目撃し、そのことが書かれた新聞をポールDに見せてポールDがセサの家を出ていくことになったのも彼のせいである。このようにセサの人生の節目節目においてスタンプは、本人の意思とは裏腹に悪い結果をもたらすような関わりを持っている。しかし最終的にはその苦難を乗り越えることによって物語は一段高い地点で解決を迎えることになる。スタンプはいわば一種の触媒の役割を果たしていると言える。

スタンプとチームを組んで要の地点で役割を果たすのがエラである。エラはスタンプの妻が置かれたような立場を経験している。所有者親子に性的虐待を受け、子どもまで産まされたのだ。この親子を「最低の低」と呼び、生まれた子どもには手も触れず、子どもは五日後に死んでいる。つまりエラも子どもを見殺ししているのである（258-59）。その後彼女はスタンプとともに「地下鉄道」に関わり、奴隷逃亡を手助けする。その彼女も南北戦争・奴隷解放後はシンシナチの黒人共同体で暮らしているが、ベビー・サッグズとセサたちからは距離を置いている。セサの事件の際も、セサの高慢を非難している。だが物語結末部に至って、ビラヴィドがセサを苦しめていることを聞き知って、女たちの先頭に立って救出に向かう。錯乱したセサがボドウィン氏にアイスピックをもって襲い掛かるのを制止するのはエラである。

最後にデンヴァーである。彼女はスタンプの機転で命を救われるが、一二歳の時に母が姉を殺した事件について知らされて以来、人々との交際を断ってひきこもっている。彼女の唯一の遊び相手が赤ん坊の亡霊だったのだが、ポールDが現れて亡霊を追っ払って、代わりにビラヴィドがやってくることによって、再び遊び相手ができる。彼女にとって一番の楽しみは彼女の誕生にまつわるエピソードを聞く（語る）ことである。しかしビラヴィドと母もひきこもり、食べ物にも困る事態に至って、彼女は意を決して外に助けを求めに出る。レディ・ジョーンズやジェイニー・ワゴンらの援助により窮地を脱したデンヴァーは将来は大学に進んで教師になろうとしている。デンヴァーは彼女の母を追い詰めた奴隷制下の「学校教師」とはもちろん対極にある、黒人のための真の教師になることを目指している。この対照に作者のアイロニカルな意図が込められていることは言うまでもない。

セサが自らを省みず一二四番地の家を支配していた間は、デンヴァーはその抑圧下で息を潜めていたのだが、ポールDとビラヴィドの登場によってもたらされた事態を通過することによる母セサの変化により、彼女も新たな生に踏み出すことになる。この意味では『ビラヴィド』はデンヴァーの成長物語でもある。なお、彼女の名前の由来となった白人女性エイミー・デンヴァーは白人であるものの黒人の手助けをする人物であり、白人すべてが抑圧者として描き出されている訳ではない。エイミーのこの物語中での存在は、この小説の多文化的性格と階級的・ジェンダー的性格を強化することに貢献している。

このようにセサを取り巻くほとんどすべての人々が悲惨な過去の体験を有しており、その経験がトラウマ的記憶となって人々の現在の生き方を制限したり束縛したりしている。だが他人との関わりや共同体との関わりを通してこれらの人々の多くはその制限や束縛を乗り越え、再生を遂げようとしている。この作品は奴隷生活の悲惨さを、記憶をモチーフとして表現したものであると共に、それを克服していく希望の物語でもある。

ビラヴィドの正体

ビラヴィドが一体何者なのかということは、この小説を論じる際に避けて通れない問題であり、その正体については諸説紛々である。（その正体が幾通りにも仮定されるということは次のセクションで検討する作品の技法の問題に密接に絡み合っている。）何人かの研究者がビラヴィドの正体に関する諸説を整理しているが、その中で最も包括的なのが、バーバラ・ソロモンである。彼女は編著『ビラヴィド論』の序論において一〇名あまりの論文に言及し、論者たちによる七、八種類に及ぶ解釈を整理している。それを参考にしながら主に五種類ほどに収斂すると思われる分類を立ててみる。

一つ目の、最も一般的な解釈は、ビラヴィドは殺された赤ん坊が成長した幽霊であるというものである。実際多くの読者・研究者がビラヴィドを「セサの殺された娘で、あの世からこの世へ戻ってきた」幽霊であることを前提として読んでいる。これはこの作品のゴシック性あるいはこの作品がゴシック小説であるということに関連している。

二つ目の解釈として、もしこの作品をリアリズム小説として読むならば、ビラヴィドはエリザベス・ハウスが主張するように生きた人間であり、「白人に囲い者にされていたが逃げ出してきた少女」と考えなければならない（Solomon 25）。これは第二部末尾（235）でスタンプがポールDに示すエピソードに基づくものであり、それなりに筋の通る解釈であることはハウスの論文に示されているし、ハロルド・ブルーム編の『ビラヴィド論集』（新版）所収のラース・エクスタインの整理においても主要な三つの解釈のひとつに位置づけられている（Bloom 133-49）。だが作品の主題と技巧に関連することなのだが、この解釈は、作品を比較的単純なものとしてしまい、せっかくの技法的な複雑さが不問に付されてしまいかねない。

三つ目の解釈はデニス・ハインツやカレン・フィールズが主張するように、ビラヴィドをセサの罪悪感が生み出した強迫観念とする心理学的なものである（Solomon 25-26）。我が子を奴隷制の地獄へ戻すことを潔しとしないセサは、殺すしかなかった、殺すことによって子どもを苦しみから救った、自分は正しいことをしたと強弁するものの、成仏せずに現れる赤ん坊の幽霊、恐れをなして出奔してしまった子どもたち、ひきこもってしまった末娘、嫁の孫殺しにショックを受けて意気消沈して亡くなったベビー・サッグズ、共同体の人々からの孤立などが積み重ねられていくうちに、愛する子を殺したという抑圧されていたトラウマと罪悪感が頭をもたげてくる。引き金を引くのはポールDの出現である。それをきっかけとして自らの行為の再検証をおこなう過程としてのセサの物語というのがこの解釈である。それによれば、死に瀕するほどの苦しい地点まで自己を追い詰め、それを通り越すことによって新たな入口に立つことができるようになったセサの苦悩と再生の物語としてこの作品は成立しているということになる。基本的に一の解釈に通じるものであるが、心理的過程に焦点をあてるという点に特徴があると言える。

四つ目の解釈は、デボラ・ホーヴィッツやメイ・ヘンダーソンやダナ・ヘラーが主張するように、ビラヴィドを黒人の歴史の集合体とみなすものである（Solomon 23-24）。第二部二二章、二三章に典型的に見られるように、ビラヴィドの語りには個人を超えた経験が組み込まれており、中間航路を行く奴隷船での奴隷たちの経験が次のように象徴的に描かれている。

「暗い」ビラヴィドが答えた。「あたし、あの場所で小さい。あたし、こんな」彼女はベッドから頭を起こすと、脇腹を下にして横になり、躰を丸くちぢめてみせた。

（中略）

「暑い。あそこで吸う空気、何もない。それから動く場所、ぜんぜんない。」

（中略）

「おおぜい。あそこにたくさん人がいる。死んでる人もいる。」（75）

五つ目の解釈は、ジェニファー・ハイナートや横山孝一が述べるように、ビラヴィド＝ポルターガイストである。とりわけ赤ん坊の幽霊が家具や屋敷を揺り動かす場面などはホラー映画流行の影響が顕著であると考えられる。この場合、霊媒少女はデンヴァーであり、彼女が霊能力を用いてポルターガイストであるビラヴィドを操作しているという着想もまんざら荒唐無稽とは言い切れない。実際「白いドレスがセサの隣に膝まづいているのを見た」(29)というのはデンヴァーである。作品の終りにおいてデンヴァーが成長を遂げるとともにビラヴィドが消えてしまうあたりには、この仮説の首尾一貫性が見てとれる。

このようにビラヴィドの正体に関しては幾通りもの解釈が可能であり、そのいずれの解釈を選んでも辻褄があっている。同時に、いずれか一つの解釈で済ますには、表現、ストーリーともにあまりに多義的であり、結局のところこれらいずれもの解釈が共存することが意図されていると言わざるを得ないであろう。それは作品の主題とともに技法にも関係する事柄である。

語りの技法

『ビラヴィド』が単なるリアリズム小説でないことは一読すれば明らかである。この作品はゴシック小説、ネオ・スレイヴ・ナラティヴ、モダニズム小説、アフリカン・アメリカンの語りなど多面的側面を有している。

先に見たようにビラヴィドの正体が生きた黒人女性である可能性も皆無ではないが、通常は彼女は幽霊のようなものとして措定されている。死んだ人間が生き返ったとか、念力のようなもので家や家具を揺るがすとか、片手で軽々と椅子を持ち上げるなどの超能力がある「人物」として描かれ、どこからともなく現れ、身元不明で、最後には忽然と消えうせるという風に、彼女は普通の人間ではないものとして登場している。それも元を辿れば、事件の発端が奴隷女が娘の喉を鋸で切って殺したという血なまぐさい嬰児殺しであることを考慮に入れれば奇異なことではない。そのような理由でこの作品がゴシック性を帯びているのは当然と言えば当然であろう。

嬰児殺し、成仏できずに蘇ってくる亡霊といったおどろおどろしいトピックがあると同時に、この小説は奴隷制の残酷さ、悲惨さ、非人間性を告発するスレイヴ・ナラティヴの性格を有している。殺人に追い込まれたセサを始めとして、セサの母親、ベビー・サッグズ、エラ、ポールD、スタンプ・ペイドなどセサを取り巻くすべての人々が奴隷制社会の下で過酷な経験を強いられている。小説はこれらの人々の経験を語ることによって、奴隷制の下で人々がいかに苦しめられたかを描き出している。しかしこの作品は伝統的なスレイヴ・ナラティヴと異なり、ネオ・スレイヴ・ナラティヴと呼ばれる。それは、ハイナートが主張するように、伝統的なスレイヴ・ナラティヴは白人の表現手段である英語を用いて白人に向けて書かれていることによって、白人的な価値観を取り込んでしまうという弱点を持っているが、この作品の場合は個人の経験を個人に対して語りによって伝えるという手法を用いることによって、そのような客観化を免れているということである（Heinart 94）。

この作品のモダニズム的な特徴は明らかである。この小説は全知の視点からの客観的な語りでもなく、セサの一人称の語りでもない。物語は誰かが他の人物に向けて語るという形式を基本としており、語り手や聞き手が次々と入れ替わって進行し、同じ挿話が何度も語り直されることにより違うヴァージョンが示されている。例えばデンヴァーの誕生のエピソードは何度も語られるが、最初はセサがデンヴァーに、次にはデンヴァーがビラヴィドにという風に異なる語り手と聞き手によって語られることによって、当然に力点が違っており、場合によると語られる物語相互に食い違いが生じることさえある。セサの嬰児殺しの経緯に関しても、セサの中で反復される出来事と、共同体の人々が了解している出来事、スタンプが新聞記事を示してポールDに伝えたこととの間には大きなずれがある。

モダニズム的手法が一番極端に現れているのが、ビラヴィドの正体をめぐってである。先に述べたように、ビラヴィドはある場合は生身の人間である可能性が示され、別な場合は疑いもなく蘇った亡霊として表され、場合によれば集合体の意識や経験を表現しているとも取れるように、曖昧と言えば曖昧に、意図的に何重かの意味を重ねて提示されている。同様なことは言葉の使い方にも表れている。その一例を示そう。ビラヴィドは「私はブリッジにいた」(65, 75, 119, 212) と何度も述べているが、この「ブリッジ」は川に架かる「橋」を示すとともに、奴隷船の「船橋」をも暗示している。また、「橋」は異界への入り口であるとも言われる。あるいは物語中にしばしば「水」への言及がなされているが、これも「川」を指すとともに「海」を指しているとも思われ、生死に関わるイメージとなっている。さらに、「これはパス・オンすべき物語ではない」(274-75) という物語末尾に使用される「パス・オン」という言葉も、「次に伝える」という意味と「見逃す」という正反対の意味が含まれており、「このような悲惨な話はもう打ち止めにすべきだ」という意味とともに「忘れてはいけない物語だ」という両方の意味を伝えている。

このように作品は語りの層を幾重にも重ねたり、時には矛盾することがらを示したり、どのようにも解釈できる余地のある曖昧で両義的な事実を示したりする。それは真実というものはひとことで示せるような単純なものではないということであり、複雑な側面を示すには手の込んだ手法が必要だからである。

このモダニズム的手法と関連しているのが、アフリカ的語りである。アフリカ的語りの根底にはアフリカ的文化がある。アフリカ的宗教においては生者と死者の境界はあいまいであり、生者の生活の中に死者が生きている(侵入してくる)。またアフリカ的コミュニケーションは基本的に音声によるものであり、呼びかけと応答(コール・アンド・レスポンス)である。このため、テキスト中にもあるように、西洋白人の言語観が「始めに言葉ありき」であるのに対してアフリカ(系)の場合は、「始めに音ありき」(259)である。ビラヴィドからセサを救うためにやってきた黒人女たちの祈りは言葉にならないうなりのような音であった。そのように、この小説の基本形はアフリカ的な呼びかけと応答の連続であり、一連の過程を経過していく中で感情的な浄化が達成される。この語りの特質を松本は「身振りや合いの手によって語り手と聞き手が一体感を持って、新たなものを『創造』する黒人特有の行動様式」(松本 二六二)、「ブルース形式」(同 二六一)と指摘している。

まとめ

モリスンの文学とりわけ『ビラヴィド』に関する論文は、新たな観点から未だに量産されている。拙論も単に屋上屋を架しただけのようであるが、この作品が有している複雑な点を多少整理できただろう。この作品は、いかに人間が経験と記憶によって生きており、時にはそれゆえに生きることが困難になる場合があることを完膚なきまでに示している。しかしそのトラウマ的記憶を語りによって解放し、再生を遂げていくことが可能であることも本小説は豊かに描き出している。（ちなみに、この小説に批判的な先の研究者の事実関係の齟齬に関しての指摘は、小説を理解する上で多くのヒントを与えてくれるものであるが、複雑なモダニズム小説をあたかもセサを中心とするリアリズム小説であるかのように見做すことから来る必然的な不平であると思われる。）すでに全てが論じ尽くされたような感のある本作品だが、改めて語りの方法と機能に照準を合わせて再考することによって、記憶のトラウマ的側面に潜む解放と再生の可能性が綿密に描き込まれた、多面的で無尽蔵な内実を備えた作品であることはいっそう明らかである。そうした点を勘案しても、『ビラヴィド』はモリスンの代表作と評価するにふさわしい小説である。

註

（1）寺沢みずほ「被害者の仮面をかぶった加害者の欺瞞物語——なぞ解き『ビラヴド』」海老根静江、竹村和子編著『女というイデオロギー——アメリカ文学を検証する』南雲堂、一九九九年、二五九—七七頁。

（2）Toni Morrison, *Beloved*. A Plume Book, 1998. をテキストとして用いた。以下同書からの引用はカッコ内にページ数を記す。なお日本語訳は吉田廸子訳『ビラヴド』（ハヤカワ epi 文庫　早川書房　二〇〇九年）を参照し、必要に応じて改訳した。

引証資料

Andrews, William L. & Nellie Y. McKay. eds. *Toni Morrison's Beloved: A Case Book*. Oxford UP, 1999.

Bloom, Harold. ed. *Bloom's Modern Critical Interpretations: Toni Morrison's Beloved—New Edition*. Infobase Publishing, 2009.

Heinert, Jennifer Lee Jordan. *Narrative Conventions and Race in the Novels of Toni Morrison*. Routledge, 2009.

Iyasere, Solomon O. & Marla W. Iyasere. eds. *Understanding Toni Morrison's* Beloved *and* Sula. Whitston Publishing Company, 2000.

Solomon, Barbara H. ed. *Critical Essays on Toni Morrison's* Beloved. G.K. Hall, 1998.

海老根静江、竹村和子編著『女というイデオロギー――アメリカ文学を検証する』南雲堂、一九九九年。

松本昇「埋もれた記憶――『ビラヴィド』の世界へ」松本昇他編『記憶のポリティックス――アメリカ文学における忘却と想起』南雲堂フェニックス、二〇〇一年、二四七―六六頁。

下河辺美知子『歴史とトラウマ――記憶と忘却のメカニズム』作品社、二〇〇〇年。

横山孝一「『ビラヴド』とポルターガイスト――霊媒少女の自立」『言語と文化』三二　一九九三年、六四―八三頁。

初出一覧

第1章　「『緋文字』とホモソーシャルな欲望」
山下昇他編『表象と生のはざまで――葛藤する米英文学』南雲堂、二〇〇四年、六二―七六頁。

第2章　「『ハックルベリー・フィンの冒険』における隠蔽と提示」

井川真砂他編『いま「ハック・フィン」をどう読むか』京都修学社、一九九七年、二一二―三四頁。

「トウェインとフォークナーにおける南部」

日本マーク・トウェイン協会編『マーク・トウェイン　研究と批評』第七号、南雲堂、二〇〇八年、五一―六一頁。

第3章　「フォークナーの〈緋文字〉――『エルサレムよ、我もし汝を忘れなば』における中絶と出産の相克」
日本ウィリアム・フォークナー協会編『フォークナー』第五号、松柏社、二〇〇三年、六六―七六頁。

「フォークナーとモリスンの奴隷制表象と愛の曙光——『行け、モーセ』と『ビラヴィド』——」入子文子監修『水と光——アメリカの文学の原点を探る』開文社、二〇一三年、二四六—六六頁。

第4章 「冷戦とアフリカ系アメリカ人——ラルフ・エリスン『見えない人間』再考」山下昇編『冷戦とアメリカ文学——二一世紀からの再検証』世界思想社、二〇〇一年、一二六—五一頁。

第5章 「ハーレム・ルネサンスの女性作家——Jessie Fauset の場合——」黒人研究の会編『黒人研究』第六八号(一九九八年)、一六—二二頁。

「ジェシー・フォーセット『アメリカ式の喜劇』——黒人女性文学ルネサンスのパイオニア」現代英語文学研究会編『ジェンダーで読む英語文学』開文社、二〇〇〇年、二一一—三六頁。

第6章 「ネラ・ラーセン『パッシング』における人種、ジェンダー、セクシュアリティ」現代英語文学研究会編『〈境界〉で読む英語文学——ジェンダー、ナラティヴ、人種、家族』開文社、二〇〇五年、二〇三—二三頁。

第7章 「ハーストンの『ヨナのとうごまの木』——小説家としての出発点」新英米文学会編『英米文学を読み継ぐ——歴史・階級・ジェンダー・エスニシティの

視点から』開文社、二〇一二年、五五六―七八頁。

第8章「アン・ペトリ『ストリート』における〈黒人女性と白人男性〉の性的神話」風呂本惇子他編『英語文学とフォークロア――歌、祭り、語り』南雲堂フェニックス、二〇〇八年、一八三―九五頁。

第9章「アリス・ウォーカー『喜びの秘密』における「アフリカ」表象」黒人研究の会編『黒人研究の世界』青磁書房、二〇〇四年、一四五―五四頁。

第10章「トニ・モリスン『ビラヴィド』におけるトラウマ的記憶と語りによる解放」現代英語文学研究会編『〈記憶〉で読む英語文学』開文社、二〇一三年、一三七―六四頁。

あとがき

本書は私にとって二冊目の著書となる。一冊目の著書『一九三〇年代のフォークナー』（大阪教育図書、一九九七年）を出してから一五年余りになる。フォークナー研究に区切りをつけるという目的でヴァージニア大学への在外研究に出かけたのが一九九五年で、フォークナーについての本をまとめながら、研究領域を広げるためにアフリカ系アメリカ文学やアジア系アメリカ文学を読みふける毎日だった。ヴァージニア大学ではデボラ・マクダウェル教授が大学院においてアフリカ系アメリカ文学の演習を開講していたので、そのクラスに参加させてもらった。歴史的な必読文献と理論書を読みながら、ハーレム・ルネサンスの女性作家の作品を読むというもので、大変いい勉強になった。本書の後半部分はマクダウェル先生の授業にヒントを得たものである。

九六年に帰国して、翌年に念願のフォークナーについての本を出したことをきっかけに、私の世界が急に広がった。九八年に日本ウィリアム・フォークナー協会を設立することになり、事務局を引き受けることとなった。七年間事務局を務めるうちに、アメリカ文学会関西支部、フォークナー協会、黒人研究の会などで、シンポジウム等に声をかけていただくようになった。初出一覧にあるように、この本に収録されているものの大半はそれらの発表を元にしたものである。日本アメリカ文学会、アメリカ文学会関西支部、フォークナー協会、トウェイン協会、ホーソーン協会、黒人研究の会、新英米文学会、現代英語文学研究会の役員・会員の皆さんには特に記して感謝を申しあげたい。

さまざまな媒体に発表してきたものの、私の問題意識は「人種と性（ジェンダー＆セクシュアリティ）」に着目してアメリカ文学を読むという点で一貫しており、この間二〇〇二年札幌学院大学（「人種とジェンダーで読むアメリカ小説」）、二〇〇八年神戸大学大学院（「アメリカ小説を人種、ジェンダー、セクシュアリティで読み解く」）での集中講義において、この本の骨格となる作品を採り上げてきた。当時の受講生の皆さんと、お招きくださった岡崎清先生、山本秀行先生には改めて感謝申しあげる。

私の研究が諸学会の会員の方々のご指導に支えられたものであると同時に、勤務校である相愛大学の同僚諸氏の励ましのおかげであることは言を俟たない。また相愛大学からは平成二五年度学術図書刊行助成を頂戴したことを特記して感謝を表明したい。

最後に、本書に収録したものの元となる論文が数点同社の出版物に掲載されたというご縁もあり、出版に格別の御尽力をいただいた開文社社長安居洋一氏に心からの、そして最大の感謝を申し上げたい。

二〇一三年盛夏

山下　昇

マッケイ、クロード　Claude McKay　177, 179, 183
『ミシシッピ・クォータリー』 *Mississippi Quarterly*　128
メルヴィル、ハーマン　Herman Melville　143
『白鯨』*Moby-Dick, or the Whale*　142
モートン、サミュエル・ジョージ　Samuel George Morton　8
モリスン、トニ　Toni Morrison　18, 227, 243, 327-355
『スーラ』 *Sula*　227
『ビラヴィド』 *Beloved*　327-355

【ヤ行】

山下昇　20, 115
『1930年代のフォークナー』　5
ユング　Carl Jung　321
「ヨナ書」Book of Jonah　259-260

【ラ行】

ラーセン、ネラ　Nella Larsen　178, 221-242
『パッシング』*Passing*　221-242
ライト、リチャード　Richard Wright　140, 161, 208, 248, 272
『アメリカの息子』 *Native Son*　208, 248, 272
ラカン　Jacques Lacan　234, 236
リード、イシュメール　Ishmael Reed　171
ロック、アレン　Alain Locke　10, 179, 183

【ワ行】

ワイドマン、ジョン・エドガー　John Edgar Wideman　172
ワシントン、ブッカー・T　Booker T. Washington　153-155

ブラッドストリート、アン
Anne Bradstreet 178
フランクリン、ベンジャミン
Benjamin Franklin 278
ブルーム、ハロルド Harold
Bloom 346
『「ビラヴィド」論集』 *Bloom's Modern Critical Interpretations: Beloved* 346
ブレイ、アラン Alan Bray 26
『同性愛の社会史』
Homosexuality in Renaissance England 26
フロイト Sigmund Freud 12
風呂本惇子 87, 199, 279, 294
ペトリ、アン Ann Petry
271-291
『ストリート』(『街路』) *The Street* 111, 271-291
ヘメンウェイ、ロバート Robert
Hemmenway 245
『ゾラ・ニール・ハーストン伝』
Zora Neale Hurston: A Literary Biography 245
ベルサーニ、レオ Leo Bersani
18
ベルニエ、フランソワ François
Bernier 7
ポー、エドガー・アラン Edger
Allan Poe 143
ポーク、ノエル Noel Polk 128
ホーソーン、ナサニエル
Nathaniel Hawthorne 18, 23-41,
108
『アフリカ巡航記』 *Journal of an African Cruise* 41
『緋文字』 *The Scarlet Letter*
23-41, 108, 109
『フランクリン・ピアス伝』
The Life of Franklin Pierce
41
ボールドウィン、ジェームズ
James Baldwin 140
ホィートリー、フィリス Phillis
Wheatley 178
ホイットマン、ウォルト Walt
Whitman 207
「僕自身の歌」“Song of Myself”
207
ホスケン Fran P. Hosken 297
ホワイト、ウォルター Walter
White 221
『逃避』*Flight* 221
本田創造 10
『アメリカ黒人の歴史』 10, 81-82, 170

【マ行】

前川裕治 244, 269
マクダウェル、デボラ Deborah
McDowell 181, 182, 215, 227-228

ハウ、アーヴィング　Irving Howe　140
バトラー、ジュディス　Judith Butler　18, 23, 227, 232, 239
『問題なのは肉体だ』　*Bodies that Matter*　23
バフチン、ミハイル　Mikhail Bakhtin　4
パワーズ、リチャード　Richard Powers　3
『ハリエット・ジェイコブズ自伝』　*Incidents in the Life of a Slave Girl Written by Herself*　274
ハルプリン、デイヴィッド　David M. Helperin　18
ヒューズ、ラングストン　Langston Hughes　177
ピルグリム、デイヴィッド　David Pilgrim　273
フーコー、ミシェル　Michel Foucault　12-13, 17, 26
『性の歴史Ｉ 知への意志』　*Histoire de la sexualite La volonté de savoir*　13, 26
フェダーマン、リリアン　Lillian Fedarman　232
フォークナー、ウィリアム　William Faulkner　4, 91-138
『死の床に横たわりて』　*As I Lay Dying*　95, 98, 108, 112
「あの夕陽」　"That Evening Sun"　274
『八月の光』　*Light in August*　5, 94, 134
『パイロン』　*Pylon*　94
『アブサロム、アブサロム！』　*Absalom, Absalom!*　5, 134, 136, 142
『征服されざる人々』　*The Unvanquished*　94, 134
『エルサレムよ、我もし汝を忘れなば』　*If I Forget Thee, Jerusalem*　91-115
『村』*The Hamlet*　134
『行け、モーセ』　*Go Down, Moses*　116-138
『館』*The Mansion*　94
「スノープス三部作」　*The Snopes Trilogy*　136
フォスター、ディヴィッド・ウォレス　David Wallace Foster　4
フォーセット、ジェシー　Jessie Fauset　177-219
『混乱』　*There Is Confusion*　178, 183, 201
『プラム・バン』　*Plum Bun*　177-200, 201, 205, 222
『むくろじの木』*The Chinaberry Tree*　183, 201
『アメリカ式の喜劇』　*Comedy: American Style*　183, 199, 201-219, 222

23
『クローゼットの認識論』 *Epistemology of the Closet* 23
『傾向論』 *Tendencies* 23
千田有紀 299-301, 322
「フェミニズムと植民地主義」 299-301, 325
ソロモン、バーバラ Barbara Solomon 345
『ビラヴィド論』 *Critical Essays on Toni Morrison's Beloved* 345-348

【タ行】

『タイム』 *Time* 93
タウッシグ Frank William Taussig 93
中條献 8, 9
『歴史のなかの人種』 8
デュボイス，W. E. B. W. E. B. DuBois 10, 163, 183, 235, 246
『黒人のたましい』 *Souls of Black Folk* 246
トゥーマー、ジーン Jean Toomer 177
トウェイン、マーク Mark Twain 4, 43-89
『トム・ソーヤーの冒険』 *The Adventures of Tom Sawyer* 45
『ハックルベリー・フィンの冒険』 *Adventures of Huckleberry Finn* 43-71, 142
『まぬけのウィルソンとかの異形の双生児』 *Pudd'nhead Wilson and Those Extraordinary Twins* 72-89
ドビッシー Claude Debussy 181
ドライサー Theodore Dreiser 112
『アメリカの悲劇』 *An American Tragedy* 112

【ナ行】

『ニュー・マッシズ』 *New Masses* 139
『ネーション』 *Nation* 93

【ハ行】

ハーストン、ゾラ・ニール Zora Neale Hurston 178, 243-270
『ヨナのとうごまの木』 *Jonah's Gourd Vine* 243-270
『騾馬とひと』 *Mules and Men* 247
『彼らの目は神を見ていた』 *Their Eyes Were Watching God* 244, 245, 266-268, 289
ハートマン、ハイジ Heidi Hartmann 25
バーバ、ホミ Homi Bhabha 4

ギディングズ、ポーラ　Paula Giddings　10
『アメリカ黒人女性解放史』 *When and Where I Enter*　10
キング牧師　Dr. Martin Luther King　140, 170
クープランド、ダグラス　Douglas Coupland　3
『クライシス』 *The Crisis*　178
グラッシアン、ダニエル　Daniel Grassian　3
『ハイブリッド・フィクション』 *Hybrid Fictions*　3-4
グラムシ　Antonio Gramsci　161
『グレート・ギャツビー』 *The Great Gatsby*　142
ゲイツ・ジュニア、ヘンリー・ルイス　Henry Louis Gates Jr.　244
『シグニファイング・モンキー』 *The Signifying Monkey*　244
ゲインズ、アーネスト　Ernest Gaines　171-72
コールドウェル、アースキン　Erskine Caldwell　165
『タバコ・ロード』 *Tobacco Road*　165-66
ゴドゥン、リチャード　Richard Godden　128
ゴルトン、フランシス　Sir Francis Galton　78
コロドニー、アネット　Annette Kolodny　17

【サ行】

佐藤宏子　179-180, 181, 182, 217
サンガー、マーガレット　Margret Sanger　93
シェイクスピア　William Shakespeare　58
『ロミオとジュリエット』 *Romeo and Juliet*　58
下河辺美知子　328-331
『歴史とトラウマ』　328-331
ジョイス、ジェームズ　James Joyce　169
ジョンソン、ジェームズ・ウェルドン　James Weldon Johnson　257
ジョンソン、チャールズ　Charles Johnson　172
ジラール、ルネ　Renè Girard　24
『欲望の現象学』 *Mensonge Romantique et Verite Romanesque*　24
鈴木透　4, 5, 10, 11
『性と暴力のアメリカ』　4
スティーヴンソン、ニール　Neal Stephenson　3
セジウィック、イヴ・K　Eve K. Sedgwick　18, 23
『男同士の絆』 *Between Men*

索引

【ア行】

アレクシー、シャーマン Sherman Alexie 3
『アンクル・リーマスの話』 *Uncle Remus* 304
ヴェクテン、カール・ヴァン Carl Van Vechten 235
ウォーカー、アリス Alice Walker 243, 244, 289, 293-325
『カラーパープル』 *The Color Purple* 289, 293-308, 319
『我が愛しきものの神殿』 *Temple of My Familiar* 323
『喜びの秘密』 *Possessing the Secret of Joy* 293-300, 308-325
ヴォルマン、ウィリアム William Vollmann 3-4
エリオット、T．S． T. S. Eliot 143, 169
エリスン、ラルフ Ralph Ellison 139-173, 278
『見えない人間』 *Invisible Man* 139-173、278
大串久代 3
『ハイブリッド・ロマンス』 3
オースティン、ジェーン Jane Austen 178
岡真理 295-299, 300, 301, 317, 318, 322
『彼女の「正しい」名前とは何か』 294-299
「『同じ』女であるとは何を意味するのか」 295
荻野美穂 96, 97, 114
『生殖の政治学』 114
『中絶論争とアメリカ社会』 93, 97, 112

【カ行】

ガーヴェイ、マーカス Marcus Garvey 161, 162
『風と共に去りぬ』 *Gone With the Wind* 111
カフカ Franz Kafka 142
『審判』 *The Trial* 142
カレン、カウンティー Countee Cullen 177

著者紹介

山下　昇（やました　のぼる）
相愛大学教授
著書『一九三〇年代のフォークナー』（大阪教育図書、1997年）、編著『冷戦とアメリカ文学』（世界思想社、2001年）、『メディアと文学が表象するアメリカ』（英宝社、2009年）、共編著『表象と生のはざまで––葛藤する米英文学』（南雲堂、2004年）、『二〇世紀アメリカ文学を学ぶ人のために』（世界思想社、2006年）、『フォークナー事典』（松柏社、2008年）他。

ハイブリッド・フィクション
——人種と性のアメリカ文学　　　（検印廃止）

2013年10月1日　初版発行

著　　者　　山　下　　昇
発 行 者　　安 居 洋 一
印刷・製本　　創栄図書印刷

〒162-0065　東京都新宿区住吉町8-9
発行所　開文社出版株式会社
TEL 03-3358-6288・FAX 03-3358-6287
www.kaibunsha.co.jp

ISBN 978-4-87571-070-7　C3098